「悦」读经典
中外文学名作名篇导览

曹佳丽　谢荣萍·主编

复旦大学出版社

序

若作为一位大学文学教师且授课有年,那么毫无疑问,你曾对作品教材的编写有过思考。

我也如此,几次在古代文学教学研讨会上,都和老师们讨论过这重要问题。不过,讨论来讨论去,还是在作家、作品、文学史、文学现象等里打转转,脱不出前人窠臼。

所以,当同事十几年的佳丽老师来函,希望我为她们新编的一本教材写个序时,我即欣然应允——教书四十余年,见过的教材不少,也为同行们写过一些书序,心想总能说出点什么。

及至接到大著,稍作展读,便吃了一惊——这教材我没见过。据说有与之类似的,但我所见不博,即使模模糊糊感觉有类似的,也觉得差别很大。再加之作品选面极广,古今中外都有,中国古代的我还能凑合,现当代及外国的,虽读了一些,可毫无研究,充其量只能算"票友",这如何作评?兀坐数时,盘桓数日,又去问佳丽,她言这主要是为学院"弘博书院"编写的教材。一提到"弘博书院",立即勾起我略带伤感的回忆——它是已故著名学者、四川大学比较文学教授、成都文理学院文学院院长伍厚恺先生,基于对我国当代教育弊病的反思而力主创办的,我也曾尽过绵薄之力。于是顿然感到一种责任:再难也得写——写不了什么评议文字,写点读后感,总还是可以的吧。

我总感觉,这是一本全新的教材,它有着一套新的构想、结构、体例和方式,开启了一种经典作品教材编写的新途径。如果你站在它的对立面,以挑剔的眼光去审视这本教材,自然会发现它的种种不足——这是一切新生事物必经的过程。然而,如果你也像我们一样,对文学作品教材的编写曾经有过努力甚至艰难的思考,以充分理解和同情之心去前瞻新教材的发展之途,你就必然会得出肯定的结论。这正如爱因斯坦所言:"提出一个问题往往比解决一个问题更重要,因为解决问题也许仅仅是一个数学上或实验上的技能而已,而提出新的问题,新的可能性,从新的角度去看待旧的问题,却需要有创造性的想象力,而且标志着科学的真正进步。"这名言既适合于自然科学,也适合于社会科学和人文科学。既然爱因斯坦已说得如此透彻,我们也就没必要再多加饶舌了。

我还感觉,这本教材选篇以"人"为中心而一以贯之,实是慧眼独具。高尔基曾提出过"文学是人学"的思想,教材第一章"人——芸芸众生"的"导语",也引了高尔基相关的一句话。尽管这思想一段时间大受批判,至今还有争论,然而同样正如"导语"中所言:"'人'是文艺创作的主体,也是对象,是核心,也是本质……阅读文学经典,初登文艺殿堂,首先应以'人'为着眼点,体察人的品格、意志、才干,观照人的信念、选择、追求。本章选择人物塑造生动与深刻兼备的文学经典作品,或可于大千世界的众生之相中,一窥文学艺术的灵魂所在。"对这段导语,我深以为然。再看该章所选作品,无论是中国的还是外国的,无论是古代的还是现当代的,都贯彻了这一思想,而且基本达到了"人物塑造生动与深刻兼备"的选篇标准。可以说,学生们如果认真阅读教材中的这些作品,再进一步准确地、深入地理解这一根本思想,就像拥有了一艘具有现代导航设备的大船,能够自由地航行在中外文学著作的汪洋大海中。

老话说,"物以类聚,人以群分"。教材既以"人"为中心,就免不了要将"人"分类。我们以前最习惯的分法是按阶级分类,不过划分时随意性太大,造成了一些混乱。尤其是对中外经典文学作品中的人物,要么一股脑笼统归于某一统治阶级,要么根据现在的政治需要生硬地给他们戴上各种各色的帽子。这样的例子很多,此处便不举出了。其实,对人群的分类方法是很多的,可以按年龄、性别、民族、种群等,也可以按性格、尚好、文化程度、心理类型等,还可以按居住环境、生活方式、谋生手段、社会地位等,甚至可以按与权力集团的关系、居于该集团的位置、掌握权力的多少等来划分。该章特选了描绘十类人的经典作品,十类人是圣贤、官宦、英雄、名士、商贾、闲人、痴人、愚人、狂人、凡人,这实际也是一种分类,十种人中除商贾是职业之一种外,其余似乎都是按社会和历史的地位、影响分类。也许有人会认为这种分法不伦不类。确实,如按人文、社科的学理标准,这种分法有欠纯粹,如凡人就包括有部分闲人、愚人、狂人。但如以经典作品为准的,使学生更好地领会它们描写人、表现人、分析人之艺术魅力,进而认识、体悟人性、人心、人情……那就不能不说,这是一种颇具独创性而独具慧心的分法。相信编者在统筹安排这类经典作品时,下过一番选取、抉择、分配的艰苦功夫!

说到帮助学生认识人、人心、人性,我不能不高度肯定该教材的又一重要特点。我们知道,就人类对自然、社会和人的认识来说,总的就是两途:科学的和艺术的,这两个途径缺一不可。只是以前只强调科学认识,忽视艺术认识,从而使科学处于至高无上的地位,形成了一种科学霸权。什么事情只要说是科学的,那就铁板钉钉了;而什么事情只要说它不科学,那就判了死刑。这种瘸腿的认识偏向,给人类造成的恶果、带来的灾祸,有目共睹。即以认识人为例,历史上的此类著作而特别受到重视的,基本上全是人文社科著作。至于那些分析解剖人性、人心的伟大文学作品,人们往往则只是夸赞它们描绘之如何生动形象,艺术上如何高明巧妙,而其杰出的认识价值,则往往被忽视。好在学术界、科学界现在开始清醒过来,开始重视艺术的认识途径。由此,该教材的重要特点即凸显出来:它得风气之先,在教给学生关于作家、作品的一系列基本知识,以及艺术特色的鉴赏品味后,明确指导学生通过学习这些经典去认识人,去了解人之本性,去感悟人情、人心……并以此为一以贯之的红线,去深入理解情、景、生活、信仰等,并在此基础上去进行审美活动。其实,更实在点说,该教材对从事教学、科研的各文学专业教师来说,也有借鉴参考作用。即如我而言,在该行从事科研、教学的时间不算短了,教材里的大多数作品,我都读过,有些还不止两三遍。可当我将教材——尤其是第一章——集中读上几遍后,感到又有点新的感悟和认识,这也许就是"整体大于部分之和"吧!

该教材还颇具匠心地安排了"题记""导语""文本阅读""导读与赏析""对比阅读""实训小课题"等,这对学生学习和理解作品很有帮助。根据学生的基础,这些部分的文字通俗、洗练、简捷、明快,而同时又注意吸纳最新学术成果,保持学术的前沿性,例如《威尼斯商人》的赏析部分。以往的这类文章,只要一涉及夏洛克,无不对这个犹太高利贷放贷者加以无情的嘲讽和猛烈的鞭挞,以至于夏洛克成了残忍、奸狡的丑恶商人的代名词。不过近年来,学界开始注意到夏洛克的犹太人身份,开始从历史上犹太民族在世界一些国家遭受侮辱、欺凌、迫害的境遇,从民族的角度以同情的心态分析夏洛克,评论显得公允、全面一点了。教材中的最后一段文字,体现了这一新的思想和观点。

但夏洛克的不近人情并非毫无缘由,纵观作品全文,其人其事有许多令人同情的因素。作为饱受歧视与屈辱的犹太人,夏洛克处处受到基督徒的凌虐。安东尼奥就曾经唾骂他、踢打他,在他的内心播下了仇恨的种子。他的谨慎小心、步步为营完全是犹太人在严酷的社会环境中为了自身的生存而发展出的技巧与策略。一个从未在社会环境中感受过温暖的灵魂,又何谈对周遭的众人释放宽容与善意?从这个角度看,夏洛克形象的深度还在于真实反映出犹太人在英国甚至整个欧洲特定时期的生存困境。

最后,"三句话不离本行",想谈点该教材的教学问题。1981年,我在武汉大学研究生毕业时,导师胡国瑞、刘禹昌先生送我两句话,其中一句是:"要教好一门课,必须以十倍的知识驾驭它,否则捉襟见肘。"四十年来,我一直奉此为座右铭。今天,设想我来教这门课,扪心自问,知识储备、理论素养够吗?恐怕要捉襟见肘吧!对于教这门课的年轻老师,现在我也不敢盲目奉承他们。然而,按此标准努力,十年、二十年后呢?那就不是现在的我能比的了!

孔子曰"后生可畏"——诚哉斯言!

是以此心得为序。

毛　庆
辛丑中秋志于武昌东湖畔

一、何谓"文学经典"

"经典"一词在中国传统文化中首先指向的是讲述、记载、传承某种规范、理念、主张的典籍。魏晋南北朝文论家刘勰在《文心雕龙·宗经》篇中这样阐释"经"的概念:"三极彝训,其书言经。经也者,恒久之至道,不刊之鸿教也。"[1]意思是说经书是阐明天、地、人三才的道理,并将之推究到极点的法典,是不可改动、不可磨灭的法则。如儒家的"四书"与"五经",是儒家思想与理论的核心载体,内容博大精深,在文化史、思想史上极具价值。而《说文解字》对"典"字的解释为"五帝之书也",强调作品的崇高地位和神圣权威。"经典"合用大约始于汉魏时期,主要用来指称儒家典籍。在西方,"classic"一词包含古典的、优雅的意义,"canon"一词则包含道统、教条之义。

"文学经典"是"经典"一词泛化使用的结果,指向文学作品中水平成就和艺术价值超越普通作品,并且能够在岁月长河中经受一代又一代读者检验的伟大作品。这样的作品大体具备以下几个特征:(一)文学成就与艺术价值。文学作品之所以能够成为经典,很大程度上首先在于作品在思想性、艺术性等方面所达到的水平、境界。如

---

[1] 刘勰著,周振甫注《文心雕龙注释》,人民文学出版社,1981年,第18页。

作品在多大程度上反映了特定时期的历史真实？作品所体现的价值理念与价值导向如何？情感的陶冶和教化效果怎样？以及是否能够塑造鲜明、生动、独特的人物形象？是否具有深刻与丰富的意蕴和内涵，在审美性方面有无突出的表现或体验？等等。（二）超越性与普遍性。优秀的文学作品在主题呈现上往往能够超越特定时代、社会、阶级、民族等方面的局限，对人性的刻画、社会生活的描摹或情感的抒发带有普遍的观照。文学理论家童庆炳提出经典的普遍性在于"写出人类共通的'人性心理结构'和'共同美'的问题"[1]。也就是说，作品写出了人类的普遍情感与普遍境遇，容易引起读者的共鸣，并因此能够如同布鲁姆所说"令人反复阅读"。优秀之作还能超越具体的、现象的层面，引领读者透过现象把握深层的本质，有深入的思考或领悟。（三）艺术张力。经典作品的内涵和外延往往具有极大的丰富性，在不同的语境和条件中产生多元的意义空间。意大利作家伊塔洛·卡尔维诺说"一部经典作品是一本永不会耗尽它要向读者说的一切东西的书"[2]，经典文本永远向读者敞开无尽的阐释空间。如同鲁迅先生评价《红楼梦》"经学家看见《易》，道学家看见淫，才子看见缠绵，革命家看见排满，流言家看见宫闱秘事"[3]，不同的读者都能够在其中读到与自己的阅历、眼界、知识结构相关联的内容和主题，这也是经典作品最大的魅力所在。

二、阅读经典的重要性和必要性

21世纪的当代社会本身处于一个信息大爆炸的时代，各类图书出版物的数量与日俱增，在内容和质量上鱼龙混杂、泥沙俱下，对读者的判断力提出了不小的挑战。而数字化媒体的高速发展，传播媒

---

[1] 和磊《文化研究语境中文学经典的建构与重构》，《文艺研究》，2009年第9期，第155页。
[2] 伊塔洛·卡尔维诺著，黄灿然、李桂蜜译《为什么读经典》，译林出版社，2012年，第4页。
[3] 鲁迅《集外集拾遗补编》，人民文学出版社，2006年，第177页。

介的多元化以及工作生活的快节奏更加使得阅读呈现出图像化、碎片化等倾向。完整或深入的阅读似乎已经成为奢侈的事情,一方面阅读的习惯、风气需要纠正、培养,另一方面在有限的时间、精力之内对文本的选择也非常重要。

文学经典作品历经时间的沉淀和读者的考验,是人类情感与智慧的结晶,不但具有强大的精神力量,能够给予读者丰厚深沉的内在支撑,更重要的是,它们可以引领读者超越自身的眼界,超越由于时间、空间、阶层、性别、年龄、阅历等现实因素带来的局限,帮助读者认识社会、体察人性、观照大千世界。马克思、恩格斯就曾说过,他们从19世纪批判现实主义小说家那里学到的,比从当时所有职业社会科学家那里学到的还要多。而认知功能远远无法概括文学阅读接受活动的全部重要价值。"悦耳悦目"的感官愉悦、"悦情悦意"的情感共鸣、"悦神悦志"的思想陶冶,以审美的方式获得心灵的净化、精神的超越、智慧的启迪。由此实现文学的审美功能与教化功能,建构正确的价值体系,培养健全的人格结构,提升审美的水平和境界。但某些质量堪忧、格调低俗的文学作品仅仅迎合读者的感官需求和心理欲望,内容单薄贫乏、艺术水平低劣、缺乏思想性和审美性。它们不但容易钝化读者的审美感受力,混淆对社会人生的认识,还会在价值观念上对读者形成可怕的误导。

对于当代的大学生而言,专业技能与综合素养就好像未来行走人生、勇闯世界的两条腿,任何一条腿不够健壮有力就无法支撑星辰大海的梦想。中国传统文化讲究"道"与"术"的关系,"道"是本源、规律、境界,"术"是知识、方法、技巧。大学的专业教学与专业训练传授的是"术",讲授专业知识、传授专业技能,但技术只是工具,如同腿脚无法辨识方向,只有智慧的头脑、完善的人格、丰盈的灵魂才能选择和引领正确的道路,这就是"道"。而经典文学所包蕴的丰厚人文素养恰恰属于"道"的范畴。在这一点上,中外的理念高度一致,爱因斯坦就说过:"只教人专业知识是不够的,这种教育培养出来的人可以成为一个有用的机器,却成不了一个人格完整的人。"[1]当代大学生人文素养的提升仍有很长的路要走,尤其近年来随着应用型人才的建设推进,部分高校大量削减人文学科的课程,学生的课后阅读更是纸上谈兵,造成了知识结构不合理、人文素养欠缺、人文关怀缺失的现象。理工农医类的学生对于文学、历史、哲学的基本知识知之甚少,连人文学科的学生阅读的范围与数量也越来越令人担忧。在"中华民族伟大复兴"的时代背景下,大学生加强人文素养的积淀、经典文本的阅读势在必行。

三、本书的结构与体例

本教材共分为八章,以文学经典作品的导读和赏析为主体,辅之以一定数量的艺术经典作品进行介绍。全书以"人"为核心和脉络,选择塑造和呈现人物、情感、风景、境界、生活、信仰、审美以及艺术的经典名篇,将人文主义精神的解读贯穿始终。在章节的安排上,突破以往的经典选读教材主要按文学体裁或按时间先后顺序结构的模式。根据文学作品的主题呈现,按照由浅入深、由表及里的逻辑顺序进行编排。本书不但涉及诗歌、散文、小说、剧本等文学体裁,还涉及绘画、雕塑、建筑、音乐、戏剧等艺术门类,以及哲学、历史学等人文学科的内容范畴。在章节的内部结构中,由题记、导语、经典作品评析以及实训小课题等几个部分共同构成。其中,题记引用名人名言对本章主题进行初步印象、感受的建构,导语则详细阐释本章主题的具体内涵、意义,引导读者对作品内涵的理解和把握。文本导读与赏析主要从特定文本的阅读、理解、评价的角度作具体分析阐释,并对作者进行简要介绍。对比阅读则选择在主题上与之相似或具关联性的中、外作品予以比较性的概述,拓宽读者的文化视野、学科视野。实

---

[1] 阿尔伯特·爱因斯坦著,方在庆编译《我的世界观》,中信出版社,2018年,第58页。

训小课题意在加深读者对本章作品的理解,培养学以致用的意识,增强教学的实践性。

中外文学在创作理念、文化传统、审美追求等方面都存在巨大差异,我们对文学作品进行选本和阐释时也要尊重这些实际存在的差别,而不仅仅进行整齐划一的归类。比如中国古典诗歌抒情色彩浓厚,写景抒情是最能够体现其艺术魅力的部分。西方的诗歌则更加强调叙事和说理,重视"理趣"和"思辨"。因此教材在"情"与"景"等章节中按不同主题进行的选本仅仅基于一定程度的关联性或相似性。读者恰恰应该在此基础上更多关注相似的主题或情景之下,中外文学在手法技巧、形象呈现、语言组织、审美体验等多层面的差异,并通过这些差异性的感受拓宽眼界,建构中外经典文学作品的基本认识、初步了解。再比如"境界"一章涉及中国传统文艺美学的独特概念——"意境""境界",而西方文艺理论则无此范畴,由此造成的创作理念、美学追求的差别也非常明显。我们显然无法缘木求鱼地进行对照阅读,而是将之拓宽至人生境遇等更加宽泛的范畴。

除此之外,外国文学中还存在国家之间、区域之间发展的不平衡现象。中国文学中古代与现当代文学作品汗牛充栋,在以"人"为主题的若干框架下进行筛选,数量上也很难做到绝对平均。再加上对"文学经典"的界定与理解本非固定,笔者的眼界与笔力也确乎有限。教材难免存在不足与局限,将来我们计划一方面在教材的使用中反思、总结,一方面在实践中不断进行修改、提高,以更好地满足读者的需要。

本书第一章到第四章由曹佳丽编写,第五章到第八章由谢荣萍编写。最后我们要向关心教材的撰写并对教材的出版提供帮助的所有人表达诚挚的谢意!感谢徐学东院长一直以来的支持,感谢毛庆教授无私的帮助与中肯的建议,感谢复旦大学出版社王汝娟老师的耐心解答与高效工作,感谢在专业领域给予有益启发和帮助的各位前辈、各位同仁。这本教材写作与出版的过程中我们获益良多,也希望能够真正令学生和读者受益。

曹佳丽

2021年10月于成都

第一章　人——芸芸众生　/ 001

导语 ····· 002
第一篇　圣贤 ····· 002
第二篇　官宦 ····· 006
第三篇　英雄 ····· 010
第四篇　名士 ····· 015
第五篇　商贾 ····· 019
第六篇　闲人 ····· 024
第七篇　痴人 ····· 029
第八篇　愚人 ····· 033
第九篇　狂人 ····· 038
第十篇　凡人 ····· 042

第二章　情——情之所至　/ 049

导语 ····· 050
第一篇　爱情 ····· 050
第二篇　怨情 ····· 053
第三篇　悲情 ····· 057
第四篇　喜悦 ····· 062
第五篇　愤怒 ····· 065
第六篇　闲适 ····· 068
第七篇　别离 ····· 071
第八篇　回忆 ····· 075
第九篇　隐逸 ····· 080
第十篇　思悟 ····· 083

第三章　景——顾景兴怀　　/ 089

导语 …………………… 090	第五篇　花草 …………… 105
第一篇　四季 …………… 090	第六篇　边塞 …………… 109
第二篇　雨雪 …………… 095	第七篇　异域 …………… 112
第三篇　山水 …………… 098	第八篇　市井 …………… 116
第四篇　田园 …………… 101	

第四章　境——境生象外　　/ 121

导语 …………………… 122	第五篇　梦境 …………… 142
第一篇　顺境 …………… 122	第六篇　幻境 …………… 146
第二篇　困境 …………… 127	第七篇　胜境 …………… 151
第三篇　窘境 …………… 132	第八篇　禅境 …………… 155
第四篇　险境 …………… 137	

第五章　生活——烟火人间　　/ 161

导语 …………………… 162	第五篇　饮酒 …………… 176
第一篇　雅集 …………… 162	第六篇　观戏 …………… 179
第二篇　宴会 …………… 165	第七篇　玩赏 …………… 187
第三篇　踏青 …………… 170	第八篇　游戏 …………… 190
第四篇　品茶 …………… 173	

第六章 信仰——朝闻道，夕死可矣 / 195

导语	……………………… 196	第三篇 哲学信仰	………… 217
第一篇 神话信仰	………… 196	第四篇 政治信仰	………… 222
第二篇 宗教信仰	………… 199		

第七章 审美——各美其美 / 229

导语	……………………… 230	第三篇 诙谐	……………… 238
第一篇 优美	……………… 230	第四篇 荒诞	……………… 244
第二篇 崇高	……………… 233	第五篇 丑陋	……………… 250

第八章 艺术——生生不息 / 257

导语	……………………… 258	第四篇 雕塑	……………… 273
第一篇 建筑	……………… 258	第五篇 戏曲	……………… 279
第二篇 绘画	……………… 263	第六篇 书法	……………… 286
第三篇 音乐	……………… 268		

第一章

人——芸芸众生

题记

最伟大、最神奇的文艺作品——很简单……它的标题就是人。

——[苏联]高尔基

导语

"人"是文艺创作的主体,也是对象,是核心,也是本质。过往的历史由林林总总的人构建,周遭的世界由形形色色的人构成。在时间与空间之中,在天地与山海之间,每一个个体的"人"在人生的大舞台上粉墨登场,扮演各自的角色,演绎不同的情节,展露迥异的个性。属于人的尊严、价值、梦想、命运,都在其中映照与呈现。优秀的文学家往往擅长写人,经典的文艺作品写人"入木三分"。阅读文学经典,初登文艺殿堂,首先应以"人"为着眼点,体察人的品格、意志、才干,观照人的信念、选择、追求。本章选择人物塑造生动与深刻兼备的文学经典作品,或可于大千世界的众生之相中,一窥文学艺术的灵魂所在。

(第一篇) 圣 贤

一、文本节选

一阵风吹响着一行骆驼的铃从山谷里一直飘扬到山顶上,沿路草碛中的兔儿和松鼠都惊窜了,沉思着的罗什忽然也醒悟转来,回眼一看明媚的他的表妹、他的妻此时是正在浏览着四围的山色,应合着骆驼的款段的步式,做出娉婷的姿态。他忽然觉得又像在家人一样地胸中升起了爱恋。这是十几年来时常苦闷着的,罗什的心里蓄着两种相反的企念,一种是如从前剃度的时候一样严肃的想把自己修成正果,一种是想如凡人似地爱他的妻子。他相信自己是一个虔诚的佛教徒,一切经典的妙谛他已经都参透了,但同时感觉到未能放怀的是对于妻的爱心。他尝自己相信这一定是一重孽缘,因为他对于他的终于娶这个为龟兹王女的表妹为妻的这回事,觉得无论如何不是偶然的。想想小时候和她曾在一块儿玩,童心里对于这个明媚的姑娘似乎确曾天真地爱恋过,但自从随着母亲到沙勒国去出家学道之后,十三年间,竟完全将她忘了。勤敏好学的少年的心中,只是充满了释迦牟尼的遗教,女人,即使是表妹,已完全被禁制着不敢去想到了。回到龟兹国来,已是严然传授了佛祖的衣钵的大师,母舅龟兹国王替他造起了讲坛,每天翻检着贝叶经文对着四方来的学者说法,所以虽然在讲坛下也间或有时看见表妹的美妙庄严的容仪,虽然她的深黑的眼波不时地在凝注着他,但他是不能不压伏住那在他心中蠢动的热情了……

他流动着他的光亮的眼,穿过迷漫的香烟,看着旁边宝座上的国王,看看宫女们,又不禁看到这荡女的脸上。至于她,老是凝视着他,她好像懂得他心中在怎么样,对他微笑着;并且当他眼光注射着她的时候,又微微地点着头,发髻旁边斜插着的一支玉蝉便颤动起来。这时候,一个小飞虫从讲座旁边的黄绫幔上飞下来,嘤嘤地在罗什脸前绕圈儿,最后它停住在罗什嘴唇上,为了要维持他的庄严之故,他不得不稍微伸出了头去驱逐那个小虫。它飞了开去,向讲坛下飞,一径停住在那个荡女的光泽的黑发上。罗什觉得身上又剧烈地震颤了一阵,他急闭了眼,匆匆地将他的讲辞收束了……

罗什取回针来,抓起一把针,吞下腹去。再抓了一把,又吞下腹去。看的人全都惊吓了,一时堂前肃静,大家屏着气息。罗什刚吞到最后一把中间的最后一支针的时候,他一瞥眼一见旁边正立着那个孟娇娘,看见了她立刻又浮上了妻的幻像,于是觉得一阵欲念升了上来,那支针便刺着在舌头上再也吞不下去。他身上满着冷汗,趁人不见的当儿,将这一支针吐了出来,夹在手指缝中。他笑着问这两个僧人:"你们能不能这样做?""饶恕了罢,国师,以后不这样的犯规了。"

在纷乱的赞叹声里,鸠摩罗什心里惭愧着回了进去,但舌头依然痛楚着。以后,也便永远是这样地,他的舌头刺痛着,常常提起他对于妻的记忆,而他自己也隐然以一个凡人自居,虽然对外俨然地乔装着是一个西域来的大德僧人。所以在他寂灭之后,弘治王替他依照外国方法举行火葬的时候,他的尸体是和凡人一样地枯烂了,只留着那个舌头没有焦朽,替代了舍利子留给他的信仰者。

——施蛰存《鸠摩罗什》,《施蛰存小说精选》,吉林文史出版社,2018年

二、导读与赏析

1. 作者简介

施蛰存(1905—2003),浙江杭州人。中国现代派作家、文学翻译家、学者,华东师范大学中文系教授。施蛰存的小说注重心理分析,着重描写人物的意识流动,是中国"新感觉派"的主要作家之一。

2. 作品导读

小说《鸠摩罗什》的人物原型是东晋时后秦的高僧鸠摩罗什,中国历史上与玄奘、真谛齐名的佛经翻译家,培养了众多优秀的弟子,并带领他们翻译了多部大小乘经、律、论,为佛教在中国的传播做出了卓越贡献,称得上中国古代声望与成就兼具的"大德高僧"。施蛰存的小说虽然承袭了"高僧与美女"这一传统的文学母题,但大胆借鉴了西方精神分析学派的方法,从鸠摩罗什内心互相纠缠又互相冲突的意识层面进行刻画和描摹,塑造出极具深度引人深思的高僧形象。

小说中的鸠摩罗什出身高贵,七岁就随母亲出家学佛,学成归来后成为世人敬仰的大师。但他对青梅竹马的表妹——美丽的龟兹公主一直无法忘情,他努力用虔诚的修行压抑自己的爱恋,但始终无法得到彻底的净化。在偶然的机会下鸠摩罗什内心克制已久的爱欲与情欲冲破了佛家的清规戒律。这埋下了他内心隐患的第一个伏笔。

他娶了公主,却害怕娶妻的行为破坏自己的修行、损坏自己的清誉。妻子病故后,他一方面似乎得到了解脱,另一方面却常常在其他女性身上看到妻子的幻象,产生难以解脱的欲念与困扰。他白天高居圣坛讲经说法,夜晚却流连红尘眠花宿柳。他痛苦地谴责自己的卑劣与无耻,却又以吞针的戏法为自己辩解和开脱。鸠摩罗什一心追求神圣的佛法、理想的境界、完善的人格,却始终无法挣脱肉身的欲望、尘世的诱惑。他的痛苦不仅仅是一个无法自我约束的圣徒的挣扎,也是更大多数在平庸的生存与理想的超越之间不断努力、不断彷徨,不断自省又不断逃避的人的痛苦。施蛰存的小说以现代主义的视角解构传统意义的"圣僧",以人性的复杂取代神性的纯粹,反映了人所面临的普遍困境。

三、对比阅读

西方文学中与此相似的作品是澳大利亚当代作家考琳·麦卡洛的《荆棘鸟》。男主人公拉尔夫本是澳大利亚一个牧区的神父,他在见到9岁的梅吉之后将自己无法寄托的世俗情感全部倾注到她的身上。对小女孩的喜爱与对上帝的虔诚没有矛盾冲突,不会影响拉尔夫神圣的宗教追求。因此,拉尔夫可以毫无顾忌地放任自己的情感。但随着梅吉成长为美丽、鲜活的少女,拉尔夫发现自己对女孩的爱根本无法摒除世俗的情感与爱欲。他同样无法摒弃的还有对权力追逐的野心。为了教会的仕途,他违心地与富有的女农场主玛丽·卡森周旋,希望借助她的财富铺平教会的青云之路。明知玛丽·卡森留下的巨额遗产是拆散他和梅吉的陷阱,他仍然选择放弃爱情,踏上教会的高升之路。

与其说拉尔夫在信仰与爱情之间选择了前者,不如说在权力和地位面前,他放弃了爱情。更具讽刺意味的是,拉尔夫的放弃并不彻底。他的身体距离上帝越近,他的心灵对梅吉的渴望越深。他在梅吉身上所体验的幸福与快乐，同时又带给他灵魂深处的自责与负罪。拉尔夫这一形象的深刻性在于他的痛苦挣扎不仅仅因为宗教的桎梏，还因为人性的野心与欲望。而他身上关于理想、爱情、权力、责任、意志、荣誉等复杂因素的交织与权衡使得这一形象在更深层次上揭示了具有普遍性的生存困境。此外，19世纪美国作家霍桑《红字》所刻画的清教徒丁梅斯代尔也属此类形象。他年轻英俊、才华横溢又德高望重，然而与白兰的爱情改变了他的命运。他一方面痛悔自己背叛虔诚的信仰，恐惧世俗的谴责，另一方面又对承受侮辱的白兰和女儿充满难以开解的愧疚。他以肉身的折磨平衡自己内心的痛苦，最终精神与身体双双崩溃，以死亡的方式完成了灵魂的救赎。

值得一提的是，与施蛰存《鸠摩罗什》相比，这两部西方文学作品的女性主义色彩更加浓厚，作品对女性形象的刻画更具深度，女性在艰难困苦中的坚韧、勇气、智慧得到浓墨重彩的呈现，女性悲剧命运的展示也充满了极富价值的现代性思考。

（第二篇）官　宦

一、文本节选

目下乃是收漕的时候，一时一刻都不能耽误的。原想到的那一天就要接印，谁知到得晚了，已有上灯时分，把他急得暴跳如雷，恨不得立时就把印抢了过来。亏得钱谷上老夫子前来劝解，说："今天天色已晚，就是有人来完钱粮漕米，也总要等到明天天亮，黑了天是不收的，不如明天一早接印的好。"王梦梅听了他言，方始无话，却是这一夜不曾合眼。约摸有四更十分便已起身，怕的是误了天亮接印，把漕米钱粮被前任收了去。

……

这位徐大人上了年纪,两耳重听,就是有时候听得两句,也装作不知。他生平讲究养心之学,有两个诀窍:一是不动心,二是不操心。那上头见他不动心?无论朝廷有什么急难的事请教到他,他丝毫不乱,跟着众人随随便便把事情敷衍过去,回他家里依旧吃他的酒,抱他的孩子。那上头见他不操心?无论朝廷有什么难办的事,他到此时只有退后,并不向前,口口声声反说:"年纪大了,不如你们年轻人办的细到,让我老头子休息休息罢!"他当军机,上头是天天召见的,他见了上头,上头说东,他也东;上头说西,他也西。每逢见面,无非"是是是","者者者"。倘若碰着上头让他出主意,他怕用心,便推头听不见,只在地上乱碰头……

(瞿耐庵)骂道:"你要告状,明天不好来,嗳!后天不好来,偏偏老爷今天接印,你撞了来!你死了老子的人不怕忌讳,老爷今天是初接印,是要图个吉利的!拉下去!替我打!"两旁差役一声吆喝,犹如鹰抓燕雀一般,把王七拖翻在地,剥去下衣,霎时间,两条腿上早已打成两个大窟窿,血流满地。瞿老爷瞧着地下一滩红的,心安了一半……

署院看了,只有一个错字,是二品顶戴的"戴"字,先写了一个"载"字,底下又加了两点,弄得"戴"不像"戴","载"不像"载"……后来写到盐商的"鹽"字,写了半天,竟不成个字了:"鹽"字肚里一个"鹵"字,"鹵"字当中是一个"×",四个"点"。他老人家忘记怎么写,左点又不是,右点又不是,一点点了十几点,越点越不像。署院看了笑道:"黄大哥倒是个小白脸,你何苦替他装出这许多麻子呢?"刘大侉子涨红了脸,不敢则声……

(傅制台)灰色搭连布袍子,天青哈喇呢外褂,挂了一串木头朝珠。补子虽是画的,如今颜色也不大鲜明了。脚下一双破靴,头上一顶帽子,还是多年的老式,帽缨子都发了黄了……一顶帽子,足足戴了三十多年……面子上虽然清廉,骨底子也是个见钱眼开的人。前个月里放钦差下来,都是小号一家经手,替他汇进京的足有五十多万。后来奉旨署任,又把银子追转来,现在存在小号里……

——李伯元《官场现形记》,上海古籍出版社,2011年

二、导读与赏析

1. 作者简介

李伯元(1867—1906),字宝嘉,江苏武进人。他擅长诗赋、绘画、篆刻,懂得金石考据,非常多才多艺。少年时期就考取了秀才,名列第一,但始终未能考中举人。这样的经历使得他对社会与官场的黑暗有更加敏锐、深切的观察和思考,《官场现形记》是晚清谴责小说中最有代表性的作品之一。

2. 作品导读

《官场现形记》是晚清文学家李伯元创作的长篇章回体小说,由30多个相对独立的官场故事建构而成,所塑造的官员形象在数量上、广度上具有其他作品无可比拟的优势。作品塑造的官员不下百人,覆盖了各个品级、各种类型、各个地域。作品以群像的方式呈现晚清官场的整体面貌,如上面的文本节选中,有贪得无厌的地方官,有自私麻木的军机大臣,有狠毒残忍的酷吏,有不学无术的昏官,有貌似清廉、实则贪婪的巡抚。作品描写了形形色色的官员,他们在各色官服遮蔽之下所显露的贪婪成性、阿谀谄媚、卑躬屈膝、道貌岸然、昏聩愚蠢、肆意妄为等丑态,将晚清社会存在的制度弊端、政治弊端以及清政府整体的腐败、懦弱、病态等复杂的背景和内涵进行了全方位的展现。在大清帝国摇摇欲坠的时代背景下,将人性之丑恶、心灵之污秽、人格之卑劣通过一众官员形象进行了酣畅淋漓的揭示与披露。这也是《官场现形记》被鲁迅先生列为谴责小说"开山之作"的重要原因。

当然,《官场现形记》对官员形象的塑造有自身的局限性。一方

面,小说着力于群像的描摹,个体形象的刻画失之于粗疏,在复杂性、立体性、个性化等方面都显得力度不够。另一方面,作品的立场致力于描摹官员形象的丑陋,使得较多的形象显现出类型化、脸谱化的特征,缺乏相当程度的丰富性与真实性。但总体来看瑕不掩瑜,《官场现形记》仍然可以称得上是中国古典小说中的官场百科全书。或者我们还可以这样理解,《官场现形记》刻画的不仅仅是官员,而是官员们所依附所凭借的——官场,以及滋生病态官场的温床——社会。

三、对比阅读

在西方文学作品中,19世纪俄国文学家果戈里的戏剧作品《钦差大臣》有异曲同工之妙。剧本讲述一场荒唐、滑稽又充满讽刺意味的闹剧。遥远的小城,以某市市长为首的一群官吏听闻钦差大臣即将前来视察的消息,非常焦灼忙乱、惊慌失措。他们既害怕钦差大臣发现自己的斑斑劣迹,又渴望攀附权贵谋求更多利益。在慌乱中,市长竟然将正巧路过此地的纨绔子弟赫列斯达科夫当做微服私访的钦差大臣,于是一系列的闹剧徐徐展开。

赫列斯达科夫本是圣彼得堡的一个小小文官,因为游手好闲,好赌成性,流落到这个边远的小城,盘缠输光之后无法支付房租、餐费被困在旅馆。愚蠢的市长对他奉为上宾,邀请他住到自己的家中盛情款待,官员们也对赫列斯达科夫阿谀奉承、主动奉上各种财物。赫列斯达科夫过上了风光无限、舒适奢华的生活。市长甚至放任他向自己的夫人调情,并允诺自己女儿的婚事,梦想依靠这个来自圣彼得堡的贵人实现自己飞黄腾达的目标。但赫列斯达科夫在享受了众人的殷勤款待、搜刮了官员和商人的钱财后,很快借口离开。他寄给朋友的信中讲述了自己的这段荒诞奇遇,并根据市长和众官的特点以讽刺的笔法为他们取了滑稽的绰号。这封信最终经由邮政局长的拦截落到了市长手中。就在众人面面相觑、懊恼不已、互相指责的时候,真正的钦差大臣到来,戏剧以呆若木鸡的众人群像收场。

《钦差大臣》在圣彼得堡的剧院公演之后,在舆论界掀起了一场轩然大波。封建统治阶级将之斥为"挑拨者""叛乱者",而别林斯基等进步人士则给予了很高的评价,甚至有人称之为"关于俄国官系的病理解剖学教程"。《钦差大臣》与《官场现形记》的相似之处在于,通过官员群像的刻画,集中呈现官僚阶层的腐朽、愚蠢、庸俗、肮脏,从而揭示了官僚阶层背后的社会弊病。

(第三篇) 英　雄

一、文本节选

听罢这番话,捷足的阿基琉斯恶狠狠地看着他,吼道:

"无耻,彻头彻尾的无耻!你贪得无厌,你利益熏心!

凭着如此德性,你怎能让阿开亚战勇心甘情愿地听从你的号令,为你出海,或全力以赴地杀敌?

就我而言,把我带到此地的,不是和特洛伊枪手打仗的希愿。

他们没有做过对不起我的事情,

从未抢过我的牛马,从未在土地肥沃、人丁强壮的家乡弗西亚。

我们之间隔着广阔的地域,峭壁高耸的山脉,呼啸奔腾的大海。

为了你的利益——我们跟你来到这里,好让你这狗头

高兴快慰,好帮你们——你和墨奈劳斯——从特洛伊人那里

争回脸面!对这一切你都满不在乎,以为理所当然。

现在,你倒扬言要亲往夺走我的份子,

阿开亚人给我的敬献——我为此出生入死,厮杀苦战。

每当我们攻陷一座特洛伊城堡,我所得的战礼从来没有你的丰厚。

苦战中,我总是承担最艰巨的任务,

但在分发战礼时,你总是收获丰厚,而我只得带着那点可怜的零碎。

拖着精疲力竭的身体,无力控诉,回到船上。

我要返回家乡弗西亚——乘坐弯翘的海船

回家,是一件好得多的美事。我不想忍声吞气,

呆在这里,为你积聚财富,增添库存!"

听罢这番话,民众的王者阿伽门农答道:

"……我不在乎你这个人,也不在乎你的愤怒。

不过,你要记住我的警告:

既然福伊波斯·阿波罗要取走我的克鲁塞伊丝,

我将命令我的伙伴,用我的船只,把她遣送归还。

但是,我要亲往你的营棚,带走美貌的布里塞伊丝,你的战礼。

这样,你就会知道,和你相比,我的权势该有多么莽烈!

此外,倘若另有犯上之人,畏此先例,

谅他也就不敢和我抗争,平享我的威严。"

如此一番应答,激怒了裴琉斯的儿子。

多毛的胸腔里,两个不同的念头争扯着他的心魂:

是拔出胯边锋快的铜剑,撩开挡道的人群,杀了阿特柔斯之子,

还是咽下这口怨气,压住这股狂烈?

……

高贵的奈斯托耳之子跑至他的近旁,

滴着滚烫的眼泪,开口传出送来的噩耗:

"哦,骠勇的裴琉斯的儿子,我不得不对你转告这条噩耗,

一件但愿绝对不曾发生的事情——

帕特罗克洛斯已战死疆场,他们正围绕着遗体战斗,

已被剥得精光——头盔闪亮的赫克托耳已夺占他的甲衣!"

他言罢,一团悲愤的乌云罩住了阿基琉斯的心灵。

他十指勾屈,抓起地上的污秽,洒抹在自己的头脸,脏浊了俊美的相貌,

灰黑的尘末纷落在洁净的衫衣上。

他横躺在地,偌大的身躯,卧盖着一片泥尘,抓绞和污损着自己的头发。

……

带着满腔愤恼,捷足的阿基琉斯答道:

"既然我在朋友被害时没能救他,那就让我死去。

如今,他已死在远离故土的异乡——他需要我的护卫,我的力量。

现在,既然我已不打算回返亲爱的故乡,

既然我已不是帕特罗克洛斯和其他伙伴们的救护之光——他们已成群结队地倒在强有力的赫克托耳手下——

只是干坐在自己的船边,使沃野徒劳无益地承托着我的重压;

我,战场上的骄子,身披铜甲的阿开亚人中无人可以及,

……

够了,过去的事就让它过去吧!尽管痛楚,

我要逼迫自己,压下此番盛怒。

现在,我要出战赫克托耳,这个凶手夺走了一条我所珍爱的生命。

然后,我将接受自己的死亡,在宙斯和列位神祇愿意把它付诸实现的任何时光!"

——荷马著,陈中梅译《荷马史诗·伊利亚特》,上海译文出版社,2018年

二、导读与赏析

1. 作者简介

荷马,相传为古希腊公元前9世纪—前8世纪的一位盲诗人。

他根据民间流传的短歌进行创作,写成了大气磅礴的《荷马史诗》。作品具有浓厚的人文主义精神,同时也是古希腊从氏族时期过渡到奴隶时期的社会史,具有很高的历史学、文献学价值。

2. 作品导读

《荷马史诗》由《伊利亚特》和《奥德赛》两个部分组成。《伊利亚特》主要讲述特洛伊战争最后几十天的故事,《奥德赛》则讲述伊塔卡岛国王奥德修斯在特洛伊战争胜利后返乡途中漂泊十年的经历。阿喀琉斯是《荷马史诗》中最引人瞩目的英雄形象,他的愤怒既是《伊利亚特》的开篇,也决定了特洛伊战争最后的转折和走向。他的身上人性与神性同在、善良与残忍共存,是一个饱满立体、生动鲜活的英雄形象。我们可以从以下几个复杂的层面解读他的形象特征:

一、心胸狭隘、率直任性。阿喀琉斯的愤怒源自于自己的女俘被古希腊联军统帅阿伽门农所强夺,个人利益和个人荣誉遭受双重损害的阿喀琉斯一怒之下退出了特洛伊的战场。失去英雄引领的希腊联军节节败退,血流成河,成千上万的战士无辜成为阿喀琉斯愤怒的牺牲品。因一己之私置全局于不顾,阿喀琉斯的身上体现出人性中存在的普遍弱点。二、爱憎分明、重情重义。面对阿伽门农盛气凌人的抢夺,阿喀琉斯发出了愤怒的咆哮与诅咒,并以决绝的姿态退出战场,以此反抗对方的不公。甚至在阿伽门农生出悔意,并给出丰厚的赔偿请阿喀琉斯出战时,他也给予了断然的拒绝。但好友帕特洛克罗斯在战场上被特洛伊英雄赫克托耳杀死之后,阿喀琉斯在悲痛中发誓为好友报仇,并很快与阿伽门农捐弃前嫌,重出战阵。三、暴虐残忍又极富同情心。阿喀琉斯杀掉赫克托尔之后,不仅将他的尸体拖在战车后狂奔泄愤,还杀掉了十二个贵族俘虏为好友陪葬,显示出极其残忍冷酷的性格特征。但当白发苍苍的特洛伊老王跪在他的脚下,哭泣着请求他归还儿子的尸体时,又勾起了他对父亲的回忆、对好友的悲伤。他对承受"丧子之痛"的老父亲深表同情,并同意了对方的请求。四、英勇无畏、挑战命运。阿喀琉斯是海洋女神忒提斯与凡人珀琉斯的儿子,在他诞生之初,母亲就得到了关于儿子命运的寓言。要么过平凡人的生活,一生碌碌无为却可以得享天年。要么投身战场,得以建功立业却注定早夭。忒提斯为了防止儿子落入悲剧的宿命,先将他浸入冥河之水,想让他刀枪不入。继而想尽办法劝阻儿子卷入战争。然而阿喀琉斯仍选择违背母亲的意愿,选择为自己的荣誉和价值而战。他对命运的无畏与挑战表现出令人叹服的英雄气度,也是人类勇于进取的精神品质的体现。

三、对比阅读

中国古典文学作品《史记·项羽本纪》对"西楚霸王"的形象塑造也非常立体。项羽作为"悲剧式英雄"具有非常矛盾的性格特征:一、志向高远又目光短浅。项羽在年少时就一心想要学习"万人敌"的兵法,第一次见到秦始皇就产生了取而代之的意愿。他在战场上骁勇善战,待人慷慨豪迈,面对敌众我寡的局面能以破釜沉舟的决心获取最后的胜利,这些都为其一时的成功奠定了现实基础。但他在取得胜利之后,逐渐骄傲自大,杀降卒,屠百姓,火烧阿旁宫,肆意掠夺财宝和妇女,这些失尽民心的行为也为他的失败埋下了伏笔。二、残忍凶狠又有妇人之仁。巨鹿之战后,项羽坑杀了二十万秦军的降卒,到达咸阳后又大规模屠杀百姓。上将军宋义与其意见不合,项羽就在军帐中将其斩杀并追杀其子。以至于项羽召见时,诸侯将领都跪着向前走,没有谁敢抬头仰视他。但在鸿门宴上,他不听范增的建议,错过了除掉刘邦的最好机会。以所谓感性的"义气"代替理性的决策,导致了最终的失败。即使逃到乌江畔,他仍有机会东渡而去,保存实力、卷土重来。然而他却意气用事,以自刎的方式逃避现实的失败。三、傲慢自负又温情脉脉。项羽身边曾经有许多见识高明的人才,如宋义、范增、韩信等,但项羽从不听从他们的意见和建议,不重视团队的智慧和力量,一味逞个人之豪强,最终败在善于用人的刘邦之下。然而危急时刻,项羽对陪伴自己的虞姬,对心爱的战马,对跟随自己的江东子弟,对那些被辜负了的父老乡亲,却有着无限的温情与歉意。"无颜见江东父老"虽则短视,却也饱含了项羽对家乡的深厚情义,西楚霸王最后的慷慨悲歌也成就了令人叹息与动容的英雄形象。

（第四篇）名 士

一、文本节选

桓公少与殷侯齐名,常有竞心。桓问殷:"卿何如我?"殷云:"我与我周旋久,宁作我。"……

支公好鹤,住剡东岇山。有人遗其双鹤。少时翅长欲飞,支意惜之,乃铩其翮。鹤轩翥不复能飞,乃反顾翅垂头,视之如有懊丧意。林曰:"既有凌霄之姿,何肯为人作耳目近玩!"养令翮成,置使飞去……

嵇中散临刑东市,神气不变。索琴弹之,奏广陵散。曲终曰:"袁孝尼尝请学此散,吾靳固不与,广陵散于今绝矣!"太学生三千人上书,请以为师,不许。文王亦寻悔。……

郗太傅在京口,遣门生与王丞相书,求女婿。丞相语郗信:"君往东厢,任意选之。"门生归,白郗曰:"王家诸郎,亦皆可嘉,闻来觅婿,咸自矜持。唯有一郎,在床上坦腹卧,如不闻。"郗公云:"正此好!"访之,乃是逸少,因嫁女与焉……

张季鹰辟齐王东曹掾,在洛,见秋风起,因思吴中菰菜羹、鲈鱼脍,曰:"人生贵得适意尔,何能羁宦数千里以要名爵?"遂命驾便归。俄而齐王败,时人皆谓见机……

刘伶病酒,渴甚,从妇求酒。妇捐酒毁器,涕泣谏曰:"君饮太过,非摄生之道,必宜断之!"伶曰:"甚善。我不能自禁,唯当祝鬼神,自誓断之耳!便可具酒肉。"妇曰:"敬闻命。"供酒肉于神前,请伶祝誓。伶跪而祝曰:"天生刘伶,以酒为名,一饮一斛,五斗解酲。妇人之言,慎不可听。"便引酒进肉,隗然已醉矣……

刘伶恒纵酒放达,或脱衣裸形在屋中,人见讥之。伶曰:"我以天地为栋宇,屋室为裈衣,诸君何为入我裈中?"……

阮公邻家妇有美色,当垆酤酒。阮与王安丰常从妇饮酒,阮醉,便眠其妇侧。夫始殊疑之,伺察,终无他意……

王子猷居山阴,夜大雪,眠觉,开室,命酌酒。四望皎然,因起彷徨,咏左思《招隐诗》。忽忆戴安道,时戴在剡,即便夜乘小船就之。经宿方至,造门不前而返。人问其故,王曰:"吾本乘兴而行,兴尽而返,何必见戴?"……

嵇康与吕安善,每一相思,千里命驾。安后来,值康不在,喜出户延之,不入。题门上作"鳳"字而去。喜不觉,犹以为欣,故作。"鳳"字,凡鸟也……

王平子出为荆州,王太尉及时贤送者倾路。时庭中有大树,上有鹊巢。平子脱衣巾,径上树取鹊子,凉衣拘阂树枝,便复脱去。得鹊子,还下弄,神色自若,傍若无人……

——刘义庆撰,朱碧莲、沈海波译注《世说新语》,中华书局,2011年

二、导读与赏析

1. 作者简介

刘义庆(403—444),字季伯,南朝宋宗室,文学家。刘义庆自幼才华出众,"为性简素,寡嗜欲,爱好文义"[1],远离刘宋皇室的权力

---

[1] 刘义庆撰,朱碧莲、沈海波译注《世说新语》,中华书局,2011年,第1页。

斗争并广招文人雅士集其门下,当时的大批名士都曾受到他的礼遇。

2. 作品导读

《世说新语》是由刘义庆组织门客编写的一部笔记小说集,通行本共6卷36篇。在不同的主题下记载了自汉魏至东晋士族阶层的言谈举止、奇闻轶事,反映了魏晋时期士大夫们的思想境况、生活追求、胸襟气度。作品语言简练,文字生动鲜活,虽然仅仅是只言片语的刻画,但往往能抓住人物的核心与精髓,勾勒出中国文化史上著名的"魏晋名士"的群像。在上述的文本节选中,我们可以清楚地体会到"名士"身上最显著的几个特征。

一、至情至性,旷逸超迈。如《品藻》篇中东晋将军桓温对名士殷浩的提问充满挑衅与奚落的意味,"我们两个谁强"的问题本身很难回答。但殷浩却完全不作非此即彼的选择,根本不屑将对方作为比较的对象。轻飘飘一句"我只与我自己周旋,我只愿意做我自己",给对方、给世人留下非常大的思考与想象的空间。人格的自由潇洒在一句话的回应中显露无遗。而《言语》篇中的支公替鹤养好羽毛放鹤飞去,明显在鹤的身上寄托了自己凌云飞翔、不作玩物的志向,《雅量》篇中的嵇康面临人生的穷途末路,能够泰然处之,不惜自己的生命却痛惜琴曲失传,显示出超然高迈的气度。还有王羲之面对挑选泰然处之"坦腹东床",张季鹰为"莼鲈之思"辞官返乡等都表现出魏晋文人对生命本真的追求,对待世俗眼光的坦然。二、狂狷放诞,不拘礼法。如《任诞》篇中屡屡在当垆美妇的身旁酒醉酣卧的阮籍,在母亲葬礼上"骑驴追婢"、"累骑而还"、与群猪共饮的阮咸,在家中赤身裸体以天地为房屋、以房屋为衣裤的刘伶,愿意"一手持蟹螯,一手持酒杯,拍浮酒池中"[1]了却一生的毕卓,《简傲》篇里在上任途中众目睽睽之下脱掉上衣、头巾甚至贴身内衣爬树去抓小鹊的王澄,还有吕

---

[1] 刘义庆撰,朱碧莲、沈海波译注《世说新语》,中华书局,2011年,第731页。

安前去拜访嵇康不遇,题写一个"鳳"字(凡鸟之意)挖苦迎接他的嵇喜等。这些看似狂傲放肆、荒诞不敬的行为都是对"名教"与"礼法"最大程度的反抗和叛逆,如同阮籍所说"礼岂为我辈设耶?"[1]

值得注意的是,名士风度的叛逆与超越背后,蕴含着身在特定时代的知识分子群体内心深处的苦闷与无奈。魏晋堪称中国历史上最黑暗、最动荡的时期,建功立业、匡扶天下的人生追求在这样混乱的社会环境中注定无法实现。面对困顿的现实境遇,唯有寻求心灵的解放与精神的超越才能在一定程度上安放身心,并借以宣泄和抚慰内心的孤独与痛苦。因此,《世说新语》中虽仅以碎片化的方式刻画魏晋名士的群像,却能直抵这一群体、这一时代的内在和本质。

三、对比阅读

如果说"名士"追求精神的超越,以叛逆的姿态面对世俗的礼法,那么"骑士"则追求行动的卓越,以忠诚与冒险谱写荣誉的传奇。骑士群体虽则属于贵族阶级的中下阶层,但他们的传奇色彩使其在西方文学史上占有浓墨重彩的一席之地。他们往往出身于富裕家庭,接受特定的教育和训练,宣誓效忠统治阶级和基督教教义。15世纪英国作家托马斯·马洛礼(Thomas Malory)《亚瑟王之死》是其中具有代表性的作品,讲述了亚瑟王与圆桌骑士们结束混战、开创盛世以及寻找圣杯的功绩与传奇。

在亚瑟王的众多圆桌骑士中,"骑士之花"兰斯洛特是最引人瞩目的形象。兰斯洛特武艺高超,几无敌手,具有超凡的勇气和过人的胆识。他追随亚瑟王立下过汗马功劳,对求助于他的弱势群体也常常表现出锄强扶弱、善良正义的品质。他英俊的外表、高贵的气质以及谦逊的风度、得体的举止既为他赢得了众多骑士的尊重,也为他赢

---

[1] 刘义庆撰,朱碧莲、沈海波译注《世说新语》,中华书局,2011年,第721页。

得了许多贵妇人的芳心。但在完美的表象之下,兰斯洛特却有自己无法摆脱与克制的虚荣、欲念。他为了自己的骄傲与荣耀,常常在各种比武、决斗中滥杀无辜,还为了营救自己的情人——王后桂妮薇儿,当场杀死了二十四名骑士,其中甚至包括不愿与他交战而并未身披铠甲的朋友。对于自己侍奉的君主和信仰的上帝,兰斯洛特都谈不上绝对忠诚。他与王后桂妮薇儿的私情本身就是对亚瑟王的背叛,更因为私情的暴露直接导致了圆桌骑士整个体系的坍塌,并最终使得国家走向动荡和衰亡。他常常向上帝祈祷,在寻找圣杯的过程中曾深刻悔悟过自己的过失,并发誓弥补和改正。然而他回到宫廷之后,又将所有的忏悔抛之脑后。在兰斯洛特的内心深处,唯有桂妮薇儿才是他一切征伐与冒险的动力。而在中世纪的语境中,将爱情尤其是对王后的爱情看得比上帝还重要无疑是罪孽深重的。

除《亚瑟王之死》外,中世纪骑士传奇的代表作还有比如《崔斯坦与伊瑟》《奥卡森与尼珂莱特》等也讲述了骑士的战斗、冒险和爱情,塑造了崔斯坦、奥卡森等颇具影响力的骑士形象。

（第五篇） 商　贾

一、文本节选

第三场　威尼斯。广场

巴萨尼奥及夏洛克上。

夏洛克　　三千块钱,嗯?

巴萨尼奥　是的,大叔,三个月为期。

夏洛克　　三个月为期,嗯?

巴萨尼奥　我已经对你说过了,这一笔钱可以由安东尼奥签立借据。

夏洛克　　安东尼奥签立借据,嗯?

巴萨尼奥　你愿意帮助我吗？你愿意应承我吗？可不可以让我知道你的答复？

夏洛克　三千块钱，借三个月，安东尼奥签立借据。

巴萨尼奥　你的答复呢？

夏洛克　安东尼奥是个好人。

巴萨尼奥　你有没有听见人家说过他不是个好人？

夏洛克　啊，不，不，不，不；我说他是个好人，我的意思是说他是个有身价的人。可是他的财产却还有些问题：他有一艘商船开到特里坡利斯，另外一艘开到西印度群岛，我在交易所里还听人说起，他有第三艘船在墨西哥，第四艘到英国去了，此外还有遍布在海外各国的买卖；可是船不过是几块木板钉起来的东西，水手也不过是些血肉之躯，岸上有旱老鼠，水里也有水老鼠，有陆地的强盗，也有海上的强盗，还有风波礁石各种危险。不过虽然这么说，他这个人是靠得住的。三千块钱，我想我可以接受他的契约。

巴萨尼奥　你放心吧，不会有错的。

夏洛克　我一定要放了心才敢把债放出去，所以还是让我再考虑考虑吧。我可不可以跟安东尼奥谈谈？

巴萨尼奥　不知道你愿不愿意陪我们吃一顿饭？

夏洛克　是的，叫我去闻猪肉的味道，吃你们拿撒勒先知把魔鬼赶进去的脏东西的身体！我可以跟你们做买卖，讲交易，谈天散步，以及诸如此类的事情，可是我不能陪你们吃东西喝酒做祷告。交易所里有些什么消息？那边来的是谁？

安东尼奥上。

巴萨尼奥　这位就是安东尼奥先生。

夏洛克　他的样子多么像一个摇尾乞怜的税吏！我恨他因为他是个基督徒，可是尤其因为他是个傻子，借钱给人不取利钱，把咱们在威尼斯城里干放债这一行的利息都压低了。

要是我有一天抓住他的把柄,一定要痛痛快快地向他报复我的深仇宿怨。他憎恶我们神圣的民族,甚至在商人会集的地方当众辱骂我,辱骂我的交易,辱骂我辛辛苦苦赚下来的钱,说那些都是盘剥得来的腌臜钱。要是我饶过了他,让我们的民族永远没有翻身的日子……

夏洛克 安东尼奥先生,好多次您在交易所里骂我,说我盘剥取利,我总是忍气吞声,耸耸肩膀,没有跟您争辩,因为忍受迫害本来是我们民族的特色。您骂我异教徒,杀人的狗,把唾沫吐在我的犹太长袍上,只因为我用我自己的钱博取几个利息。好,看来现在是您来向我求助了;您跑来见我,您说,"夏洛克,我们要几个钱,"您这样对我说。您把唾沫吐在我的胡子上,用您的脚踢我,好像我是您门口的一条野狗一样;现在您却来问我要钱,我应该怎样对您说呢?我要不要这样说,"一条狗会有钱吗?一条恶狗能够借人三千块钱吗?"或者我应不应该弯下身子,像一个奴才似的低声下气,恭恭敬敬地说,"好先生,您在上星期三用唾沫吐在我身上;有一天您用脚踢我;还有一天您骂我狗;为了报答您这许多恩典,所以我应该借给您这么些钱吗?"……

我要叫你们看看我到底是不是一片好心。跟我去找一个公证人,就在那儿签好了约;我们不妨开个玩笑,在约里载明要是您不能按照约中所规定的条件,在什么日子、什么地点还给我一笔什么数目的钱,就得随我的意思,在您身上的任何部分割下整整一磅白肉,作为处罚。

安东尼奥 很好,就这么办吧;我愿意签下这样一张约,还要对人家说这个犹太人的心肠倒不坏呢。

——莎士比亚著,朱生豪译《威尼斯商人》,人民文学出版社,2016年

二、导读与赏析

1. 作者简介

威廉·莎士比亚(William Shakespeare, 1564—1616),英国剧作家、诗人,文艺复兴时期欧洲文学最杰出的代表。他的戏剧《罗密欧与朱丽叶》《仲夏夜之梦》《哈姆雷特》《奥赛罗》《李尔王》《麦克白》等都在欧洲戏剧史和世界文学史上占据重要地位,产生了深远影响。

2. 作品导读

《威尼斯商人》中的犹太人夏洛克是西方文学中著名的"四大吝啬鬼"形象之一,在他的身上体现出复杂的矛盾性。夏洛克最突出的性格特征是他贪婪的本性与吝啬的作派。他虽然腰缠万贯,自己却从不享用。他担心女儿杰西卡与外界交往会令自己的财产受到损失,因此对她的约束非常严苛。这导致女儿与自己反目,并与情人私奔。他对仆人也斤斤计较,甚至连他们填饱肚子都要遭到嫌弃和指责。夏洛克将自己的钱财通通投入高利贷生意,并期望能够从中获得更多的利益。如果说唯利是图是夏洛克作为商人而具备的逐利本性,那么面对竞争对手的冷酷与残忍则更是将他偏狭的心胸袒露无遗。安东尼奥借贷不收利息的行为严重影响了夏洛克的高利贷生意,夏洛克欲除之而后快,因而故意设下陷阱,签订的契约以安东尼奥胸前的一磅肉作为违约的赔偿条件。当安东尼奥的船只遇险无法按期归还夏洛克的借款时,夏洛克当即抓住机会诉诸法庭,既不怜悯当事人的哀求,也不同意其朋友巴萨尼奥按照三倍金额赔偿的请求。明知按照契约执行会伤害安东尼奥的性命,夏洛克却坚持以冷血的方式要求他完成契约。夏洛克的女儿杰西卡与人私奔后,他公开在人前诅咒自己的女儿,痛骂她带走了自己贵重的宝石与大笔的巨款,"我希望我的女儿死在我的脚下,那些珠宝都挂在她的耳朵上,我希望她就在我的脚下入土安葬,那些银钱都放在她的棺材里"[1]。

但夏洛克的不近人情并非毫无缘由,纵观作品全文,其人其事有许多令人同情的因素。作为饱受歧视与屈辱的犹太人,夏洛克处处受到基督徒的凌虐。安东尼奥就曾经唾骂他、踢打他,在他的内心播下仇恨的种子。他的谨慎小心、步步为营完全是犹太人在严酷的社会环境中为了自身的生存而形成的技巧与策略。一颗从未在社会环境中感受过温暖的灵魂,又何谈对周遭的众人释放宽容与善意?从这个角度看,夏洛克形象的深度还在于真实反映出犹太人在英国甚至整个欧洲特定时期的生存困境。

三、对比阅读

中国古代封建社会"重农抑商"的价值理念使得中国古典文学中对商人的描写和塑造较为薄弱。唐代以前鲜少出现对商人进行艺术描摹的作品,唐传奇和宋元话本、杂剧等作品逐渐开始观照商人生活,但商人往往是作为陪衬或配角出现。明清时期商品经济高度发达,资本主义经济开始萌芽,儒家思想尤其是理学的束缚大大消减,商人作为一个群体凭借自己的经济实力获得社会地位的显著提升。明清小说中对商人的刻画呈现爆发式的增长,在生动性与深刻性方面也有明显的改观。

如《金瓶梅》中的西门庆是一个靠生药铺起家的商人,他将商品交易、等价交换作为自己一切行为的原则,并将之贯彻到自己的生意、官职、婚姻以及日常生活的方方面面。他先是以金钱为敲门砖,与蔡太师等高官建立了密切联系,为自己谋得山东提刑所理刑副千户之职。进而利用自己手中的权力以及和达官显贵们之间的关系,开始大肆敛财,谋取私利。他偷逃税收牟取暴利、打压对手痛下狠

---

[1] 莎士比亚著,朱生豪译《威尼斯商人》,人民文学出版社,2016年,第182页。

手、垄断盐业中饱私囊、包庇恶人收取钱财……甚至连几次娶妾,都成为西门庆实现资产增值的重要手段。西门庆娶孟玉楼,不仅是因为她的美貌,更因为她"手里有一分好钱。南京拔步床也有两张。四季衣服,插不下手去,也有四五只箱子。金镯银钏不消说,手里现银子也有上千两。好三梭布也有三二百筒"[1]。李瓶儿带给西门庆的嫁妆更加丰厚,"六十锭大元宝,共计三千两……四箱柜蟒衣玉带,帽顶绦环,都是值钱珍宝之物"[2],"还有三四十斤沉香,二百斤白蜡,两罐子水银,八十斤胡椒"[3],以及前任丈夫留下的房产等。除此之外,他还将自己的女儿嫁给八十万禁军杨提督亲家的儿子陈敬济,将伙计韩道国的女儿嫁给蔡太师的翟管家做妾,出资安排妓女供蔡状元淫乐,从而为自己编织了庞大的政商关系网络。可以说,西门庆是中国古典小说中最具商业意识也最能体现资本原始积累之罪恶的商人形象。

（第六篇） 闲　　人

一、文本节选

（西门庆）结识的朋友,也都是些帮闲抹嘴,不守本分的人。第一个最相契的,姓应名伯爵,表字光侯,原是开绸缎铺应员外的第二个儿子,落了本钱,跌落下来,专在本司三院帮嫖贴食,因此人都起他一个浑名叫做应花子。又会一腿好气毬,双陆棋子,件件皆通。第二个姓谢名希大,字子纯,乃清河卫千户官儿应袭子孙,自幼父母双亡,游手好闲,把前程丢了,亦是帮闲勤儿,会一手好琵琶。自这两个与西

---

[1] 兰陵笑笑生著,闫昭典、王汝梅、孙言诚、赵炳南校点《金瓶梅》,三联书店（香港）有限公司,2014年,第83—84页。
[2] 同上书,第173页。
[3] 同上书,第197页。

门庆甚合得来。其余还有几个,都是些破落户,没名器的。一个叫做祝实念,表字贡诚。一个叫做孙天化,表字伯修,绰号孙寡嘴。一个叫做吴典恩,乃是本县阴阳生,因事革退,专一在县前与官吏保债,以此与西门庆往来。还有一个云参将的兄弟叫做云理守,字非去。一个叫做常峙节,表字坚初。一个叫做卜志道。一个叫做白赉光,表字光汤。……说这一干共十数人,见西门庆手里有钱,又撒漫肯使,所以都乱撮哄着他耍钱饮酒,嫖赌齐行……

大盘小碗拿上来,众人坐下,说了一声动箸吃时,说时迟,那时快,但见:人人动嘴,个个低头。遮天映日,犹如蝗蚋一齐来;挤眼掇肩,好似饿牢才打出。这个抢风膀臂,如经年未见酒和肴;那个连三筷子,成岁不筵与席。一个汗流满面,却似与鸡骨秃有冤仇;一个油抹唇边,把猪毛皮连唾咽。吃片时,杯盘狼藉;啖顷刻,箸子纵横。这个称为食王元帅,那个号作净盘将军。酒壶番晒又重斟,盘馔已无还去探。正是:珍羞百味片时休,果然都送入五脏庙。

当下众人吃得个净光王佛。……临出门来,孙寡嘴把李家明间内供养的镀金铜佛,塞在裤腰里;应伯爵推斗桂姐亲嘴,把头上金琢针儿戏了;谢希大把西门庆川扇儿藏了;祝实念走到桂卿房里照面,溜了他一面水银镜子。常峙节借的西门庆一钱银子,竟是写在嫖账上了。原来这起人,只伴着西门庆玩耍,好不快活……

应伯爵用酒碟安三个钟儿,说:"我儿,你每在我手里吃两钟。不吃,望身上只一泼。"爱香道:"我今日忌酒。"爱月儿道:"你跪着月姨,教我打个嘴巴儿,我才吃。"伯爵道:"银姐,你怎的说?"吴银儿道:"二爹,我今日心里不自在,吃半盏儿罢。"爱月儿道:"花子,你不跪,我一百年也不吃。"黄四道:"二叔,你不跪,显的不是趣人。也罢,跪着不打罢。"爱月儿道:"跪了也不打多,只教我打两个嘴巴儿罢。"伯爵道:"温老先儿,你看着,怪小淫妇儿只顾赶尽杀绝。"于是奈何不过,真个直撅儿跪在地下。那爱月儿轻揎彩袖,款露春纤,骂道:"贼花子,再可敢无礼伤犯月姨了?——高声儿答应。你不答应,我也不吃。"伯爵无法可处,只得应声道:"再不敢伤犯月姨了。"这爱月儿方连打了两个嘴巴,方才吃那钟酒……

话说李娇儿到家,应伯爵打听得知,报与张二官知,就拿着五两银子来,请他歇了一夜。原来张二官小西门庆一岁,属兔的,三十二岁了。李娇儿三十四岁,虔婆瞒了六岁,只说二十八岁,教伯爵瞒着。使了三百两银子,娶到家中,做了二房娘子……张二官见西门庆死了,又打点了上千两金银,往东京寻了枢密院郑皇亲人情,对堂上朱太尉说,要讨提刑所西门庆这个缺。家中收拾买花园,盖房子。应伯爵无日不在他那边趋奉,把西门庆家中大小之事,尽告诉与他,说:"他家中还有第五个娘子潘金莲,排行六姐,生的上画儿般标致,诗词歌赋,诸子百家,拆牌道字,双陆象棋,无不通晓。又写的一笔好字,弹的一手好琵琶。今年不上三十岁,比唱的还乔。"说的那张二官心中火动,巴不的就要了他,便问道:"莫非是当初卖炊饼的武大郎那老婆么?"伯爵道:"就是他。占来家中,今也有五六年光景,不知他嫁人不嫁。"张二官道:"累你打听着,待有嫁人的声口,你来对我说,等我娶了罢。"伯爵道:"我身子里有个人,在他家做家人,名来爵儿。等我对他说,若有出嫁声口,就来报你知道。难得你娶过他这个人来家,也强似娶个唱的。当时西门庆大官人在时,为娶他,不知费了许多心。大抵物各有主,也说不的,只好有福的匹配,你如有了这般势耀,不得此女貌,同享荣华,枉自有许多富贵。我只叫来爵儿密密打听,但有嫁人的风缝儿,凭我甜言美语,打动春心,你却用几百两银子,娶到家中,尽你受用便了。"看官听说,但凡世上帮闲子弟,极是势利小人。当初西门庆待应伯爵如胶似漆,赛过同胞弟兄,那一日不吃他的,穿他的,受用他的。身死未几,骨肉尚热,便做出许多不义之事。正是画虎画皮难画骨,知人知面不知心。

——兰陵笑笑生著,王汝梅校注《金瓶梅》,吉林大学出版社,1994年

二、导读与赏析

1. 作者简介

兰陵笑笑生,是《金瓶梅》作者所用的笔名。其真实身份不明,学界有较多争议。"兰陵"应为作者之籍贯,"笑笑生"则为其名称。作为中国古代文学史上第一位独立创作长篇白话小说的作家,兰陵笑笑生的创作达到了前所未有的高度,开启了文人创作现实主义长篇小说的先河。

2. 作品导读

《金瓶梅》中的应伯爵被称为"天下第一帮闲",可见其形象尽得某类"闲人"真谛。"帮闲"是指围绕陪伴在达官贵人身边,通过阿谀奉承、跑腿帮忙、插科打诨来获取自身利益的人。应伯爵自身家业败落,经济拮据,只能依附财大气粗、出手阔绰的西门庆,来为自己和家人赚取利益。为了获得西门大官人的青睐,应伯爵鞍前马后、卑躬屈膝,虽然年龄比西门庆还要大上几岁,却口口声声上赶着称西门庆为"哥"。凡是西门庆想做的事情,他极力帮衬,比如为西门庆梳拢娼妓、跑腿打杂还要适时地溜须拍马、逗笑取乐、捧场喝彩。为了取悦西门庆,他不仅在各种酒席上心甘情愿地扮演丑角,以难看的吃相、夸张的举止来博取西门庆开心一笑。而且还不惜向妓女下跪挨妓女耳光,来表达对西门庆的谄媚。应伯爵撺掇西门庆吃喝嫖赌,而自己则在其中蹭吃蹭喝、占尽便宜。为了生存和利益,可谓极尽卑微之能事。因此,兰陵笑笑生以谐音的方式为应伯爵等人物命名以昭示他们的内涵,如应伯爵——"应白嚼"、常峙节——"常时借"、谢希大——"谢携带"、吴典恩——"无点恩",等等。

应伯爵表面上极力作出"朋友"的假象,但究其实质,他只是将西门庆作为自己赖以生存的工具而已。因此,对于西门庆给予的恩惠和帮助,应伯爵并没有发自内心的感激。应伯爵曾对西门庆说:"比来相交朋友做什么?哥若有使令俺们去处,兄弟情愿火里火去,水里水去。"[1]这样的表白在很大程度上赢得了西门庆的欣赏和慷慨。然而西门庆死后,应伯爵第一时间改换门庭,投到了张二官门下。主动将西门庆家方方面面的情况告知新的主人,并与其合谋西门庆家的生意、财产,还一力撺掇他将西门庆的小妾李娇儿、潘金莲等娶回张家。在应伯爵的身上,"富贵则就之,贫贱则去之"的势利与无情体现得淋漓尽致。鲁迅先生曾经对笔下的孔乙己"哀其不幸,怒其不争",这样的评价同样契合应伯爵等帮闲形象。他们一方面有身在窘境的卑微与辛酸,有对弱者未曾泯灭的善意与同情,另一方面又以趋炎附势、寡廉鲜耻的方式为自己谋求生存的一席之地。应伯爵等"帮闲"作为"寄生者"的形象具有深刻的批判现实的意义。

三、对比阅读

俄罗斯作家冈察洛夫《奥勃洛莫夫》中的男主人公奥勃洛莫夫是俄罗斯文学中甚至西方文学中著名的"多余人"形象。地主知识分子奥勃洛莫夫出生在一个贵族庄园,他的父母拥有三百多名农奴,他们的生活环境闭塞保守,既不关心外界的任何事情,也不想对自己的生活做出任何改变。奥勃洛莫夫从小娇生惯养,父母灌输给他的思想是自己亲手做事是令人可耻的行为。养尊处优的奥勃洛莫夫厌倦一切现实的社会生活,不管是体力劳动,还是日常社交,更不用说作为文官的职务工作。

为了过上安逸逍遥的生活,他辞去公职,断绝交游,离群索居,足不出户,整天躺在沙发或床上,成为一个无所事事、颓废萎靡的废物。而他的身体因为常年累月的静卧变得越来越胖,健康状况也越来越糟,最终因为肥胖中风而死。在奥勃洛莫夫的生命历程中,也曾经有过关于"光荣和梦想"的激情,有过美丽的幻想与行动的计划。甚至

---

[1] 兰陵笑笑生著,闫昭典、王汝梅、孙言诚、赵炳南校点《金瓶梅》,三联书店(香港)有限公司,2014年,第204页。

还曾经坠入爱河,对美丽纯洁的奥尔加小姐动过真情。但这一切都不足以改变奥勃洛莫夫懒散颓废、浑浑噩噩的生活,他对生活的规划永远只停留在设想的层面,根本无法落实到实际行动中。奥尔加小姐最终与他分道扬镳,奥勃洛莫夫大病一场之后,娶了能够悉心照料自己的寡妇普西尼钦娜,并最终在衣来伸手、饭来张口的生活中死去。奥勃洛莫夫的形象真实再现了19世纪40至60年代俄罗斯社会农奴制度的腐朽和没落,他是这一时期愚昧守旧、精神贫乏、生活颓废的地主阶层的写照和缩影。他的命运映射了俄罗斯农奴制的终结和灭亡,他的名字也成为了萎靡、懒惰、缺乏生活能力的"寄生者"的代称。

(第七篇) 痴　人

一、文本节选

浮士德: 无论穿什么服装,狭隘的浮生,总使我感到非常烦恼。要只顾嬉游,我已太老。要无所要求,我又太年轻。人世能给我什么恩赐? 你要克己! 要克己! 这是一句永远的老调,在人人的耳边喧嚷,我们一生,随时都听到,这种声嘶力竭的歌唱。我早晨醒来,只有觉得惶恐,总不由得落泪伤心,想到今日,在这一天之中,一个愿望也不会实现,一个也不行,甚至任何快乐的向往,也被任意的挑剔打消。活跃的满腔创新的思想,都受到无数俗虑的干扰。等到黑夜降临,上床就寝,我又要感到惶惶不安,在床上也是心神不宁,许多噩梦使我胆寒。驻在我的胸中的神,能深深激动我的内心,但这支配我全部力量的神,却没有对付外力的本领。因此,我觉得生存真是麻烦,我情愿死,不愿活在世间……我如有一天悠然躺在睡椅上面,那时我就立刻完蛋! 你能用甘言哄骗我,使我感到怡然自得,你能用享乐迷惑住我，那就算我的末日！我跟你打赌！……如果我对某一瞬间说：停一停吧！你真美丽！那时就给我套上枷锁，那时我也情愿毁灭！那时就让丧钟敲响，让你的职务就此告终，让时钟停止，指针垂降，让我的一生就此断送！

……

浮士德：生命的脉搏清新活泼地跳动，对那太空的曙光温柔地致敬；大地啊，你在昨夜也毫无变动，如今在我脚下又焕然一新，你已开始用欢乐将我包围，你鼓励我，唤起我坚强的决心，使我努力追求最高的存在。——世界已经在晨曦之中开放，森林里面鸣响着众生的万籁，袅袅的雾气在谷中到处飘荡，可是天光已经向深处射下，大小的树枝全从它们的睡乡、清香的谷底吐出茁壮的新芽；地上浮现出逐渐鲜明的色彩，颤动的露珠从花叶上面滴下，一座乐园在我的周围展开。

……

浮士德：海水悄悄而来，它自己不生产，还将这种不生产到处扩展，它汹涌、澎湃、翻腾，将海岸地带荒凉可憎的区域加以覆盖。一波又一波以强力进行统治，

在退去以后，却成不了大事，并不能使我畏惧而陷于绝望！奔放的元素的漫无目的的力量！因此我的精神敢跃出大步；我要在这里战斗，要将它征服。这完全可能！——不管它怎样滔滔，遇到小丘，它也会转弯改道；不管它的活动怎样猖狂，些微的高地可跟它昂头对抗，些微的低洼也能强把它拉下。我心中迅速想出了许多计划：我要获得这种可贵的享受，把那专制的海水从岸边赶走，而使湿土的境界趋于缩小，把海水远远逐回它自己的窝巢。我一步一步进行过研究权衡！这是我的愿望，你帮我促成！

……

浮士德：有一片沼泽横亘在山麓，污染了一切已开拓之地；把这臭水滨加以排除，乃是功亏一篑的大事。我为几百万人开拓疆土，虽

不算安全,却可以自由居住。

原野青葱而肥沃,人和牛羊就能高兴地搬到新地之上,立即移居在牢固的沙丘附近,这是由勤劳勇敢的人民筑成。里面的土地就像一座乐园,尽管外面的海涛拍击到岸边,如果它贪婪成性,要强行侵入,大家会齐心奔赴,将决口堵住。是的,我就向这种精神献身,这是智慧的最后总结:要每天争取自由和生存的人,才有享受两者的权利。因此在这里,幼者壮者和老者都在危险中度过有为的岁月。

我愿看到这样的人群,在自由的土地上跟自由的人民结邻!那时,让我对那一瞬间开口:"停一停吧,你真美丽!我的尘世生涯的痕迹就能够永世永劫不会消逝"。我抱着这种高度幸福的预感,现在享受这个最高的瞬间。

(浮士德向后倒下,鬼怪们将他扶起,放在地上。)

——歌德著,钱春绮译《浮士德》,上海译文出版社,2018年

二、导读与赏析

1. 作者简介

歌德(1749—1832)是德国伟大的诗人、作家、思想家。他生活在封建制度崩塌而资本主义蓬勃向上的大变革时代,关心现实的社会生活,具有与时俱进的奋斗与探求精神,也有特定时代资产阶级的局限性。小说《少年维特之烦恼》、诗剧《浮士德》等作品在欧洲文学史上具有很大的影响。

2. 作品导读

浮士德是一个年过半百的学者,他博览群书、钻研学问,但反思自己枯坐书斋、一事无成。魔鬼梅菲斯特与他打赌,允诺带他游历,满足他的愿望,而他一旦感到满足,灵魂则归魔鬼所有。浮士德在梅菲斯特的带领下,先后经历了书斋生活、爱情生活、政治生活、追求古典美和建功立业五个不同的阶段,最终找到了通过劳动建造人间乐

园的真理和追求。

他的身上体现出积极进取、勇于实践、不断追求的美好品格,正是因为不满足于现有的成就和安逸的生活,浮士德才接受魔鬼的赌约,开始自己上天入地、悲喜交集的人生历程。但如同他自己的剖白:"有两种精神寓于我的心胸……一个沉溺于迷离的爱欲之中,执拗地固执着这个尘世,另一个要猛烈地超离凡尘,向那崇高的精神境界飞升。"他对爱欲执着,贪图物质享受,甚至为了成就功名不惜向封建统治者妥协,犯下过许多错误。但他的每一次犯错与失败,不但没有将他引入罪恶的深渊与迷途,反而给予他反省和思考,并最终成为他接近真理、认识真理、追求真理的铺垫。因此,当他最终满足于劳动者改造自然的美妙声音和想象中人间乐园的美丽图景,倒地而死的浮士德不但没有被魔鬼攫取灵魂,反而获得了天使的接引与上帝的接纳。"凡是自强不息者,到头我辈均能救",天使的话语表述的正是作品的价值观。浮士德执着于改变自我、变革世界,甚至甘愿将自己的灵魂作为赌注以驱遣魔鬼实现自己的目标,其人不可谓不"痴"。但浮士德正是凭借着这种执着的、永不言败的精神,最终完成了自我的救赎,获得了灵魂的升华。从这个角度来看,浮士德的形象也是歌德作为德国资产阶级的代言者为这一群体所标示的模范、目标与努力的方向。

三、对比阅读

《红楼梦》中的贾宝玉是中国古典文学中独具魅力的"痴人"形象。他出生于钟鸣鼎食的世代书香仕宦人家,作为贾府未来最重要的男性继承人,却丝毫不以读书科举、入仕做官为念。衔玉而生的宝玉整天"只在内帷厮混",从孩童时代开始就表现出对女性独特的态度和价值判断。"抓周"之时世间万物一概不取,伸手只抓脂粉钗环。在外人面前顽劣浮躁,回家见了姐姐妹妹却异常温柔文雅。他甚至说:"女儿是水做的骨肉,男人是泥做的骨肉。我见了女儿,我便清爽;见了男子,便觉浊臭逼人。"[1]他亲近女性,愿意对她们倾尽所有的温柔与怜爱,以致于将自己对生活、对生命的美好寄托都安放在她们的身上。无论是黛玉、宝钗、湘云、探春等贵族女性,还是晴雯、袭人、平儿、香菱等丫鬟,甚至是故事中、画面上的女孩儿,他都为她们的喜怒哀乐动容,也为她们的命运与处境牵绊。他的博爱为他赢得了警幻仙姑"天下第一淫人"的评语。

但与那些只懂得占有利用、调笑玩弄的"皮肤滥淫之蠢物"不同,宝玉之"淫"更多的是"天分中生成一段痴情",是对女性发自内心的欣赏、喜爱、关切与尊重。或者可以这么理解,皮肤之"淫"更多是"欲",而宝玉之"淫"则落脚于"情"。从更深的层面来看,宝玉所敬慕的"女儿"之清净,是与世俗价值体系相对立的价值追求。他厌倦传统价值体系中的经济仕途,反感沽名钓誉、虚伪道学,不愿意与蝇营狗苟的"禄蠹"同流。他以自己的最大努力建构和守护"女儿王国"的自由,使之成为独立于现实世界之外的美好乐园。作为"情痴"的贾宝玉,情之所钟的不仅仅是那些青春美丽的女性,还有他理想中清净纯洁的净土,以及其中具有超越性的自在生活。从这个意义上来看,《情僧录》作为《红楼梦》的别名,在很大程度上揭示了贾宝玉这一人物的深刻内涵。

(第八篇) 愚 人

一、文本节选

在麦其土司辖地上,没有人不知道土司第二个女人所生的儿子是一个傻子。那个傻子就是我。除了亲生母亲,几乎所有人都喜欢

---

[1] 曹雪芹、高鹗著《红楼梦》,人民文学出版社,1985年,第29页。

我是现在这个样子。要是我是个聪明的家伙，说不定早就命归黄泉，不能坐在这里，就着一碗茶胡思乱想了。土司的第一个老婆是病死的。我的母亲是一个毛皮药材商买来送给土司的。土司醉酒后有了我，所以，我就只好心甘情愿当一个傻子了。虽然这样，方圆几百里没有人不知道我，这完全因为我是土司儿子的缘故。如果不信，你去当个家奴，或者百姓的绝顶聪明的儿子试试，看看有没有人会知道你。我是个傻子。我的父亲是皇帝册封的辖制数万人众的土司。

……

那时我已经三个月了，母亲焦急地等着我做一个知道自己来到这个世界的表情。一个月时我坚决不笑。两个月时任何人都不能使我的双眼对任何呼唤做出反应。土司父亲像他平常发布命令一样对他的儿子说："对我笑一个吧。"见没有反应，他一改温和的口吻，十分严厉地说："对我笑一个，笑啊，你听到了吗？"他那模样真是好笑。我一咧嘴，一汪涎水从嘴角掉了下来。母亲别过脸，想起有我时父亲也是这个样子，泪水止不住流下了脸腮。母亲这一气，奶水就干了。她干脆说："这样的娃娃，叫他饿死算了。"

……

这样的巡游不但愉快，而且可以叫人迅速成长。我知道自己什么时候应该显出是世界上最聪明的人，叫小瞧我的人大吃一惊。可是当他们害怕了，要把我当成个聪明人来对待的时候，我的行为立即就像个傻子了。比如吧，头人们献上来侍寝的女人，我在帐篷里跟她们调情做爱。人们都说，少土司做那种事也不知道避讳吗？我的随从里就有人去解释说，少土司是傻子，就是那个汉人太太生的傻子。索郎泽郎却为帐篷里的响声所动，背着枪站在门口。这是对我的忠诚使然。小尔依对我也是忠诚的。

……

严重的霜冻使北方的几个土司没办法按时种下粮食，他们就只好改种生长期较短的罂粟了。消息传来,麦其一家上上下下都十分高兴。只有两个人例外。对三太太央宗来说,麦其家发生什么事情好像都跟她没什么关系。她的存在好像仅仅就为了隔三差五和土司睡上一觉。对此,大家都已经习以为常了。反常的是哥哥。他总是在为麦其家取得胜利而努力,但是,这一天,北方传来对我们有利的消息时,他却一点也不高兴。因为这件事证明了在需要计谋,需要动脑子时,他还不如傻子弟弟。

……

管家和师爷两个人管理着生意和市场,两个小厮还有桑吉卓玛办些杂事。这样过了几年,麦其家的傻子少爷已经是这片土地上最富有的人了。管家捧着账本告诉我这个消息。我问:"甚至比过了我的父亲?""超过了。"他说,"少爷知道,鸦片早就不值钱了。但我们市场上的生意好像刚刚开始。"

……

父亲从地上起来,我替他拍拍膝盖,好像上面沾上了尘土。虽然屋子里干干净净,一清早,就有下人用白色牛尾做的拂尘仔细清扫过,我还是替他拍打膝头上并不存在的灰尘。傻子这一手很有用,土司脸上被捉弄的懊恼上又浮出了笑容。他叹了口气,说:"我拿不准你到底是不是个傻子,但我拿得准你刚才说的是傻话。"我确实清清楚楚地看见了结局,互相争雄的土司们一下就不见了。土司官寨分崩离析,冒起了蘑菇状的烟尘。腾空而起的尘埃散尽之后,大地上便什么也没有了。

——阿来《尘埃落定》,人民文学出版社,2019 年

二、导读与赏析

1. 作者简介

阿来(1959—),出生于四川阿坝藏族羌族自治州马尔康市的

一个小山寨。长篇小说《尘埃落定》获第五届茅盾文学奖,阿来成为首位获奖的藏族作家,《蘑菇圈》获得第七届鲁迅文学奖中篇小说奖。另有作品《瞻对》《格萨尔王》《云中记》等。

2. 作品导读

"傻子"少爷是麦其土司的小儿子,也是见证土司制度消亡的末代土司。他的"傻"既有超越于腐朽残酷之土司统治之上的纯净与善良,也有大智若愚般的精明与智慧。他在日常生活中常常有傻里傻气的表现和反应,也时时以"傻子"自居。这样的身份不但瓦解了父亲、哥哥以及其他人的敌意和戒备,还获得了普通人不可能得到的自由与超然。他对待下人和百姓懂得怜悯和施恩,具备一定的民本思想。他将自己心仪的侍女嫁给她选中的丈夫,在玩伴中挑选和培养忠诚于自己的左膀右臂,并以自己的智慧征服了来自圣城的大学士翁波意西,使得他成为自己忠实的朋友与书记官,还以釜底抽薪的方式娶到了茸贡土司唯一的女儿——美丽的塔娜作为自己的妻子。

在生活小事上,"傻子"少爷糊里糊涂,甚至软弱可欺。但在重大事件上,他的眼睛似乎能洞穿一切世俗的表象,表现出超凡脱俗的洞察力与非同一般的预见性。当罂粟的高额利润冲昏了所有土司的头脑,当麦其土司为种罂粟还是粮食犹豫不决的时候,正是"傻子"告诉父亲应该选择种植粮食。这一决定最终使得麦其土司粮仓满满,也为他自己迎娶塔娜赢得了更多的筹码。当官寨里的粮仓装不下丰收的粮食时,他施舍粮食给北方饥民,得到了拉雪巴土司治下百姓的爱戴与感激。有了百姓的爱戴、土司的支持和得力的助手,"傻子"少爷开辟了贸易市场,并将北方边境市场经营得有声有色。在他的经营与管理下,北方边境市场逐渐壮大繁荣,他所拥有的财富甚至远远超过他的父亲麦其土司。作为麦其土司和茸贡土司唯一的合法继承人,眼看"傻子"就要成为疆域辽阔的新任土司。他却早已预见到摇摇欲坠的土司制度危机四伏、行将崩溃的命运。"傻子"以自己的"智慧"创造了土司时代的辉煌与奇迹,见证了土司制度由繁盛到衰败的历史,预言了土司制度最终的灭亡,但他也最终成为了坍塌的土司制度的陪葬品。从这个角度理解"傻子"的形象,不难看出他的身上集中了一个民族的智慧与愚昧、坚韧与软弱,也映射了一个民族的兴衰与变迁。

三、对比阅读

塞万提斯《堂吉诃德》中的男主人公堂吉诃德是一个蛰居在拉曼却村的穷乡绅,他沉醉于中世纪的骑士小说,决心效仿古代的骑士去游侠天下。他穿着祖上留下的破烂盔甲,骑着可怜的瘦马,踏上了荒唐可笑的冒险之路。他将邻村一位五大三粗的姑娘幻想为美貌高贵的"女主人",并宣誓终身为之效忠。他说服农夫桑丘·潘沙作为自己的"侍从",向他许下封赏海岛总督的虚幻承诺。他带着对骑士的狂热幻想,将风车当成巨人战斗,把穷客栈看作豪华的城堡。在他眼中,理发师的铜盆是魔法师的头盔,接受苦役惩罚的犯人是受难的骑士。于是,他不顾一切地左冲右杀,以此践行他想象中作为一位骑士锄强扶弱、伸张正义的愿望。然而,他对现实缺乏清醒、理性的认识,他的幻想导致了不少的误判,使得以帮助别人为初衷的行为最终反而带来了灾难和恶果。他"挨够了打,走尽背运,遍尝道途艰辛",最终因为败于白月骑士手下而卧床不起,郁郁而终。

堂吉诃德脱离现实、耽于幻想的特点使得这个人物具有夸张、滑稽、荒诞的"愚人"特征。但从另一个角度来看,堂吉诃德身上的人文主义精神、理想主义精神又闪耀出珍贵的光芒。堂吉诃德立志铲除人间的罪恶与不公,为了追求正义与公平不惜将自己置身于险境,愿意为建构理想的社会牺牲自己的生命。尤其是他对等级观念的破除,对社会改革的要求,放到16世纪末17世纪初仍旧黑暗腐朽的西班牙社会背景之下,显露出可贵的价值意义。因此,堂吉诃德绝不仅仅是单纯可笑的"愚人",他的痴迷、狂热与执着更带有崇高的悲剧色彩。

(第九篇) 狂 人

一、文本阅读

余少时过里肆中,见北杂剧有《四声猿》,意气豪达,与近时书生所演传奇绝异,题曰"天池生",疑为元人作。后适越,见人家单幅上有署"田水月"者,强心铁骨,与夫一种磊块不平之气,字画之中,宛宛可见。意甚骇之,而不知田水月为何人。

一夕,坐陶编修楼,随意抽架上书,得《阙编》诗一帙。恶楮毛书,烟煤败黑,微有字形。稍就灯间读之,读未数首,不觉惊跃,忽呼石篑:"《阙编》何人作者?今耶?古耶?"石篑曰:"此余乡先辈徐天池先生书也。先生名渭,字文长,嘉、隆间人,前五六年方卒。今卷轴题额上有田水月者,即其人也。"余始悟前后所疑,皆即文长一人。又当诗道荒秽之时,获此奇秘,如魇得醒。两人跃起,灯影下,读复叫,叫复读,僮仆睡者皆惊起。余自是或向人,或作书,皆首称文长先生。有来看余者,即出诗与之读。一时名公巨匠,浸浸知向慕云。

文长为山阴秀才,大试辄不利,豪荡不羁。总督胡梅林公知之,聘为幕客。文长与胡公约:"若欲客某者,当具宾礼,非时辄得出入。"胡公皆许之。文长乃葛衣乌巾,长揖就坐,纵谈天下事,旁若无人。胡公大喜。是时公督数边兵,威振东南,介胄之士,膝语蛇行,不敢举头;而文长以部下一诸生傲之,信心而行,恣臆谈谑,了无忌惮。会得白鹿,属文长代作表。表上,永陵喜甚。公以是益重之,一切疏记,皆出其手。

文长自负才略,好奇计,谈兵多中。凡公所以饵汪、徐诸虏者,皆密相议然后行。尝饮一酒楼，有数健儿亦饮其下，不肯留钱。文长密以数字驰公，公立命缚健儿至麾下，皆斩之，一军股栗。有沙门负资而秽，酒间偶言于公，公后以他事杖杀之。其信任多此类。

胡公既怜文长之才，哀其数困，时方省试，凡入帘者，公密属曰："徐子，天下才，若在本房，幸勿脱失。"皆曰："如命。"一知县以他羁后至，至期方谒公，偶忘属，卷适在其房，遂不偶。

文长既已不得志于有司，遂乃放浪曲糵，恣情山水，走齐、鲁、燕、赵之地，穷览朔漠。其所见山奔海立，沙起云行，风鸣树偃，幽谷大都，人物鱼鸟，一切可惊可愕之状，一一皆达之于诗。其胸中又有勃然不可磨灭之气，英雄失路、托足无门之悲，故其为诗，如嗔如笑，如水鸣峡，如种出土，如寡妇之夜哭，羁人之寒起。当其放意，平畴千里；偶尔幽峭，鬼语秋坟。文长眼空千古，独立一时。当时所谓达官贵人、骚士墨客，文长皆叱而奴之，耻不与交，故其名不出于越。悲夫！

一日，饮其乡大夫家。乡大夫指筵上一小物求赋，阴令童仆续纸丈余进，欲以苦之。文长援笔立成，竟满其纸，气韵遒逸，物无遁情，一座大惊。

文长喜作书，笔意奔放如其诗，苍劲中姿媚跃出。余不能书，而谬谓文长书决当在王雅宜、文征仲之上。不论书法，而论书神：先生者，诚八法之散圣，字林之侠客也。间以其余，旁溢为花草竹石，皆超逸有致。

卒以疑杀其继室，下狱论死。张阳和力解，乃得出。既出，倔强如初。晚年愤益深，佯狂益甚。显者至门，皆拒不纳。当道官至，求一字不可得。时携钱至酒肆，呼下隶与饮。或自持斧击破其头，血流被面，头骨皆折，揉之有声。或槌其囊，或以利锥锥其两耳，深入寸余，竟不得死。

石篑言：晚岁诗文益奇，无刻本，集藏于家。予所见者，《徐文长集》《阙编》二种而已。然文长竟以不得志于时,抱愤而卒。

石公曰:先生数奇不已,遂为狂疾;狂疾不已,遂为囹圄。古今文人,牢骚困苦,未有若先生者也。虽然,胡公间世豪杰,永陵英主,幕中礼数异等,是胡公知有先生矣;表上,人主悦,是人主知有先生矣。独身未贵耳。先生诗文崛起,一扫近代芜秽之习,百世而下,自有定论,胡为不遇哉?梅客生尝寄余书曰:"文长吾老友,病奇于人,人奇于诗,诗奇于字,字奇于文,文奇于画。"余谓文长无之而不奇者也。无之而不奇,斯无之而不奇也哉!悲夫!

——袁宏道著,钱伯城笺校《袁中郎文集笺校·徐文长传》,上海古籍出版社,2018 年

二、导读与赏析

1. 作者简介

袁宏道(1568—1610),字中郎,明代湖广公安(今湖北公安)人。袁宏道是明代文学"公安派"代表人物,与其兄袁宗道、其弟袁中道并称"公安三袁"。他主张文学作品要"独抒性灵,不拘格套",其小品文也大多写生活日常、山水风景、书信来往等,流露个人的真情真性。他的理论与创作扫清了明代复古主义的流弊,开创了晚明小品文自由闲适的文风。

2. 作品导读

《徐文长传》是袁宏道为明代文学家、戏曲家、书法家徐渭所作的传记,是一篇精彩的人物传记作品。文章先写徐文长令人惊叹的才华与过人的见识才干。从少时听其戏剧作品的倾慕,到若干年后读到其文集的相遇恨晚、击节叹赏,都凸显出徐文长令人赞叹的才华。成为胡宗宪的幕僚之后,徐文长展现出更多的真才实学。替胡宗宪写祥瑞贺表,得到嘉靖皇帝的赞赏。管理军队中的疏奏计簿等事务井井有条,善于谋略,讨论军情军务也往往能切中肯綮。除了才气,

傲气更是徐文长最突出的特征。胡宗宪的麾下在他面前战战兢兢、不敢仰视，徐文长却总是葛布长衫，头戴乌巾，侃侃而谈。他的文章气势浑厚、法度严谨、不媚时俗，连当时的文坛领袖，他都敢于进行批评抨击。他眼中所见的山海天地与胸中"勃然不可磨灭之气"都寄托于诗歌的创作之中。

徐文长本就不愿接受封建等级和世俗礼法的约束，加之桀骜不驯、恃才傲物，很难得到主流社会的认同和肯定。他的一生之中参加过八次科举考试，然而都以失败告终。虽然幸运得到湖广总督胡宗宪的赏识，但随着胡宗宪受到严嵩父子的连累锒铛下狱，徐文长也难以幸免。他精神上的伤痛使其日益癫狂，因怀疑继室的清白并失手将之杀死，徐文长也为此付出了惨痛的代价。六年的狱中生活，一生中八次落榜、九次自杀。他的身体与心灵一样伤痕累累、积郁难返。因此，晚年的徐文长更加愤世嫉俗，装疯卖傻，达官贵人登门拜访，常常拒而不见。他有时拿斧头砍自己的头，血流满面，头骨破碎，用手揉搓碎骨咔咔有声。还曾用尖利的锥子锥入自己双耳，深至寸许。他用这些看似疯狂的举动宣泄胸中郁结的不平与悲愤，更以伤害自己的方式来表达对社会的反抗与控诉。徐文长是一个才华横溢的狂生、一个满腔壮志的文人、一个傲骨铮铮的士子、一个潦倒终生"抱愤而卒"的悲剧人物。在袁宏道的笔下，既充溢着对徐文长的赞赏和同情，也充满了对愚顽的社会环境、腐朽的科举制度的鞭笞与否定。

三、对比阅读

俄罗斯作家果戈里《狂人日记》中也塑造了一个可悲可怜的"狂人"形象。波普里希钦是一个在官僚机构中供职的九等文官，靠为部长们削鹅毛笔为生。他职务低微、才能平庸，生活上也较为拮据，在工作和生活中备受歧视和屈辱。波普里希钦一方面羡慕"大人物"们的排场和奢华的生活，梦想自己能够官运亨通、受人尊重。另一方面对自己卑微的身份感到难以抑制的痛苦,对自己的境遇产生严重的不满。尤其是当他爱上部长的千金之后,他的自卑与想要获得改变的愿望日益强烈。事情败露之后,上司的责骂更是成为了压垮波普里希钦的最后一根稻草。他开始与部长家的狗进行推心置腹的谈话,他开始幻想自己是西班牙国王斐迪南八世,他逐渐坚定地沉溺于自己虚构的身份与命运,觉得自己终于可以过上梦想的生活,得到众人的尊敬与美人的垂青。

作品整体用日记体的形式进行建构以显示"狂人"精神和心理状态变化的过程。开头的日记记述波普里希钦的日常生活与心理活动,相对正常通畅。随着他精神的崩溃,日记的表达逐渐开始凌乱无序,内容也变得荒诞离奇,直至最后剩下一个疯子的喃喃自语。波普里希钦是一个备受压抑也备受屈辱的小人物,他的困境既无法在现实生活层面进行改变,他的痛苦又无法在精神层面获得超脱。最终只能以"癫狂"的形式进行宣泄和转移。作为生存在俄国特定时代的小人物,波普里希钦这一"狂人"形象也是对等级森严的官僚制度、社会制度的控诉和批判。

（第十篇） 凡　人

一、文本节选

1975 年二三月间,一个平平常常的日子,细蒙蒙的雨丝夹着一星半点的雪花,正纷纷淋淋地向大地飘洒着。时令已快到惊蛰,雪当然再不会存留,往往还没等落地,就已经消失得无踪无影了。黄土高原严寒而漫长的冬天看来就要过去,但那真正温暖的春天还远远地没有到来。

……

只有在半山腰县立高中的大院坝里,此刻却自有一番热闹景象。午饭铃声刚刚响过,从一排排高低错落的石窑洞里,就跑出来了一群一伙的男男女女。他们把碗筷敲得震天价响,踏泥带水、叫叫嚷嚷地跑过院坝,向南面总务处那一排窑洞的墙根下蜂拥而去。偌大一个院子,霎时就被这纷乱的人群踩踏成了一片烂泥滩……

在校园内的南墙根下,已经按班级排起了十几路纵队。各班的值日生正在忙碌地给众人分饭菜。菜分甲、乙、丙三等。甲菜以土豆、白菜、粉条为主,里面有些叫人嘴馋的大肉片,每份三毛钱;乙菜其他内容和甲菜一样,只是没有肉,每份一毛五分钱。丙菜可就差远了,清水煮白萝卜——似乎只是为了掩饰这过分的清淡,才在里面象征性地漂了几点辣子油花。不过,这菜价钱倒也便宜,每份五分钱……主食也分三等:白面馍,玉米面馍,高粱面馍;白、黄、黑,颜色就表明了一种差别;学生们戏称欧洲、亚洲、非洲。

从排队的这一片黑压压的人群看来,他们大部分都来自农村,脸上和身上或多或少都留有体力劳动的痕迹。贫困山区的农民尽管眼下大都少吃缺穿,但孩子既然到大地方去念书,家长们就是咬着牙关省吃节用,也要给他们做几件见人衣裳。当然,这队伍里看来也有个把光景好的农家子弟,那穿戴已经和城里干部们的子弟没什么差别,而且胳膊腕上往往还撑一块明晃晃的手表。有些这样的"洋人"就站在大众之间,如同鹤立鸡群,毫不掩饰自己的优越感。他们排在非凡的甲菜盆后面,虽然人数寥寥无几,但却特别惹眼。

……

现在,只有高一(1)班的值日生一个人留在空无人迹的饭场上。这是一位矮矮胖胖的女生。她面前的三个菜盆里已经没有了菜,馍筐里也只剩了四个焦黑的高粱面馍。看来这几个黑家伙不是值日生本人的,因为她自己手里拿着一个白面馍和一个玉米面馍,碗里也像是乙菜。她端着自己的饭菜,满脸不高兴地立在房檐下,显然是等待最后一个姗姗来迟者——这必定是一个穷小子,他不仅吃这最差的主食,而且连五分钱的丙菜也买不起一份啊!

……

就在这时候,在空旷的院坝的北头,走过来一个瘦高个的青年人。他胳膊窝里夹着一只碗,缩着脖子在泥地里蹒跚而行。小伙子脸色黄瘦,而且两颊有点塌陷,显得鼻子像希腊人一样又高又直。脸上看来才刚刚褪掉少年的稚气——显然由于营养不良,还没有焕发出他这个年龄所特有的那种青春光彩。

他趔开两条瘦长的腿,扑踏扑踏地踩着泥水走着。这也许就是那几个黑面馍的主人?看他那一身可怜的穿戴想必也只能吃这种伙食。瞧吧,他那身衣服尽管式样裁剪得勉强还算是学生装,但分明是自家织出的那种老土粗布,而且黑颜料染得很不均匀,给人一种肮肮脏脏的感觉。脚上的一双旧黄胶鞋已经没有了鞋带,凑合着系两根白线绳;一只鞋帮上甚至还缀补着一块蓝布补丁。裤子显然是前两年缝的,人长布缩,现在已经短窄得吊在了半腿把上;幸亏袜腰高,否则就要露肉了。(可是除过他自己,谁又能知道,他那两只线袜子早已经没有了后跟,只是由于鞋的遮掩,才使人觉得那袜子是完好无缺的。)

……

他直起身子来,眼睛不由得朝三只空荡荡的菜盆里瞥了一眼。他瞧见乙菜盆的底子上还有一点残汤剩水。房上的檐水滴答下来,盆底上的菜汤四处飞溅。他扭头瞧了瞧:雨雪迷蒙的大院坝里空无一人。他很快蹲下来,慌得如同偷窃一般,用勺子把盆底上混合着雨水的剩菜汤往自己的碗里舀。铁勺刮盆底的嘶啦声像炸弹的爆炸声一样令人惊心。血涌上了他黄瘦的脸。一滴很大的檐水落在盆底,溅了他一脸菜汤。他闭住眼,紧接着,就见两颗泪珠慢慢地从脸颊上滑落了下来——唉,我们姑且就认为这是他眼中溅进了辣子汤吧!

他站起来,用手抹了一把脸,端着半碗剩菜汤,来到西南拐角处的开水房前,给菜汤里掺了一些开水,然后把高粱面馍掰碎泡进去,就蹲在房檐下狼吞虎咽地吃起来。

——路遥《平凡的世界》,北京十月文艺出版社,2017年

二、导读与赏析

1. 作者简介

路遥(1949—1992),原名王卫国,出生于陕西清涧县一个贫困的农民家庭。1973年进入延安大学中文系学习,开始文学创作。长篇小说《平凡的世界》以恢宏的气势和史诗般的品格,全景式地展现了变革时代中国城乡的社会生活和人们思想情感的巨大变迁,于1991年获第三届茅盾文学奖。

2. 作品导读

《平凡的世界》塑造了不向现实和命运低头妥协的孙少安、孙少平兄弟。哥哥少安六岁开始干农活,尽管成绩优异名列前茅,却不得不在十三岁就辍学回家务农,帮助父亲支撑风雨飘摇的家。少安以自己稚嫩的肩膀挑起生活的重担,用踏踏实实的苦干维系整个家庭的生活。他深爱田润叶,却因为深知无法给予对方幸福而放手。他娶了不要彩礼、没有感情的贺秀莲,与她平平淡淡却也患难与共。他最早意识到集体制度的弊端,号召推行"分担包产"制度,表现出独到的眼光与敏锐的预见性。他将自己创办的砖窑经营得有声有色,历经挫折仍重新发扬光大。作为一个生活在平凡土地上的平凡农民,孙少安的善良坚韧、踏实勤奋、敢于创新以及永不放弃、不断奋斗等品格正是其"不平凡"的闪光。

弟弟少平与哥哥相比更是饱尝了精神层面的磨难。初到县城上学的他,常常被饥饿、贫穷和自卑压得抬不起头,每天拖到最后去领两个黑面馍时总是充满惊慌与闪躲。但随着阅历与眼界的增长,对

外界的憧憬逐渐冲淡了他的自卑怯懦。他盼望走出乡村去体验更广阔的天地,改变自己的生活和命运。孙少平从揽工汉子干起,背石头、钻炮眼、扛水泥、搬砖头以及进煤矿下井挖煤等,这些艰苦至极的劳动不但没有摧毁他,反而使他从精神上迅速成熟起来。阅读成了孙少平成长历程中最重要的部分。在文学的世界中,他获得了最大的慰藉与精神的超越,对自己所处的困境也有了更崇高意义的理解。面对生活的种种困苦和打击,孙少平一方面借助阅读为自己建构精神的堡垒,一方面用双手的劳作创造平凡的生活。他的坚毅隐忍、进取勤奋以及对理想的追寻等美好品质也彰显了平凡人的尊严与价值。

三、对比阅读

19世纪俄国作家普希金《驿站长》中所写的驿站长维林则是典型的"小人物"形象。作为管理驿站的低等级官员,维林负责为停留驿站的过客配备安排驿马。不同身份地位的人在马匹的分配上享受不同的待遇,维林常常遇到趾高气昂的"大人物",不得不对他们卑躬屈膝、唯唯诺诺,以换取自己生活的平静。在维林的生活中,美丽聪慧的女儿杜妮娅是他最大的寄托和慰藉。父女二人相依为命,过着朴素却其乐融融的日子。这样的生活随着骠骑军官明斯基的到来而告终,明斯基对美貌的杜妮娅一见倾心,并想尽办法带走了她。维林的精神世界随之而坍塌,他四处寻找女儿,三次鼓起勇气,抱着希望来到明斯基的公馆。但已经习惯上流社会生活的女儿并不想回到父亲的身边,明斯基也依仗自己的身份进行粗暴的威吓。维林忍气吞声地回到驿站,失去女儿的悲伤和对女儿命运的担忧让他万念俱灰,从此一蹶不振,很快就离开了人世。

维林的身上既具有善良敦厚、忠于职守等普通民众的优点,又有懦弱胆怯、任人摆布等"小人物"的特征。他默默承受父女分离的痛苦,以自己的放弃成全女儿的选择。他的故事将权贵阶级对普通民众的欺凌压迫展示得淋漓尽致,也将"小人物"逆来顺受、驯良忍耐的愚昧放到了聚光灯下。在俄国19世纪沙皇专制的社会背景下,普通人维林的悲剧其实是小人物在特定时代的生存悲歌。

章节实训小课题

请选择上述任一类型的人物形象或与之相近相似的作品、形象,参照教材的分析、评价、赏鉴的方式方法,进行人物塑造的小课题研究。

要求:以小论文或研究报告的形式呈现,题目自拟,中心突出,条理清楚,观点明确,对人物的理解有一定的独到之处,字数两千字左右。

第二章
情——情之所至

题记

人禀七情,应物斯感,
感物吟志,莫非自然。

——刘勰

导语

无论在中国文学还是西方文学中,传情写意都是文学最为重要的功能之一。中国古代自先秦至魏晋有"诗言志""诗缘情"等传统,以华兹华斯为代表的西方浪漫派诗人也强调"诗是强烈情感的自然流露"。人生的悲欢离合,命运的波谲云诡,四季的物象流转,时代的风云变幻,都会激荡心弦、感发志意,成就经典的文学篇章。在"人"的主题之下,情感的书写是其中最能彰显"人"之属性的部分。在恒河沙数的宇宙万物中,唯有人能够以文字、以音符、以线条、以色彩传情达意,得以从蒙昧冥顽的世界中破壳而出。本章选取情感书写最为扣人心弦的经典文学篇章,或浓烈,或深沉,或愤激,或淡泊,感受这些作品中的小情大爱,亦是体悟"人"与"人生"的万象百态。

(第一篇) 爱 情

一、文本阅读

当你老了

当你老了,头白了,睡意昏沉,
　　炉火旁打盹,请取下这部诗歌,
慢慢读,回想你过去眼神的柔和,
　　回想它们昔日浓重的阴影;

多少人爱你青春欢畅的时辰,
　　爱慕你的美丽,假意或真心,

只有一个人爱你那朝圣者的灵魂,

　　爱你衰老了的脸上痛苦的皱纹;

垂下头来,在红光闪耀的炉子旁,

　　凄然地轻轻诉说那爱情的消逝,

在头顶的山上它缓缓踱着步子,

　　在一群星星中间隐藏着脸庞。

——叶芝著,袁可嘉译《叶芝诗选》,湖南文艺出版社,2012年

二、导读与赏析

1. 作者简介

威廉·巴特勒·叶芝(William Butler Yeats, 1865—1939),爱尔兰诗人、剧作家和散文家,英国文学后期象征主义诗歌的主要代表。其早期诗歌受到王尔德、雪莱等人影响,表现出唯美主义的倾向与浪漫主义色彩。在后期对爱尔兰民族主义运动的支持过程中,诗歌风格逐渐明朗壮丽。叶芝于1923年获得诺贝尔文学奖,被艾略特称为"我们时代最伟大的诗人"。

2. 作品导读

《当你老了》是叶芝献给自己倾慕的女演员毛特·岗的情诗中最著名的一首。毛特·岗是一位风姿绰约的戏剧演员,也是爱尔兰独立运动的领导人之一。叶芝在1889年第一次见到她时,就为她的美貌与风采深深倾倒。叶芝为她写就了多首动人的情诗,"我愿把这锦缎铺展在你的脚下。可是我,一贫如洗,只有我的梦。轻点,因你踩着我的梦"[1]。但毛特·岗面对诗人的痴情却始终不为所动,她先是嫁给了一位爱尔兰军官。继而在这段婚姻失败之后,她仍旧拒绝了诗人

---

[1] 叶芝著,傅浩译《叶芝诗集》(增订本),上海译文出版社,2018年,第196页。

的追求,嫁给了他人。叶芝在漫长的时光中始终燃烧着对她未曾熄灭的爱火,直至52岁最后一次求婚失败后,叶芝才娶了仰慕自己的乔治·海德里斯。

《当你老了》写于1893年,诗人28岁,毛特·岗26岁,两人都正处在风华正茂的岁月之中。而诗歌却立意于想象双方垂暮之年的情景,并以此表达至死不渝的忠贞爱情。尤其是诗歌的第二小节,诗人直抒胸臆,坦率地将自己与其他追求者进行对比。他们或许爱慕你的青春美丽,或许虚情假意、殷勤不已,只有我更爱慕你的精神、品格、灵魂,爱慕你已经衰老的面容与痛苦的皱纹。两种不同层面、不同深度的爱在简短的诗句中得到鲜明的对照,凡俗的爱慕无非追逐美丽的皮囊,崇高的爱情却指向圣洁的灵魂。这种对精神与人格的爱显然超越了肉身、世俗的层面,使得诗人对爱情的表达得到了美学意义与哲学意义的升华。这也是《当你老了》这首小诗能在全世界范围内得到广泛传唱的重要原因,对爱情真谛的追求和揭示使其具备巨大的超越性。毛特·岗后来曾说"世人会因我没有嫁给他而感激我",某种程度确实如此,正是她的拒绝与叶芝的一往情深成就了这首关于爱情的名篇。

三、对比阅读

中国现当代文学的爱情诗中,舒婷的《致橡树》是最具经典色彩的"告白"之作。诗歌通过木棉树对橡树的表白,塑造了追求独立、自由、平等的新女性的形象,也表达了男女平等、互相尊重、风雨同舟的爱情价值观念。诗歌中"橡树"的意象象征着男性的阳刚与坚毅,"木棉"意象则一改中国传统文化赋予女性的柔弱妩媚的性别特征,否定女性作为附属品与陪衬者的性别形象,给予新时代的女性在爱情生活中丰盈、坚毅、独立的价值追求。

"我如果爱你——绝不像攀援的凌霄花,借你的高枝炫耀自己;

我如果爱你——绝不学痴情的鸟儿,为绿荫重复单调的歌曲;也不止像泉源,常年送来清凉的慰藉;也不止像险峰,增加你的高度,衬托你的威仪……"[1]真正的爱情不应该是攀附或衬托,不应该是取悦或奉献,而是互相欣赏、相互尊重的两个人,两个心心相印又彼此独立的灵魂。"根,紧握在地上;叶,相触在云里。每阵风过,我们都互相致意,但没有人,听得懂我们的言语"[2],既有亲密无间的彼此相依,也有无须言说的共鸣默契。"我们分担寒潮、风雷、霹雳;我们共享雾霭、流岚、虹霓。仿佛永远分离,却又终身相依"[3],既能一起抵御生活的风雨,也能共同分享生活的乐趣。"爱——不仅爱你伟岸的身躯,也爱你坚持的位置,足下的土地"[4],爱情不仅仅是外在的欣赏,更源于志同道合的精神相契。从这个角度看,《致橡树》对于爱情真谛的表达与《当你老了》非常相似,都揭示出爱情超越感官、超越功利层面的精神追求。

(第二篇) 怨 情

一、文本节选

岂余身之惮殃兮,恐皇舆之败绩。

忽奔走以先后兮,及前王之踵武。

荃不察余之中情兮,反信谗而齌怒。

余固知謇謇之为患兮,忍而不能舍也。

指九天以为正兮,夫唯灵修之故也。

---

[1] 舒婷《舒婷诗精编》,长江文艺出版社,2014年,第92页。
[2] 同上。
[3] 同上书,第93页。
[4] 同上。

曰黄昏以为期兮,羌中道而改路。

初既与余成言兮,后悔遁而有他。
余既滋兰之九畹兮,又树蕙之百亩。
畦留夷与揭车兮,杂杜衡与芳芷。
冀枝叶之峻茂兮,愿俟时乎吾将刈。
虽萎绝其亦何伤兮,哀众芳之芜秽。
众皆竞进以贪婪兮,凭不厌乎求索。
羌内恕己以量人兮,各兴心而嫉妒。
忽驰骛以追逐兮,非余心之所急。
……
怨灵修之浩荡兮,终不察夫民心。
众女嫉余之蛾眉兮,谣诼谓余以善淫。
固时俗之工巧兮,偭规矩而改错。
背绳墨以追曲兮,竞周容以为度。
忳郁邑余侘傺兮,吾独穷困乎此时也。

宁溘死以流亡兮,余不忍为此态也。
鸷鸟之不群兮,自前世而固然。
何方圜之能周兮,夫孰异道而相安?
屈心而抑志兮,忍尤而攘诟。
伏清白以死直兮,固前圣之所厚。
悔相道之不察兮,延伫乎吾将反。
回朕车以复路兮,及行迷之未远。
步余马于兰皋兮,驰椒丘且焉止息。
进不入以离尤兮,退将复修吾初服。
制芰荷以为衣兮,集芙蓉以为裳。

不吾知其亦已兮,苟余情其信芳。
高余冠之岌岌兮,长余佩之陆离。
芳与泽其杂糅兮,唯昭质其犹未亏。
忽反顾以游目兮,将往观乎四荒。
佩缤纷其繁饰兮,芳菲菲其弥章。
民生各有所乐兮,余独好修以为常。
虽体解吾犹未变兮,岂余心之可惩。
女媭之婵媛兮,申申其詈予。
曰:"鲧婞直以亡身兮,终然夭乎羽之野。
汝何博謇而好修兮,纷独有此姱节。
薋菉葹以盈室兮,判独离而不服。
众不可户说兮,孰云察余之中情。
世并举而好朋兮,夫何茕独而不予听?"
……
陟升皇之赫戏兮,忽临睨夫旧乡。
仆夫悲余马怀兮,蜷局顾而不行。
乱曰:已矣哉!
国无人莫我知兮,又何怀乎故都!
既莫足与为美政兮,吾将从彭咸之所居!

——戴震撰,孙晓磊点校《屈原赋注·离骚》,上海古籍出版社,2018 年

二、导读与赏析

1. 作者简介

屈原(约前 340—约前 278),名平,字原,出生于楚国丹阳秭归(今湖北宜昌),战国时期楚国诗人、政治家。为实现"美政"的政治理想,主张对内举贤任能、修明法度,对外力主联齐抗秦,却遭贵族阶层排挤诽谤,被长期放逐。楚国郢都被秦军攻破后,自沉于汨罗江,以

身殉国。

2. 作品导读

《离骚》是中国古代文学中光耀千古的浪漫主义杰作,也是屈原感慨万千、深沉绝望的一曲怨歌。屈原写作《离骚》时已过半生,因为政治主张不断遭受利益集团的打压,自身面临无路可走的困境,楚国也陷于岌岌可危的险境。诗人回顾自己的历程,环视困苦中的国家与百姓,胸中之悲愤不能不一吐为快。

全诗可以分为两个部分,前者是诗人对往昔的追溯,他叙述自己的家世出身、品质才能、理想抱负以及辅佐楚王进行的政治改革经历。他为自己理想的幻灭而悲伤,为国家的命运而悲愤,痛斥那些贪婪妒忌、蝇营狗苟的宵小之徒,也怨恨楚王的昏庸愚昧、反复无常。尽管如此,他仍旧忠于自己的理想,坚守自己的道路,宁愿承受一次又一次的迫害,也不愿屈服变节,与之同流合污。作品的后一部分则描写诗人对未来的探求,他上天寻求解答一无所获,在灵氛与巫咸的指引下左右为难。但当他回眸看到故乡的大地时,对祖国的热爱超越了远走他乡实现理想的憧憬,诗人最终决定以死殉国、追随先贤而去。

《离骚》借助民歌的形式与散文的笔法,在错落中见齐整,有利于抒发奔腾澎湃的情感。在内容上融合了大量的神话传说、历史典故与自然景观,再加之绚烂华美的想象,从整体上建构了迷离奇幻又宏伟壮丽的文学世界。《离骚》萌生了中国古代"理想型"文学的源头,与《诗经·国风》得以"风""骚"并称。其中"以香草美人喻君子""以男女关系喻君臣关系"等比兴手法的使用也深刻地影响了后世中国文学的创作。

三、对比阅读

与屈原饱含悲愤的家国之"怨"相比,19世纪末20世纪初英国作家哈代的小诗《一次失约》则抒发了生活中爱而不得的"私怨"："你没有来,而时光沙沙地流去,只留下我木然而立。倒不是惋惜失去了与你相见的甜蜜,而是我终于发现你的天性,缺乏那高贵的怜悯——就算是纯粹的仁慈,无论多么勉强,也会成全他人。期盼的钟声已敲过,你没有来,我感到悲哀。你并不爱我,然而只有爱情能够使你忠诚于我;——我明白,早就明白。但费一两小时在除名义以外圣洁的人类行为上,又为何不增添一件好事:你,作为一个女人,曾一度抚慰,一个为时光折磨的男人,即便说,你不爱我。"[1]这首诗歌是哈代写自己落空的等待,一颗期待得到爱的回应却最终失望的心。因为失望、失落进而产生怨愤、指责,哪怕没有爱情的甜蜜,至少应有高贵的怜悯。在诗歌中,按时赴约已经不再是对爱情的憧憬,还上升到对品格的衡量。诗人心里明白,对方的失约恰恰是因为不能给予爱的回应。但他无法指责和怨恨对方的不爱,只能以品格与精神缺失的批评来安抚自己的失意,而这种批评中其实仍暗含着对所爱之人的期待。这首诗没有写高尚、伟大、圆满的爱情,而是写普通人由爱生怨的真实心境,不失为质朴、真诚的作品。

第三篇　悲　情

一、文本阅读

普罗米修斯

提坦!你从严酷的现实
　饱览人间的苦难和悲哀,

---

[1] 许自强、孙坤荣主编《世界名诗鉴赏大辞典》,商务印书馆国际有限公司,2018年,第239页。

而在你不朽的眼睛看来，
　　　　天神对此原不该漠视。
你的悲悯，什么是酬答？
　　　　是无声而又酷烈的刑罚：
巉岩，兀鹰，锁链的束缚，
　　　　高傲者万难忍受的凌辱；
强忍而不露声色的剧痛，
　　　　使人窒息的苦楚和不幸；
孤寂的时刻才能低诉，
　　　　还得留神，防天神窃听，
待到声响没半点回音，
　　　　才把叹息轻轻地吐出。

提坦！你正经受着一场
苦难与意志之间的搏斗——
不能杀害你，就折磨不休；
而那苛酷无情的上苍，
"劫运"的不恤人言的暴政，
"仇恨"的威临一切的天性
（它为了取乐，造出万类，
一手制造，一手又推毁），
让可憎的"永恒"与你厮守——
你毅然承受了这一切折磨；
而雷霆之神的全部收获
就是这凶讯：你的苦刑
会以牙还牙，向他回敬。
对他的命数，你洞若观火，

却守口如瓶,毫不示弱;
你的沉默是对他的判决,
他心中枉自后悔不迭;
他掩饰不了内心的惊悸:
闪电正在他手中颤栗!

你的"罪行"圣洁而高尚,
无非是怀着一腔悲悯,
用教诲减轻人类的不幸,
才智增强人类的力量。
虽然你已受挫于天廷,
但是,从你刚毅的精神,
从你经久不渝的坚持,
从你铁骨铮铮的抗击,
(天神地祇都无计可施!)
我们承受了重大的教益:
你是个象征,是个证据,
显示了人类的力量和运命;
像你,人也有神灵的禀赋;
水流虽搅浑,源头却纯净。
人也有几分先见之明,
能预知他自己惨淡的前程,
他的不幸和他的抗争,
他的孤立无援的逆境。
这样,他的心灵会奋起,
同灾难对抗,势均力敌;
坚韧的意志,深邃的思想,

虽在含辛茹苦的时刻

也能望见丰厚的报偿；

只要敢抗争，就攻无不克，

死亡会变成胜利的凯歌！

——拜伦著，杨德豫译《拜伦诗选》，外语教学与研究出版社，2011年

二、导读与赏析

1. 作者简介

拜伦（George Gordon Byron，1788—1824），英国19世纪初期伟大的浪漫主义诗人。出生于没落贵族家庭，后成长为伟大的诗人和勇敢的斗士。他不仅在作品中塑造了一批"拜伦式英雄"，自己也积极投身各国的民族解放运动。他被歌德誉为"19世纪最伟大的天才"，代表作品有《恰尔德·哈洛尔德游记》《唐璜》等。

2. 作品导读

普罗米修斯是古希腊神话中的提坦神（即泰坦"TITAN"），他用黏土仿照神的模样创造出人类，并教会人类生存的许多技能。他目睹人间的灾难和痛苦，巧妙地从天上盗取珍贵的火种带到人间。从此，人类终于可以远离寒冷、黑暗、饥饿，远离猛兽的威胁和茹毛饮血的蛮荒。火开启了人类社会文明的新纪元，但他却因此违背了宙斯的意愿。宙斯将普罗米修斯用铁链锁在高加索悬崖上，派去饥饿的恶鹰天天啄食他的肝脏，让他承受周而复始永无休止的痛苦，直到大力神赫拉克勒斯杀死神鹰，才获解救。

诗歌的第一小节写普罗米修斯承受的痛苦和悲伤，恶鹰的啄食、锁链的束缚、身体的剧痛、精神的屈辱等，但普罗米修斯却强忍痛楚与悲伤，只偶尔吐出轻声的叹息。第二小节写普罗米修斯的坚毅与反抗，他默默忍受所有的折磨，始终不向暴君屈服。他以自己掌握的关于宙斯命运的寓言，使其在暴虐之下却掩饰不住内心

的惊惧和恐慌。第三小节赞颂普罗米修斯的悲悯与刚毅，揭示其作为人类力量、命运、精神的象征意义。诗歌创作之时，拜伦早已因为自己的种种表达和斗争成为英国统治集团的眼中钉，他遭受到各种侮辱和攻击，不得不离开自己的祖国前往瑞士暂居。因此，《普罗米修斯》更是诗人以"他人"的抗争表达自己绝不妥协的立场。同时，诗歌将自己的处境与人类普遍的处境结合起来，以期唤起人们的斗志，鼓舞人们勇敢地与暴政、暴君进行斗争。从某种意义来看，普罗米修斯的悲悯和悲壮正是拜伦的写照与化身。

三、对比阅读

如果说《普罗米修斯》表达斗士的悲壮，那么汉末文学家王粲的《七哀诗》则抒发身在乱世的悲惨与悲凉。《七哀诗》共有三首，"七哀"是乐府旧体，用以表示哀思之多，诗歌主题则主要与时代的动荡带来的离乱与惨痛相关。我们选择其一进行阅读与赏析："西京乱无象，豺虎方遘患。复弃中国去，委身适荆蛮。亲戚对我悲，朋友相追攀。出门无所见，白骨蔽平原。路有饥妇人，抱子弃草间。顾闻号泣声，挥涕独不还。未知身死处，何能两相完？驱马弃之去，不忍听此言。南登霸陵岸，回首望长安，悟彼下泉人，喟然伤心肝。"[1]

诗人在混乱中离开豺狼遍地、虎豹横行、民不聊生的长安，准备去往荆州避难。与亲戚和朋友依依不舍地惜别，一路上只看到累累的白骨遮蔽了宽广的平原。更有甚者，饥饿的母亲将怀中的婴儿抛弃在草丛之中，似乎是辩解又似乎是呐喊："我不知道自己将葬身何处，又哪里还能指望两个人都得到保全？"目睹这样的人间惨况，诗人不忍面对，策马离去。回望烽烟弥漫的长安，诗人内心充满深切的哀叹。王粲的一生几乎都在战乱中度过，他亲历乱离，对人民的苦难有

---

[1] 俞绍初辑校《建安七子集》，中华书局，2017年，第71页。

深切的感受,故而能够写出这样沉痛悲凉,真切动人的作品。这首"冠古独步"的诗歌也因此成为建安诗歌中的名作。

（第四篇）喜 悦

一、文本阅读

喜雨亭记

亭以雨名,志喜也。古者有喜,则以名物,示不忘也。周公得禾,以名其书;汉武得鼎,以名其年;叔孙胜狄,以名其子。其喜之大小不齐,其示不忘一也。

予至扶风之明年,始治官舍。为亭于堂之北,而凿池其南,引流种木,以为休息之所。是岁之春,雨麦于岐山之阳,其占为有年。既而弥月不雨,民方以为忧。越三月,乙卯乃雨,甲子又雨,民以为未足。丁卯大雨,三日乃止。官吏相与庆于庭,商贾相与歌于市,农夫相与忭于野,忧者以乐,病者以愈,而吾亭适成。

于是举酒于亭上,以属客而告之,曰:"五日不雨可乎？"曰:"五日不雨则无麦。""十日不雨可乎？"曰:"十日不雨则无禾。""无麦无禾,岁且荐饥,狱讼繁兴,而盗贼滋炽。则吾与二三子,虽欲优游以乐于此亭,其可得耶？今天不遗斯民,始旱而赐之以雨。使吾与二三子得相与优游以乐于此亭者,皆雨之赐也。其又可忘耶？"

既以名亭,又从而歌之,曰:"使天而雨珠,寒者不得以为襦;使天而雨玉,饥者不得以为粟。一雨三日,伊谁之力？民曰太守。太守不有,归之天子。天子曰不然,归之造物。造物不自以为功,归之太空。太空冥冥,不可得而名。吾以名吾亭。"

——苏轼撰,茅维编,孔凡礼点校《苏轼文集》,中华书局,1986年

二、导读与赏析

1. 作者简介

苏轼(1037—1101),字子瞻,号东坡居士,眉州眉山(今四川省眉山市)人,北宋文学家、书法家、画家。作为北宋中期的文坛领袖,苏轼在诗、词、散文、书法、绘画等方面都取得了很高的成就。其诗题材广阔、清新豪健,与黄庭坚并称"苏黄"。其词豪放旷达、笔力雄壮,与辛弃疾并称"苏辛";其散文境界开阔、坦率畅达,与欧阳修并称"欧苏",为"唐宋八大家"之一。

2. 作品导读

苏轼任凤翔府判官的次年开始修建房舍,并在公馆北面建了一座亭子,作为休息游乐之所。这年春天久旱不雨,亭子建成时,恰好下了一场三日的大雨,官吏、商贾、农夫均欢欣喜悦,苏轼以"喜雨亭"为之命名,并写下了这篇散文以示纪念。

文章从命名的缘由写起,列举了历史上以"喜事"命名的三件事例:周公得嘉禾而作《归禾》篇,汉武帝得宝鼎于汾水而改"元鼎"年号,叔孙击败入侵的狄军以敌人侨如的名字为儿子命名。作者以这三件喜事开篇,引出下文的"喜雨"。

文章的第二段则从久旱不雨的焦灼与急切开始,继而以小雨到大雨的过程抒写人们久旱逢甘霖的心情转变。当三日乃止的大雨降临,"忧者以乐,病者以愈",所有人的喜悦欢快之情达到高潮。接下来主人与客人在亭上的对答,表面看来是谈论雨的重要性,其实更是对农事、对民生的重视和强调。即使天降珠玉,也对民众的饥馁无济于事,只有普降甘霖才能实现丰衣足食的太平盛世。

一场大雨,一座普通的小亭,原本没有密切或必然的逻辑关联。苏轼却将自己对百姓的关怀、对民生的重视,将自己与民同乐的追求与心态都寄托在这场大雨之中,并铭刻在小亭之上。因此,"喜雨亭"成为了作者施行"仁政"的象征,《喜雨亭记》也成为了中国古典散文中写"雨"的名篇。

三、对比阅读

《喜雨亭记》的喜悦来自对百姓的"大爱",而波兰诗人切·米沃什的小诗《礼物》则书写生活中的小美好带来的喜悦。"多快乐的一天啊!我在花园里干活儿,晨雾早已消散,蜂鸟飞上忍冬的花瓣。世界上没有任何东西我想占为己有,也没有任何人值得我羡慕。那身受的种种不幸我早已忘却,想到故我今我同为一个并不使人难为情,在我身上没有痛苦。直起腰来,我看见蓝色的大海和帆影。"[1]

诗人以简短的篇章勾勒了一幅宁谧恬静、悠远诗意的美好画面,花园里晨雾散尽,柔和的阳光洒向盛放的群芳,大自然的精灵在绽放的花朵旁飞舞,我在花园里干活儿,放眼是蓝色的大海与点点的白帆。身体的痛苦也好,精神的困顿也罢,在这田园牧歌的环境与安乐祥和的氛围中,早已被忘却和摆脱。画面整体纯净明媚、生机勃勃,充溢着自然的美感和心灵的愉悦。有充实的劳作,有诗意的栖居,有身体的安顿,有精神的超越。

米沃什作为流亡美国的著名波兰裔诗人,目睹过许多生活的苦难与不幸,也体验过流浪的苦楚与艰辛。正因为饱尝过尘世的伤痛,在他的精神世界中才更加渴求一处宁静、温暖、祥和的家园,渴望过上自在安定、简单快乐的生活。这首诗歌简短朴素,却有一种震颤心灵的力量。他的作品也因为"毫不妥协的敏锐洞察力,描述了人类在剧烈冲突世界中的赤裸状态",于 1980 年获得诺贝尔文学奖。

---

[1] 切斯瓦夫·米沃什著,林洪亮译《米沃什诗集Ⅱ:着魔的古乔》,上海译文出版社,2018 年,第 120 页。

(第五篇) 愤 怒

一、文本阅读

给英格兰人的歌

一

英格兰的人们,凭什么要给
踩蹦你们的老爷们耕田种地?
凭什么要辛勤劳动纺织不息
用锦绣去装扮暴君们的身体?

二

凭什么,要从摇篮直到坟墓,
用衣食去供养、用生命去保卫
那一群忘恩负义的寄生虫类,
他们榨你们的汗还喝你们的血?

三

凭什么,英格兰的工蜂,要制作
那么多的武器、锁链和刑具,
使不能自卫的寄生雄蜂竟能掠夺
用你们强制劳动创造的财富?

四

你们是有了舒适、安宁和闲暇,
还是有了粮食、家园和爱的慰抚?
否则,付出了这样昂贵的代价,
担惊受怕忍痛吃苦又换来了什么?

五

你们播下了种籽,别人来收割,

你们找到了财富,归别人占有;
你们织布成衣,穿在别人身上;
你们锻造武器,握在别人的手。

六
播种吧——但是不让暴君收;
发现财富——不准骗子占有;
制作衣袍——不许懒汉们穿;
锻造武器——为了自卫握在手!

七
你们装修的厅堂让别人住在里面,
自己却钻进地窖、牢房和洞穴去睡。
为什么要挣脱你们自己造的锁链?
瞧!你们炼就的钢铁在向你们逞威。

八
就用锄头和织机,耕犁和铁铲
构筑你们的坟,建造你们的墓,
织制你们的裹尸布吧,终有一天
美丽的英格兰成为你们的葬身窟。

——雪莱著,江枫译《雪莱诗选》,外语教学与研究出版社,2011年

二、导读与赏析

1. 作者简介

雪莱(Percy Bysshe Shelley,1792—1822),英国著名作家、浪漫主义民主诗人。主要作品有诗剧《解放了的普罗米修斯》,诗歌《西风颂》《致云雀》等,反对专制暴政,鼓励人们为自由平等勇敢斗争。诗歌充满瑰丽的想象与优美的意象,以其文学成就与拜伦并称为英国浪漫主义诗歌的"双子星座"。

2. 作品导读

这首政治抒情诗创作于1819年,正是英国民主运动进行到如火如荼之时。英国曼彻斯特八万群众在圣彼得广场举行集会,提出改革选举制度、取消谷物法等要求,政府当局派出军队镇压,打死打伤400余名工人和市民,制造了历史上有名的"彼得卢惨案"。雪莱获悉此事后,难以抑制自己的愤怒之情,挥笔写下了这首作品。

诗歌开篇即展开直截了当的质问,在前三小节中连用四组反问句揭示和批判现实生活中的不平等现象,为全诗奠定了愤怒的基调。凭什么为他们耕种,为他们纺织,为他们提供衣食和劳动,为他们打造武器和刑具?!这一切的艰辛换来的却是无止境的压榨、痛苦和恐惧。尖锐的质疑犹如号角,力图唤起民众的反抗与觉醒。为了增强诗歌情感的力量与催人奋起的效果,诗人在反问句之后又接连使用了四组排比句。铿锵有力、掷地有声,如同惊雷急雨般促人猛醒。自己的劳动果实岂容他人收割,自己打造的武器应该成为保卫自身权利的利器。诗歌的最后两节,诗人以愤激的反语描绘了不反抗不斗争的惨痛前景:永远为他人奴役、受他人压迫,以自己的劳动为自己掘墓的可悲命运,并以此警醒那些也许还心存幻想和侥幸的民众。号召和鼓舞他们努力奋起,为捍卫共同的权利而斗争。整首诗歌笔力雄健,情感慷慨愤激,字字句句浸透质疑和批判,也充溢着不妥协、不屈服的抗争精神。

三、对比阅读

中国古代文化传统主张"怨而不怒"的情感表达方式,如同《给英格兰人的歌》那样直抒胸臆表达愤怒的作品相对较少。《与山巨源绝交书》是嵇康写给朋友山涛的绝交信,虽则文字表述貌似平和,甚至谦逊,却暗含了对世俗礼法、对司马氏政权的愤怒和抗拒。

文章开门见山,说明与山涛绝交的原因。在于自身性格直爽、心胸狭窄,对很多事情都不能忍受。偶然的交往并不意味着真正的相知,因此彼此之间并无继续交往的必要。为了凸显"绝交"这一主题,嵇康在文章中嬉笑怒骂、无所不用其极。他先是用《庄子》的典故,借"庖人之引尸祝自助"来批评对方做肮脏的勾当还要拉自己下水的用心。继而列举老子、庄子、孔子等历史人物遵循本性立身处世的事迹,含蓄地讽刺山涛缺乏气节和操守。他历数自己的缺点,甚至对自身形象进行了颇具夸张色彩的描写。性情散漫、身体疏懒、一月半月不洗头不洗脸,连小便都要忍到膀胱发胀才有所行动。他还以生长在山林的野鹿比喻自己野性未驯、不肯为荣华富贵放弃最珍视的自由。以上种种似乎还未尽意,嵇康进而阐述了自己的九大弊病,即此信中最著名的"必不堪者七,甚不可者二"。其中甚至有许多听起来非常荒诞的理由,比如喜欢睡懒觉、喜欢射鸟钓鱼、喜欢抓虱子瘙痒等。文章不但表达了拒不合作的个人选择,还以"非汤武而薄周孔"的方式宣布了与名教以及以之为统治工具的司马氏政权决裂的态度。

《与山巨源绝交书》写在山涛打算推荐嵇康出仕做官之时,正处魏晋之际黑暗险恶、暗流涌动的政治氛围之中。嵇康选择在此时作这样的自我表白,其心中的愤怒与抗拒可想而知。而他的倔强傲岸、不愿妥协的姿态也在中国古代文学史上留下了浓墨重彩的一笔。

第六篇　闲　适

一、文本节选

归去来兮辞

归去来兮,田园将芜胡不归!既自以心为形役,奚惆怅而独悲?悟已往之不谏,知来者之可追。实迷途其未远,觉今是而昨非。舟遥遥以轻飏,风飘飘而吹衣。问征夫以前路,恨晨光之熹微。

乃瞻衡宇,载欣载奔。僮仆欢迎,稚子候门。三径就荒,松菊犹存。携幼入室,有酒盈樽。引壶觞以自酌,眄庭柯以怡颜。倚南窗以寄傲,审容膝之易安。园日涉以成趣,门虽设而常关。策扶老以流憩,时矫首而遐观。云无心以出岫,鸟倦飞而知还。景翳翳以将入,抚孤松而盘桓。

归去来兮,请息交以绝游。世与我而相违,复驾言兮焉求!悦亲戚之情话,乐琴书以消忧。农人告余以春及,将有事于西畴。或命巾车,或棹孤舟。既窈窕以寻壑,亦崎岖而经丘。木欣欣以向荣,泉涓涓而始流。善万物之得时,感吾生之行休。

已矣乎,寓形宇内复几时,曷不委心任去留!胡为乎遑遑欲何之?富贵非吾愿,帝乡不可期。怀良辰以孤往,或植杖而耘耔。登东皋以舒啸,临清流而赋诗。聊乘化以归尽,乐夫天命复奚疑!

——陶渊明著,郭维林、包景诚译注《陶渊明集全译》,贵州人民出版社,2008年

二、导读与赏析

1. 作者简介

陶渊明(约365—427),字元亮,一说名潜,字渊明,别号五柳先生。浔阳柴桑(今江西省九江市)人。东晋末年杰出的诗人、辞赋家、散文家,作品主要描写田园生活的美好与身在其中的闲适心情,被誉为"隐逸诗人之宗"、"田园诗派之鼻祖",有《陶渊明集》传世。

2. 作品导读

本文是陶渊明辞去彭泽令归家时所作,主要表达了诗人归隐田园的决心,叙述其归隐家园的愉悦心情及田园生活闲适自在的乐趣感受。作品的序言主要讲述出仕的曲折经历及辞官归隐的主要原因,对自己出于"口腹自役"而"违己交病"的半生道路进行反思,以此

过渡到下文表白自己改变生活的决心。既然过去的错误已经无可挽回,就要及时补救、迷途知返。此念所及,归乡之路已在前方徐徐展开,小舟飘飘荡荡,微风吹拂着衣裳,迫切的心情盼望熹微的晨光快些放亮。当他开心地奔向已经看得到的家门,家人们的欢喜迎候、家中熟悉的风景、回家后自得其乐的生活都使得诗人的心灵忘却了世俗的繁杂,获得了极大的满足。从此,诗人的世界向美好的自然作最大程度的敞开、交流与融入,山峰漂浮的白云、疲倦飞返的小鸟、即将落山的太阳、傲岸挺拔的孤松,还有崎岖幽深的山路、欣欣向荣的树木、涓涓流淌的泉水等,大自然的勃勃生机与奥妙律动不得不令人感悟和思考人生的意义。越是体察生命的有限,越是领悟自由的可贵,既然功名富贵非我所愿,佛境仙乡终是虚幻,更应该按自己的意愿过理想的生活。天气晴好则独自出游,农忙时节则勤劳耕种,登高则放声长啸,临水则吟诵赋诗。或者与亲朋好友谈心交流,或者抚琴读书愉悦轻松。在自然的造化中过乐天安命的生活,又何必惶惶然执着追求?!

陶渊明正值黑暗的历史时代,战乱频发、官场腐朽,传统士人所追求的治国平天下的理想根本无从实现。精神层面的痛苦与现实层面的无奈迫使他们由积极入仕转向归隐避世。《归去来兮辞》表达的境界,正是退隐避世、自在自为的超越境界。在很大程度上反映了魏晋士人的生活理想与人生追求,其顺应自然、顺应内心的思考也具有一定的哲学深度。

三、对比阅读

19世纪英国浪漫主义诗人华兹华斯的诗歌《水仙》:"我孤独地漫游,像山谷上空,悠然飘过的一朵云霓。蓦然举目,我望见一丛,金黄的水仙,缤纷茂密……一眼便瞥见万朵千株,摇颤着花冠,轻盈飘舞。湖面的涟漪也迎风起舞,水仙的欢悦却胜似涟漪……从此,每当我倚榻而卧,或情怀抑郁,或心境茫然,水仙呵,便在心目中闪烁——

那是我孤寂时分的乐园;我的心灵便欢情洋溢,和水仙一道舞踊不息……"[1]诗歌描写一次偶然的湖边漫游邂逅了一片盛放的水仙,微风吹拂下花朵摇曳、轻盈飘逸,水面的涟漪也仿佛应和水仙的起舞,整个画面优美和谐又充溢着大自然的生趣。与水仙的偶遇得到的收获并没有随着诗人的离开而失去,凌波起舞的水仙从此成为诗人心灵的寄托和慰藉,每当茫然或忧愁袭来,每当孤独的心境笼罩,心中那片绽放的水仙总能唤起欢乐和勇气。

19世纪英国社会的工业化、现代化令城市的生活越来越拥挤杂乱,资本主义的城市文明导致的矛盾冲突也越来越尖锐明显,再加上战争的爆发加剧各种社会问题,华兹华斯作出了和陶渊明相似的选择——离开城市,归隐湖畔。作为"湖畔派"三诗人之一,华兹华斯热衷描写自然的景观,并将之作为净化心灵、获得超越的救赎之路。"水仙"这一意象正是诗人返璞归真、回归自然的心灵境界的象征。

(第七篇) 别 离

一、文本阅读

别离辞:莫伤悲

约翰·邓恩

有德之人逝世,十分安详,
对自己的灵魂轻轻说,走,
这时候,一些悲伤的亲友讲,
他的气息已断,有些说、还没有。

---

[1] 胡家峦编注《英国名诗详注》(修订版),外语教学与研究出版社,2018年,第257页。

让我们溶化吧,默默无语,
不要泪流如洪水,叹息似风暴,
那将会亵渎我们的欢愉——
要是让我们的爱情被俗人知道。
地震带来恐惧和灾祸,
人们谈论它的含义和危害,
天体的震动虽然大得多,
对人类却没有丝毫的伤害。

世俗的恋人之爱
(它的本质是肉感)不允许
离别,因为离别意味着破坏
凡俗之爱的基本根据。
但我们经过提炼的爱情,
它是什么连我们自己也一无所知,
我们既然彼此信赖,心心相印,
对眼、唇、手就漠然视之。

我们俩的灵魂溶成了一片,
尽管我走了,却不会破裂,
这种分离不过是一种延展,
像黄金打成了轻柔无形的薄页。

我们的灵魂即便是两个,
那也和圆规的两只脚相同,
你的灵魂是圆心脚,没有任何
动的迹象,另只脚移了,它才动。

这只脚虽然在中心坐定,

如果另只脚渐渐远离,

它便倾斜着身子侧耳倾听,

待到另只脚归返,它就直立。

对于我,你就是这样;我像另只脚,

必须倾斜着身子转圈,

你坚定,我的圆才能画得好,

我才能终止在出发的地点。

——胡家峦编注《英国名诗详注》,外语教学与研究出版社,2017 年

二、导读与赏析

1. 作者简介

约翰·邓恩(John Donne, 1572—1631),17 世纪英国玄学派诗人,"玄学诗歌"的开创者。他的诗歌充满了大量奇特、晦涩的比喻,这些奇思妙想使得他的诗歌新颖独特且富有哲理。他创作中擅长运用象征意象、意识流动等手法的特点对后世诗歌也产生了深远的影响。

2. 作品导读

《别离辞:莫伤悲》是诗人于 1611 年赴法国之前写给妻子安妮的作品,是一首离别主题的佳作。诗歌运用了以下独特的比喻来描摹自己与妻子超越世俗的神圣爱情:(1)死亡和地震。对于普通的恋人来说,他们的爱情停留在感官层面的依赖眷念,分别就意味着失去与对方身体的接触。一旦面临分离,就好像地动山摇、天崩地裂般带来痛不欲生的感受。而我们的爱情却是精神的升华,既可以超越时空,也可以超越生死。短暂的离别又怎会动摇我们坚定的爱情?(2)炼金术和黄金。"但我们经过提炼的爱情,它是什么连我们自己也一无所知",如同炼金术士从污浊的泥土中提炼出不含杂质的纯金,我们

的爱情也从鄙俗的肉欲中净化出圣洁无瑕的爱情。"我们俩的灵魂溶成了一片,尽管我走了,却不会破裂,这种分离不过是一种延展,像黄金打成了轻柔无形的薄页",真正的爱情具备张力与韧性,如同黄金延展能够经受分离和时间的考验。(3)圆规。诗人将自己和妻子比作圆规互相牵动的两脚。留守家中的妻子坚定不移,外出离开的丈夫无论去向哪里却总是围着中心转圈。不管离开多久或多远,圆周的那只脚总要在圆心脚的牵动下回到出发的地方。两脚之间虽有距离,却也形影不离,如同我们之间互相忠诚、相互支撑、不离不弃。这样的婚姻关系才能实现双方精神的和谐统一,才能画出理想中完美的圆圈。

玄学派诗歌倾向于使用在本体、喻体二者的关系和语境上具有一定悖逆性特点的比喻手法,借助这种距离甚至反差带给读者新奇的体验与心灵的震撼。其理性、思辨的色彩也一改传统诗歌平淡无奇的风格特征。

三、对比阅读

南朝文学家江淹的《别赋》是中国古代文学作品中书写离愁别恨的名篇。这篇抒情小赋对七种不同类别的别离情状进行描写,刻画特定人物的心理状态和不同感受,也抒发了人们面对离别时共同的情感体验。作品句式骈俪整饬,语言清新流丽,整体情景交融,是六朝小赋中的佳作。

作品开篇总论离别的悲伤,以萧瑟凄凉的景色描写奠定离别所带来的"黯然销魂"的情感基调。总论之后由七个段落分别描摹不同人物的离情别绪,如写富贵之别——"龙马银鞍,朱轩绣轴,帐饮东都,送客金谷"[1],他们虽然高头骏马、车驾辚辚,仍因为离别而深感孤单、黯然伤神;侠客之别——"割慈忍爱,离邦去里,沥泣共诀,抆

---

[1] 陈宏天、赵福海、陈复兴主编《昭明文选译注》(第二卷),吉林文史出版社,2007年,第119页。

血相视"[1],他们舍弃慈母娇妻的温情,离开自己的家园邦国,泣血流泪与家人诀别;从军之别——"镜朱尘之照烂,袭青气之烟煴,攀桃李兮不忍别,送爱子兮沾罗裙"[2],手攀着桃李枝条不忍诀别,为爱子送行泪湿衣裙;去国之别——"值秋雁兮飞日,当白露兮下时,怨复怨兮远山曲,去复去兮长河湄"[3],正值秋天的大雁南飞之日,白色的霜露欲下之时,在那远山的弯曲处哀怨又惆怅,在那长长的河流边渐行渐远;夫妇之别——"春宫闷此青苔色,秋帐含此明月光,夏簟清兮昼不暮,冬釭凝兮夜何长"[4],春天楼宇外锁闭了青苔的翠色,秋天帷帐里笼罩着洁白的月光,夏天虽竹席清凉却迟迟不暮,冬天灯光昏暗黑夜何其漫长;方外之别——"驾鹤上汉,骖鸾腾天。暂游万里,少别千年"[5],骑着黄鹤直上霄汉,乘上鸾鸟飞升青天,虽已成仙与世人告别仍依依不舍;情人之别——"秋露如珠,秋月如圭,明月白露,光阴往来,与子之别,思心徘徊"[6],时光逝去又复来,与你分别之后,我唯有相思徘徊。

(第八篇) 回 忆

一、文本阅读

春天,遂想起

春天,遂想起

江南,唐诗里的江南,九岁时

---

[1] 陈宏天、赵福海、陈复兴主编《昭明文选译注》(第二卷),吉林文史出版社,2007年,第119页。
[2] 同上。
[3] 同上。
[4] 同上。
[5] 同上。
[6] 同上书,第120页。

采桑叶于其中,捉蜻蜓于其中
(可以从基隆港回去的)
江南
小杜的江南
苏小小的江南
遂想起多莲的湖,多菱的湖
多螃蟹的湖,多湖的江南
吴王和越王的小战场
(那场战争是够美的)
逃了西施
失踪了范蠡
失踪在酒旗招展的
(从松山飞三个小时就到的)
乾隆皇帝的江南

春天,遂想起遍地垂柳
的江南,想起
太湖滨一渔港,想起
那么多的表妹,走在柳堤
(我只能娶其中的一朵!)
走过柳堤,那许多的表妹
就那么任伊老了
任伊老了,在江南
(喷射云三小时的江南)

即使见面,她们也不会陪我
陪我去采莲,陪我去采菱

即使见面,见面在江南

在杏花春雨的江南

在江南的杏花村

(借问酒家何处)

何处有我的母亲

复活节,不复活的是我的母亲

一个江南小女孩变成的母亲

清明节,母亲在喊我,在圆通寺

喊我,在海峡这边

喊我,在海峡那边

喊,在江南,在江南

多寺的江南,多亭的

江南,多风筝的

江南啊,钟声里

的江南

(站在基隆港,想

——想回也回不去的)

多燕子的江南

——余光中《余光中诗歌精读》,浙江人民出版社,2018年

二、导读与赏析

1. 作者简介

余光中(1928—2017),当代著名诗人、学者,出生于江苏南京,祖籍福建泉州,1949年随母亲从南京迁往香港,后至台湾。余光中创作诗歌上千首,涉及亲情、爱情、自述、咏史、咏物、题画等各类主题,其中抒发乡愁的诗歌最为读者熟知。他在散文、翻译、评论等领域也颇有建树,梁实秋评价他"右手写诗,左手写散文,成就之高,一时

无两"。

2. 作品导读

余光中出生于南京,他的青少年时代就在江南度过,江南的秀丽风光、浪漫诗意以及厚重的文化底蕴、独特的风土人情都曾对他年轻的生命有过深深的浸润。诗人从 21 岁离开故乡,直到上世纪 90 年代才有机会回到大陆讲学,其间相隔了四十多年的时光。对故乡的思念只能凝结于深情的文字与诗句中吐露表达。

春天,是江南最美丽的季节,春天也最能勾起美好的回忆。诗歌从江南的人文气息开始写起,徐徐拉开回忆的序幕。那里有无数的锦绣诗篇,有杜牧、苏小小的文采风流,有范蠡与西施西湖泛舟,有乾隆皇帝念念不忘七下江南。江南在这里不仅仅指向诗人曾生活的故土,更是一个象征,斐然的文采与厚重的历史更属于故乡之上的"家国"。接下来,诗歌的情感更进一层。在江南,令人不能忘怀的何止美丽风景、烂漫诗篇,还有童年无忧无虑的时光与青梅竹马的爱恋。诗人曾在其中捉蜻蜓、抓螃蟹、采莲剥菱,更有美丽温婉的许多表妹曾走过遍地垂柳的堤岸,也走进少年的眼中和心里。在这里,"故乡"的意义再一次得到升华,"故乡"不仅仅是诗人生活过的地方,儿时的时光、青涩的爱恋丰富了他生命的历程,也融入了他的血肉,早已成为不可割舍、无法忘却的印记。同样能见证这段历程,能理解这种思念的还有诗人的母亲,然而她也随时光离去。对故乡的相思之痛到此达到一个顶峰,熟悉的风景远隔万里,熟悉的人渐行渐远,诗人只能无助地站在基隆港的岸边,遥想群燕翻飞、风筝满天、处处亭台楼阁的江南。哪怕仅仅距离三小时的行程,却只能在海峡的这一边思念海峡的那一边。可见,《春天,遂想起》所写的不仅仅是对故土江南的回忆,更是对大陆、对祖国的思念,对回归的焦灼期盼。

三、对比阅读

19世纪德国诗人荷尔德林的《故乡》在诗歌的主题与情感表达的方式上与上面的作品有相似之处:"从前抚育过我的亲爱的河岸啊,你们能治愈爱的痛苦?我的少年时代的森林,我如回来,你们会答应再给我安宁?在清凉的溪边,我曾看水波嬉戏,在大河边,我曾看船只驶过,我就要回到那里;从前护过我的亲切的群山,故国的尊敬的安全的国境,母亲的家,亲爱的同胞的拥抱,我就要来向你们问好,你们会抱紧我,像绷带一样,治愈我的心伤……"[1]这首诗歌写于诗人因为爱情遭受心灵重创之后,他迫切需要一个可以抚平伤痕、缓解伤痛、安顿身心的宁静乐土,而浮现在他脑海中最理想的归宿就是故乡。诗人将自己比喻为一艘满载痛苦的小舟,渴望驶入故乡宁静的港湾。在那里,有抚育过他的河岸,有年少时曾停留栖息的森林,有嬉戏过的清凉溪水,有护佑过他的巍巍群山,有温暖的家,有亲爱的母亲和同胞……对故乡的回忆展开一幅清远恬静的画卷,画卷中除了令人神往的大自然,还有童年无忧无虑的欢乐。故乡的美丽、宁静、温暖、快乐似乎都已经敞开怀抱,等待迎接游子的归来。诗人的心灵终于在其中获得慰藉,并汲取力量,"我是尘世间的凡人,我享受爱情,也经受痛苦",一切都顺其自然,坦然面对。

"故乡"作为回忆中最深刻的印记,有时是一城一地,有时是一人一物。作为精神世界最珍贵的"家园",故乡唤起的回忆与思念造就了无数隽永的诗篇。故乡是每一个人生命之根所深植的地方,对故乡的思忆与追寻从某种角度来看,也是个体对自我的追问与寻找。

---

[1] 许自强、孙坤荣主编《世界名诗鉴赏大辞典》,商务印书馆国际有限公司,2018年,第665页。

(第九篇) 隐 逸

一、文本节选

绝大部分奢侈品,及不少所谓生活的舒适,非但没有必要,而且毫无疑问,是阻遏人类进步的一重障碍。若论奢华和舒适,智者生活较贫者更为简约质朴。古时的圣哲,不论来自中国和印度,还是来自波斯和希腊,就物质而言,没有人比他们更加贫乏,但他们的精神却富足得无人可比。

……

早晨,当板材浸满露水,我就幻想,到中午时分,里面就会渗出芬芳的树胶来。在我心里,它整天都隐隐弥散着瑰丽的曙色,让我想起数年之前造访过的一处山间房屋。这是一间尚未粉治、壁可漏风的小屋,宜于款待行脚的仙人,女神居于其中则会裙裾飘扬。屋顶拂过款款的清风,跟掠屋顶拂过款款的清风,跟掠过山脊那样滋润和畅,它捎来若断似连的曲调,那是将大地之音滤过后剩下的天籁之响。早晨的风儿永不停息,造化的诗篇永不间断,却鲜有耳朵去聆听。奥林匹斯本在人间,举世皆然。

……

太阳终于开始直射了,暖风驱散了雾霾和阴雨,消融着岸上的残雪。太阳驱散了雾气,洒播着柔柔的光线,大地气象万千,黄白相杂的蒸气宛若熏香缭绕飘荡。游人取道其间,从一个小岛到另一个小岛,心田激荡着溪水与小河的淙淙欢唱——它们脉管中冬天的血液正在奔向远方。

……

雏鸟的眼睛大方安静,那种极其成熟,然而无比纯净的神态让人难以忘怀。所有的灵慧似乎都写在那双眼睛里,其中不只是童蒙的纯真,也有经过砺炼得以升华的智慧。这双眼睛是造物者的馈赠,跟它映出的苍穹一样久远。大森林再不会呵护出这样的珍宝,游人也难得机会欣赏如此明澈的水井。

……

湖,是山光水色的精华,美丽无比,极为动人,它是大地的明眸,观者只消凝眸俯视,便能探知它天性深处的幽微。岸际的水生树木是它纤细的睫毛,四围群山苍苍,林壑深幽,则是它隆起的浓眉……九月十月之际,每当遇上这种天气,瓦尔登湖映照着四周的森林,宛若一面十全十美的镜子,它用精美的石子镶边,在我眼中,美轮美奂,无与伦比。此时的瓦尔登湖美丽、纯洁、庄严,躺在大地的怀抱中,世上还有什么能跟它相比?这是天界的圣水,不需要藩篱。一代又一代的人轮番更替,但是它依旧清洁如故;这是一方宝镜,坚不可摧;它流光溢彩,永不失色;大自然永远呵护着它黄金般的美质,任何风暴,任何尘埃都休想遮蔽它万古长青的亮丽。这方宝镜,所有不洁之物落在上面都会彻底绝迹,因为太阳在那里清洗,在那里打理,挥动那块由缥缈透亮的光线织就的擦布;它呵出的气息不会留下一丝印迹,而被送上云霄,变成云彩高悬在天,然后又映照在自己的深处。

——亨利·戴维·梭罗著,仲泽译《瓦尔登湖》,译林出版社,2018年

二、导读与赏析

1. 作者简介

梭罗(Henry David Thoreau, 1817—1862),美国作家、思想家。他一生支持废奴运动,提倡心灵的自由和闲适,强调亲近自然,追求简单质朴生活。1845年,年仅28岁的梭罗开始在瓦尔登湖畔隐居两年,实践自食其力的主张。他在湖畔搭起木屋,开荒种地,写作看书,体验原始简朴和回归自然的生活。并以此为题材写成了散文

集《瓦尔登湖》,该作品被后人奉为美国现代文学的经典之作。

2. 作品导读

《瓦尔登湖》由 18 篇散文组成,有的描写瓦尔登湖的四季美景与森林中的动物,有的记录作者自给自足的生活经历,抒发劳动的充实与收获的喜悦,有的对阅读、交往、生活方式、人生理想等进行讨论和思考,有的抒发自己独居湖畔的孤独感受。其中既有梭罗流连自然、沉吟山水的描写,也能看到他对社会不公、人类罪恶的指斥,有田园牧歌的温润与浪漫,也有对人类社会价值体系的反省和批评。《瓦尔登湖》不是弃绝尘寰的逃避,而是始终抱有对自然、对生活的热爱,对社会、对时代的关注,因而更具价值。

19 世纪前期的美国处在农业社会向工业社会转型的开端,工业化既带来技术的进步,生产力水平与经济水平的飞速发展,也带来了物质主义、享乐主义的价值潮流。一方面人们为了追逐和占有更多物质财富而忙忙碌碌,另一方面对自然资源过度的开发与攫取使得生态环境日益恶化。无论是精神层面的贪婪空虚,还是自然环境的生态灾难,都已经成为不得不面对与思考的现实问题。《瓦尔登湖》所表达的回归自然、与自然和谐相处的理想,提倡生活简朴、精神充盈的价值主张,在这样的时代环境中无疑是一针清醒剂,对于盲目追求物欲、精神生活日渐萎缩的当代人有醍醐灌顶、当头棒喝的提醒与警示作用。而"瓦尔登湖"虽是梭罗的短暂隐居之地,但它更象征了超越世俗尘嚣、寻找内心宁静的理想之所。

三、对比阅读

西晋文学家潘岳的《闲居赋》也描写了自己理想中的隐逸生活,如果说梭罗短暂的隐居生活是对现代工业文明的对抗,那么潘岳五十岁时创作的这篇赋则是他历经三十年宦海沉浮之后的反思和向往。他在历数了自己八次换岗、一次升迁、一次撤职、一次除名、三次外放等仕宦经历之后,展开了对归隐田园的生活想象,"爰定我居,筑室穿池,长杨映沼,芳枳树篱,游鳞瀺灂,菡萏敷披,竹木蓊蔼,灵果参差"[1],修筑房舍、开掘池塘,树影倒影水面,芳木结成篱墙,鱼儿游弋,荷花盛放,竹木葱葱郁郁,鲜果多种多样。"于是凛秋暑退,熙春寒往,微雨新晴,六合清朗……席长筵,列孙子,柳垂荫,车洁轨,陆摘紫房,水挂赪鲤,或宴于林,或禊于汜……浮杯乐饮,绿竹骈罗,顿足起舞,抗音高歌,人生安乐,孰知其他"[2],每当暑气消退的凉爽秋日,或是寒冬过后的和煦春天,雨后初晴、天朗气清,举家郊游欣赏美景。又或者摆上长长的筵席,子孙们列坐其中,采摘水果、打捞鲤鱼,或在树林或在水边宴饮游戏。丝竹相伴,起舞高歌,人生之乐,夫复何求?

尽管《闲居赋》将怡然自乐、田园归隐的美好写得如此令人神往,潘岳却最终因为卷入政治斗争而被诛三族。《晋书·潘岳传》评价"岳性轻躁,趋世利",他曾经谄媚权臣、趋炎附势的行为早已为最终的悲剧埋下隐患和伏笔。五十岁时的一时顿悟与一点渴求终究成空,这也为作品的内蕴增添了无尽的意味。

(第十篇) 思 悟

一、文本节选

今日良宴会

今日良宴会,欢乐难具陈。
弹筝奋逸响,新声妙入神。

---

[1] 陈宏天、赵福海、陈复兴主编《昭明文选译注》(第二卷),吉林文史出版社,2007年,第62页。
[2] 同上书,第62—63页。

令德唱高言,识曲听其真。
齐心同所愿,含意俱未申。
人生寄一世,奄忽若飙尘。
何不策高足,先据要路津。
无为守穷贱,轗轲长苦辛。

青青陵上柏

青青陵上柏,磊磊涧中石。
人生天地间,忽如远行客。
斗酒相娱乐,聊厚不为薄。
驱车策驽马,游戏宛与洛。
洛中何郁郁,冠带自相索。
长衢罗夹巷,王侯多第宅。
两宫遥相望,双阙百余尺。
极宴娱心意,戚戚何所迫。

回车驾言迈

回车驾言迈,悠悠涉长道。
四顾何茫茫,东风摇百草。
所遇无故物,焉得不速老。
盛衰各有时,立身苦不早。
人生非金石,岂能长寿考。
奄忽随物化,荣名以为宝。

生年不满百

生年不满百,常怀千岁忧。
昼短苦夜长,何不秉烛游!

为乐当及时,何能待来兹。
愚者爱惜费,但为后世嗤。
仙人王子乔,难可与等期。

——隋树森集释《古诗十九首集释》,中华书局,2020 年

二、导读与赏析

1. 作者简介

《古诗十九首》载于梁昭明太子萧统编纂的《文选》,作者姓名失传,时代也无法确定,故编者题为"古诗"。学者根据诗歌的风格、内容推测这些作品非一人一时所作,总体创作时间应处于东汉后期。这些五言古诗涉及的主题较为丰富,有的写对功名的渴求,有的写游子思妇的情怀,有的写世态炎凉的慨叹,还有对人生无常的审视等。诗歌情感真挚、语言质朴、情致委婉,对后世诗歌产生了很大的影响。

2. 作品导读

本书节选了《古诗十九首》中涉及感怀生命、感悟人生的四首,其中寄寓的思考既有形上的哲学意味,也具有超越时代、社会、阶层的普遍性。《今日良宴会》以欢乐开头,却在高妙的乐曲中渐渐引发对人生的思考,"人生寄一世,奄忽若飙尘。何不策高足,先据要路津",人寄居世间就像卷在暴风中的尘土,迅速就被疾风吹散,既然如此为何不占据高位、安享荣华,而要固守贫贱、忧愁失意?《青青陵上柏》则从自然景物开始,以起兴的方式引向人生的感悟"青青陵上柏,磊磊涧中石。人生天地间,忽如远行客",山上柏树青翠四季不凋,涧中众石堆积千秋不灭,周遭的天地更是永恒而广阔,但人在其间却如远行的匆匆过客。也许游戏京城可以聊以慰藉内心的悲凉,但达官贵人们尽情享乐却为何面带忧愁呢?《回车驾言迈》写旅途中所见的景物变迁而引发人生短暂、及时努力的感慨,"盛

衰各有时,立身苦不早。人生非金石,岂能长寿考",人不能象金石坚固永存,而是象草木盛衰有期,因此更该及早地建立功名,留名青史才能真正不朽。《生年不满百》则以旷达之语对世间的愚蠢之人进行讽刺和劝诫,"生年不满百,常怀千岁忧……为乐当及时,何能待来兹",人生不过百年,何必锱铢必较、满怀忧愁?更应该把握当下、及时行乐。

总体来看,作品充满了时光易逝、人生苦短的感伤,也抒发生活中的失意、苦闷和彷徨。值得注意的是,这些情感特征并非特定个体的消极所致,而是带有浓厚的时代特征。东汉末年社会动荡、危机四伏,政治上风雨飘摇,百姓生活朝不保夕,士人阶层前途渺茫。这些诗歌的情感特征也是时代所给予的真实印记。

三、对比阅读

17世纪英国"骑士派"诗人罗伯特·赫里克《给少女们的忠告》一诗也表达了珍惜青春、及时行乐的主题。"可以采花的时机,别错过,时光老人在飞驰:今天还在微笑的花朵,明天就会枯死"[1],美好的青春年华如同绽放的花朵一旦逝去、无法重现,所以甜蜜的爱情、美好的婚姻都应该及时抓住、不能错过。与他处于同一时期的英国诗人安德鲁·马维尔也有一首相似主题的诗歌《致他娇羞的女友》,"因此啊,趁那青春的光彩还留驻,在你的玉肤,像那清晨的露珠,趁你的灵魂从你全身的毛孔,还肯于喷吐热情,像烈火的汹涌,让我们趁此可能的时机戏耍吧"[2],诗人以一个求爱者的口吻向他爱慕的姑娘描述时光飞逝、青春短暂,有一天青春的光彩、美丽的容颜、炽热的爱情都会随时间消失。所以应该把握美好的当下,勇敢摒弃自己的娇羞,大胆接受自己的求爱,共享爱情的甜蜜。古希腊的女诗人萨

---

[1] 胡家峦编注《英国名诗详注》,外语教学与研究出版社,2017年,第110页。
[2] 同上书,第131页。

福也有这样的小诗,"哪儿去了,甜的蔷薇?哪儿去了,甜的蔷薇?一旦逝去,永难挽回。我不复归,我不复归"[1],娇艳的花朵与甜美的青春都是难以长久之物,更应珍惜。这种对时光与岁月的慨叹,其实也来自于对生活的热爱,对生命的珍重。

章节实训小课题

请寻找并阅读更多表达人类多样化情感体验的文学作品,组织一次读书品鉴会。以分组的形式朗诵、分享、赏析这些文学经典作品。

要求: 选择情感充沛的文学作品,具有独特、鲜明的情感主题。语言表达清楚流畅,条理性强,中心突出。品鉴会的组织、朗诵、分享与赏析的情况均计入量化成绩。

---

[1] 萨福著,姜海舟译《萨福的情歌》,漓江出版社,2019年,第56页。

第三章
景——顾景兴怀

题记

风景是一根拨动我心灵的弦。

——［法］司汤达

导语

庄子云"天地有大美而不言",自然是沉默的,人却以自己的方式言说和摹写自然。浩瀚星空、壮丽山河、茫茫大漠、巍巍城郭,人以自己的脚步丈量世界的广度,以自己的眼睛观照世界的丰富。而脚下与眼中的世界又总是因为人自身的际遇、不同的视角、相异的眼界而呈现出千姿百态的风景。在"人"的主题之下,文学作品描写的风景其实是人所感知的世界,无论是自然风景还是城市景观都烙印了人的色彩与温度。"登山则情满于山,观海则意溢于海","相看两不厌,只有敬亭山",人与景"情往似赠,兴来如答"的对话撰写了文学作品中无数的胜景。本章选取以风景描写取胜的经典文学篇章进行解读,其实亦是对人、对社会生活的探索和学习。

(第一篇) 四 季

一、文本阅读

故 都 的 秋

秋天,无论在什么地方的秋天,总是好的;可是啊,北国的秋,却特别来得清,来得静,来得悲凉。我的不远千里,要从杭州赶上青岛,更要从青岛赶上北平来的理由,也不过想尝一尝这"秋",这故都的秋味。江南,秋当然也是有的;但草木凋得慢,空气来得润,天的颜色显得淡,并且又时常多雨而少风;一个人夹在苏州上海杭州,或厦门香港广州的市民中间,混混沌沌地过去,只能感到一点点清凉,秋的味,秋的色,秋的意境与姿态,总是看不饱,尝不透,赏玩不到十足。秋并不是名花,也并不是美酒,那一种半开,半醉的状态,在领略秋的过程上,是不合适的。

不逢北国之秋,已将近十余年了。在南方每年到了秋天,总要想起陶然亭的芦花,钓鱼台的柳影,西山的虫唱,玉泉的夜月,潭柘寺的钟声。在北平即使不出门去罢,就是在皇城人海之中,租人家一椽破屋来住着,早晨起来,泡一碗浓茶,向院子一坐,你也能看得到很高很高的碧绿的天色,听得到青天下驯鸽的飞声。从槐树叶底,朝东细数着一丝一丝漏下来的日光,或在破壁腰中,静对着象喇叭似的牵牛花(朝荣)的蓝朵,自然而然地也能感觉到十分的秋意。说到了牵牛花。我以为以蓝色或白色者为佳,紫黑色次之,淡红色最下。最好,还要在牵牛花底,教长着几根疏疏落落的尖细且长的秋草,使作陪衬。

北国的槐树,也是一种能使人联想起秋来的点缀。象花而又不是花的那一种落蕊,早晨起来,会铺得满地。脚踏上去,声音也没有,气味也没有,只能感出一点点极微细极柔软的触觉。扫街的在树影下一阵扫后,灰土上留下来的一条条扫帚的丝纹,看起来既觉得细腻,又觉得清闲,潜意识下并且还觉得有点儿落寞,古人所说的梧桐一叶而天下知秋的遥想,大约也就在这些深沉的地方。

秋蝉的衰弱的残声,更是北国的特产;因为北平处处全长着树,屋子又低,所以无论在什么地方,都听得见它们的啼唱。在南方是非要上郊外或山上去才听得到的。这秋蝉的嘶叫,在北平可和蟋蟀耗子一样,简直象是家家户户都养在家里的家虫。

还有秋雨哩,北方的秋雨也似乎比南方的下得奇,下得有味,下得象样。

在灰沉沉的天底下,忽而来一阵凉风,便息列索落地下起雨来了。一层雨过,云渐渐地卷向了西去,天又青了,太阳又露出脸来了;著者很厚的青布单衣或夹袄的都市闲人,咬着烟管,在雨后的斜桥影

里,上桥头树底下去一立,遇见熟人,便会用了缓慢悠闲的声调,微叹着互答着的说:

"唉,天可真凉了——"(这了字念得很高,拖得很长。)

"可不是么?一层秋雨一层凉了!"北方人念字,总老象是层字,平平仄仄起来,这念错的岐韵,倒来得正好。北方的果树,到秋来,也是一种奇景。第一是枣子树;屋角,墙头,茅房边上,灶房门口,它都会一株株地长大起来。象橄榄又象鸽蛋似的这枣子颗儿,在小椭圆的细叶中间,显出淡绿微黄的颜色的时候,正是秋的全盛时期;等枣树叶落,枣子红完,西北风就要来了。北方便是尘沙灰土的世界,只有这枣子、柿子、葡萄成熟到八九分的七八月之交,是北国的清秋的佳日,是一年之中最好也没有的 Golden Days。

有些批评家说,中国的文人学士,尤其是诗人,都带着很浓厚的颓废色彩,所以中国的诗文里,颂赞秋的文字特别的多。但外国的诗人,又何尝不然?我虽则外国诗文念得不多,也不想开出帐来,做一篇秋的诗歌散文钞,但你若去一翻英德法意等诗人的集子,或各国的诗文的 Anthology 来,总能够看到许多关于秋的歌颂与悲啼。各著名的大诗人的长篇田园诗或四季诗里,也总以关于秋的部分,写得最出色而最有味。足见有感觉的动物,有情趣的人类,对于秋,总是一样的能特别引起深沉,幽远,严厉,萧索的感触来的。不单是诗人,就是被关在牢狱里的囚犯,到了秋天,我想也一定会感到一种不能自己的深情;秋之于人,何尝有别,更何尝有人种阶级之分呢?不过在中国,文字里有一个"秋士"的成语,读本里又有着很普遍的欧阳子的秋声与苏东坡的赤壁赋等,就觉得中国的文人,与秋的关系特别深了,可是这秋的深味,尤其是中国的秋的深味,非要在北方,才感受得底。

南国之秋,当然是也有它的特异的地方的,比如廿四桥的明月,钱塘江的秋潮,普陀山的凉雾,荔枝湾的残荷等等,可是色彩不浓,回味不永。比起北国的秋来,正象是黄酒之与白干,稀饭之与馍馍,鲈鱼之与大蟹,黄犬之与骆驼。

秋天,这北国的秋天,若留得住的话,我愿把寿命的三分之二折去,换得一个三分之一的零头。

——郁达夫《郁达夫散文》,人民文学出版社,2008年

二、导读与赏析

1. 作者简介

郁达夫(1896—1945),原名郁文,字达夫,浙江富阳人,中国现代作家、革命烈士。曾留学日本,是新文学团体"创造社"的发起人之一。文学创作之外,还积极参加各种抗日组织,1945年被日军杀害于苏门答腊。文学代表作有《沉沦》《春风沉醉的晚上》《迟桂花》等。

2. 导读与赏析

作品首先对比北国之秋、南国之秋的不同况味,突出故都秋天"清""净""悲凉"的特点。进而列举陶然亭的芦花、钓鱼台的柳影、西山的虫唱、玉泉的夜月、潭柘寺的钟声等能够凸显北平秋意的景物意象,还有院子上空碧绿的天色、训鸽的飞声、丝丝点点的日光、开在破壁中的牵牛花等。从视觉、听觉等各个方面渲染北国之秋饱满醇厚的意味,抒发作者对故都的眷念之情。

文章的第二部分从故都秋意的总体印象落实到具体的事物描写。秋槐细腻柔软的落蕊,秋蝉衰弱的啼唱,带来凉意的秋雨以及缀满果实的枣树。槐树、知了、雨天和果树哪里没有呢?然而在作者的笔下,这一切都带着北方秋天独有的况味,尤其是用缓慢悠闲、平平仄仄的独特声调说出来的话语,更加深了北国特有的风情和韵味。

除了作景物的描写,文章还谈到秋天与文学创作的紧密联系。中西方文学作品中,描写秋天的出色之作比比皆是。秋天总是以它

的风景和况味引发人们深沉幽远的思索,也触及人们心灵深处的某些感悟。这种对秋天的感受与思考具有超越性,是人类共同的情感与智慧。

整体来看,郁达夫笔下的故都秋色尽管宁静、安闲,却也浸润着悲凉、萧瑟的意味。那看起来让人心生落寞的扫帚纹路,那听起来令人生出几分凄凉的衰弱蝉鸣,那一场秋雨一层凉的对话感慨,都隐约透露出作者心灵深处的孤独与悲凉。

郁达夫的人生之路颇为坎坷,三岁丧父、家道中落,先后经历过两次的婚姻失败与两次的丧子之痛。更重要的是他所目睹和经历的腐败衰朽的社会,白色恐怖的威慑,日本侵略的切肤之痛,等等,都令他内心充满了难以排遣的伤痛。王国维说"一切景语皆情语",郁达夫笔下的故都秋色也是他内心情怀的映射与写照。

三、对比阅读

日本平安朝时代的女作家清少纳言《枕草子》是日本历史上最早的随笔文学,与同时代女作家紫式部的《源氏物语》并称日本古典文学的"双璧"。该作品由三百多段长短不一的篇章建构而成,其中包含类聚章段、随想章段和日记章段。既有自然景物的描写,也有风物人情的描摹,还有草木虫鱼、生活趣事、随想感悟等。《枕草子》语言雅致、风格清丽、且充满活泼灵动的机趣,极具审美价值。

作品开篇描写四季风景的段落即充满优美闲适的审美趣味,"春,曙为最。逐渐转白的山顶,开始稍露光明,泛紫的细云轻飘其上。夏则夜。有月的时候自不待言,无月的暗夜,也有群萤交飞……秋则黄昏。夕日照耀,近映山际,乌鸦返巢,三只、四只、两只地飞过,平添感伤。又有时见雁影小小,列队飞过远空,尤饶风情。而况,日入以后,尚有风声虫鸣。冬则晨朝。降雪时不消说,有时霜色皑皑,即使无雪亦无霜,寒气凛冽,连忙生一盆火,搬运炭火跑过走廊,也挺合时宜……"[1]春天的晨光微熹、夏日的月色萤火、秋天的鸦影夕照、冬日的霜雪皑皑,清少纳言以女性特有的细腻敏锐感受四季的风景与生活,作为皇后身边的女官,她眼中的世界是恬淡平和、安稳静好的。即使偶有小小的感伤,也不过为作品平添一份优雅的哀怜。因此,《枕草子》所描写的风景是贵族式的风景,而这种对美感的追求正是日本平安时代的主流,也对后世的日本文学形成了重要影响。在川端康成等日本作家的作品中我们也能感受到美与哀愁的交织与呈现。

(第二篇) 雨 雪

一、文本阅读

湖心亭看雪

崇祯五年十二月,余住西湖。大雪三日,湖中人鸟声俱绝。是日更定矣,余拿一小舟,拥毳衣炉火,独往湖心亭看雪。雾凇沆砀,天与云与山与水,上下一白,湖上影子,惟长堤一痕、湖心亭一点、与余舟一芥、舟中人两三粒而已。

到亭上,有两人铺毡对坐,一童子烧酒,炉正沸。见余大喜曰:"湖中焉得更有此人!"拉余同饮。余强饮三大白而别。问其姓氏,是金陵人,客此。及下船,舟子喃喃曰:"莫说相公痴,更有痴似相公者。"

——张岱著,夏咸淳、程维荣校注《陶庵梦忆 西湖梦寻》,上海古籍出版社,2001年

---

[1] 清少纳言著,林文月译《枕草子》,译林出版社,2011年,第1页。

二、导读与赏析

1. 作者简介

张岱(1597—1689),字宗子,浙江山阴(今浙江绍兴)人,明清之际著名的史学家、文学家。张岱出生晚明书香世家,早年过着悠游自在的生活,因落第放弃入仕,明清离乱之际为避祸而隐居。张岱散文笔法清新优美而兼有幽深丰厚的意境,是晚明小品文名家。著有《琅嬛文集》《陶庵梦忆》《西湖梦寻》《夜航船》等代表作。

2. 作品导读

作品从看雪的时间写起,"崇祯五年"三日大雪之后,西湖万籁寂静,人声、鸟声俱无,天地一片空阔。而作者却选择在这样冷寂的时刻独自前往湖心亭赏雪。

可见,他本身向往的就是一个宁静孤独、远离喧嚣的世界。文章接下来对雪景的描摹堪称经典,"雾凇沆砀,天与云与山与水,上下一白,湖上影子,惟长堤一痕、湖心亭一点、与余舟一芥、舟中人两三粒而已"。湖面雾气弥漫,云天与山水浑然一体,白茫茫一片。一道长堤淡淡的痕迹、一点小亭模糊的轮廓,一叶如芥般的小舟,以及舟中两三米粒般的人影,所有这些构成了一幅意境悠远、澹然出尘的水墨画。及至亭上,遇到早已与此饮酒对坐的赏雪者,作者的惊喜之情溢于言表。在这样寂寥的天地时空之中,偏偏在这小似尘埃的湖心亭巧遇,都爱这份脱俗的宁静与超然的心境,彼此大有相见恨晚、引为知己之感。因此,文末舟子的感慨可谓画龙点睛之笔,一个"痴"字道尽作者的心意。他痴迷于山水,痴迷于诗酒,痴迷于对自己内心与精神世界的坚守,痴迷于过一种远离尘世、忘却烦恼的生活。

《湖心亭看雪》写于明朝灭亡之后,张岱隐居西湖不问世事,内心却充满对世态人生的茫然与感伤。那一片云雾氤氲的湖面,那一方孤寂清冷的山水,那一幅意境深远的白描,都是作者心境的映射。他曾在自己所作的《墓志铭》中写道:"少为纨绔子弟,极爱繁华,好精舍,好美婢,好娈童,好鲜衣,好美食……兼以茶淫橘虐,书蠹诗魔。劳碌半生,皆成梦幻。"[1]朝代更迭,时代变迁,微若芥子的个体在风云激荡之中漂泊无依,知己已逝,往事如烟,唯有自己的内心还可固守。可见,这片西湖的雪景寄托了作者不同流俗、孤芳自赏的情怀,也抒发了他的孤独与哀愁。

三、对比阅读

20世纪德国杰出的作家、诗人赫尔曼·黑塞(Hermann Hesse,1877—1962)一生中曾获得过多种文学荣誉,包括冯泰纳奖、歌德奖以及1946年的诺贝尔文学奖,等等。他被誉为"德国浪漫派的最后一位骑士",小说《荒原狼》曾在美国掀起风靡一时的滚滚浪潮。

《深秋独步》是黑塞的一首描写雨中森林的诗歌。"秋雨纷纷,袭打着叶已落尽的森林。晨风中,山谷在寒战中苏醒……秋风吹走破碎树叶,摇晃枝桠"[2],诗歌一开头就写无情的秋风、秋雨为森林为山谷带来的凄凉寒意,一派落寞冷寂的深秋景色。树叶已经落尽,枝丫在寒风中摇晃,秋天经常以这样的萧瑟扰乱诗人的内心,勾起对人生的思考和追问。"然而,果实何在? 我绽开爱的花,却结出苦涩的果。我绽开信任的花,却结出怨恨的果"[3],诗人热爱自然,向往和平美好的生活,他以自己的写作努力践行对生命价值的追寻、对理想的追寻。

然而第一次世界大战的枪声打破了他美好宁静的田园梦,并将之抛入残酷的现实之中。满身伤痕、鲜血淋漓的伤兵,伤痕累累、垂死呻吟的无辜者,被摧毁的村庄城市,无家可归的绝望平民,这些都

---

[1] 张岱《琅嬛文集》,岳麓书社,2016年,第159页。
[2] 赫尔曼·黑塞著,窦维仪译《堤契诺之歌——散文、诗与画》,上海译文出版社,2007年,第79页。
[3] 同上。

深深震撼了人道主义者黑塞的内心。他挺身而出,反对战争,写出了著名的反战作品《啊,朋友,不要这般腔调》。此举使得黑塞在国内成为众矢之的,许多老朋友与他公开决裂,多家报刊宣判他为"叛徒""卖国贼",大量媒体转载攻击他的文章,出版商中止与他的长期合作,他的个人生活也遭到严密的监控。黑塞逃到阿尔卑斯山南麓一处风景优美的小山谷,那里有幽深的森林、静谧的湖水、古朴的教堂、质朴的人们。在这里,他终于可以远离那些恶意的讽刺、尖刻的批评,远离世俗的喧嚣,将自己善良纯净的灵魂寄托和安放。而美好的自然也抚慰了他的心灵,"风撕裂我的枯枝,我对它展开笑颜,因我尚可抵御风雨"[1]。哪怕面对残酷的风雨,诗人的内心依然充满温情与力量。尘世喧嚣带来的孤独、痛苦和彷徨,最终都在自然的世界中被消解、被疗愈。从这个角度来看,黑塞是真正名副其实的"自然之子",他的诗歌中也的的确确拥有自然的永恒向上的力量。

(第三篇) 山　水

一、文本阅读

钴𬭚潭西小丘记

得西山后八日,寻山口西北道二百步,又得钴𬭚潭,潭西二十五步,当湍而浚者为鱼梁。梁之上有丘焉,生竹树。其石之突怒偃蹇,负土而出,争为奇状者,殆不可数。其嵚然相累而下者,若牛马之饮于溪;其冲然角列而上者,若熊罴之登于山。

丘之小不能一亩,可以笼而有之。问其主,曰:"唐氏之弃地,货

---

[1] 赫尔曼·黑塞著,窦维仪译《堤契诺之歌——散文、诗与画》,上海译文出版社,2007年,第79页。

而不售。"问其价,曰:"止四百。"余怜而售之。李深源、元克己时同游,皆大喜,出自意外。即更取器用,铲刈秽草,伐去恶木,烈火而焚之。嘉木立,美竹露,奇石显。由其中以望,则山之高,云之浮,溪之流,鸟兽之遨游,举熙熙然回巧献技,以效兹丘之下。枕席而卧,则清泠之状与目谋,瀯瀯之声与耳谋,悠然而虚者与神谋,渊然而静者与心谋。不匝旬而得异地者二,虽古好事之士,或未能至焉。

噫!以兹丘之胜,致之沣、镐、鄠、杜,则贵游之士争买者,日增千金而愈不可得。今弃是州也,农夫渔父过而陋之,贾四百,连岁不能售。而我与深源、克己独喜得之,是其果有遭乎!书于石,所以贺兹丘之遭也。

——柳宗元《柳河东集》,上海古籍出版社,2008年

二、导读与赏析

1. 作者简介

柳宗元(773—819),字子厚,河东(今山西运城)人,著名诗人、哲学家,"唐宋八大家"之一。与韩愈同为唐代古文运动的领袖人物,并称"韩柳"。留有诗文作品600余篇,其中散文语言犀利、笔力雄俊,游记写景状物、寄慨遥深,有《柳河东集》传世。

2. 作品导读

《钴鉧潭西小丘记》是《永州八记》之一。因参与政治革新运动失败,柳宗元被贬到偏僻的永州任司马,在此住了整整十年。柳宗元名义上仍属官员,实则不能过问政事,因此他寄情山水,创作了大量的诗歌散文,《永州八记》就是这一时期的作品。

文章先写小丘的位置与形态,小丘地处偏僻,竹木茂盛、丘石耸起,破土而立的石头形态各异、生动有趣。柳宗元花费四百文买下了这块被主人废弃的土地,自己动手进行修整,使得小丘呈现出秀丽宁静的风貌。佳木围绕、修竹林立、山石奇峭,从竹木山石之间凝神而眺,只见远山耸峙、云朵飘荡,还有溪水流淌,飞鸟走兽在其中自在遨

游。自然万物以舒畅和悦的方式呈现在这小丘之下,使得柳宗元疲惫的身心在此得到极大的抚慰。枕于丘上,能看到清凉明澈的山林,能听到涓涓流淌的溪水,能沉浸悠远空阔的天空,能感悟宁静深沉的天地大道。这意外得到的幸运令嗜好山水的柳宗元获得了无比的惊喜!

然而柳宗元并未仅仅停留在自然风景描写的层面,他将自己的际遇、感慨和评价都寄寓其中。如此风光秀丽的小丘如果放到长安附近,贵族们竞相争购之下必定千金难求。而它地处偏僻的永州,无人欣赏,要价仅四百文却多年不售。被贬的柳宗元与被弃置的小丘,遭际竟然如此相似。柳宗元将自己的孤独、高洁却不被赏识的痛苦寄托在风景清幽的小丘之上,也将自己的胸襟与人格融入到自然万象之中。因此,无论是《小石潭记》还是《小丘记》,柳宗元的山水散文读来总是令人觉得回味悠长。

三、对比阅读

1932年获得诺贝尔文学奖的英国作家约翰·高尔斯华绥(John Galsworthy,1867—1933),在战争结束之后写作了散文《远处的青山》。文章对比了两次登山的见闻和感受,重点描写了战后登山的风景和思绪,"我终于能够一动不动地凝视着晴空,那么澄澈而蔚蓝,而不会时刻受着悲愁的拘牵,或者俯视那光滟的远海,而不致担心波面上再会浮起屠杀的血污……天空中各种禽鸟的飞翔,海鸥、白嘴鸭以及那往来徘徊于白垩坑边的棕色小东西对我都是欣慰,它们是那样自由自在,不受拘束。一只画眉正鸣转在黑莓丛中,那里叶间还晨露未干。轻如蝉翼的新月依然隐浮在天际,远方不时传来熟悉的声籁,而阳光正暖着我的脸颊……到处都是无限欢欣,完美无瑕"[1]。和煦的阳光、美好的天籁、蔚蓝的天空、澄澈的大

---

[1] 傅德岷、余曲、蒋剑书主编《外国散文百年精华鉴赏》,上海科学技术文献出版社,2008年,第20页。

海,战争的惨烈和伤痛终于已经远离,眼前的美景应和心中的感受,和平的生活如此美好又如此珍贵,引发了作者更深的思考。

自然的世界在受到战争的重创之后开始慢慢恢复,人们也是这样。尽管战争的创伤巨大而又深刻,生命的花朵已经开始修复和绽放。但想要获得永久的和平,就不得不对战争作审视和反省。如果象征着"美"与"仁爱"的青山能够常驻人们的心中,如果人类不为利益私欲而互相敌视仇恨,也许眼前的美好才能最终得以延续,永远的和平才能最终得以实现。人们才能享受安详的海风、青葱的草地,才能"幸福如这座青山上的晴光"。

(第四篇) 田 园

一、文本节选

受 戒

小英子的家像一个小岛,三面都是河,西面有一条小路通到荸荠庵。独门独户,岛上只有这一家。岛上有六棵大桑树,夏天都结大桑葚,三棵结白的,三棵结紫的;一个菜园子,瓜豆蔬菜,四时不缺。院墙下半截是砖砌的,上半截是泥夯的。大门是桐油油过的,贴着一副万年红的春联:向阳门第春常在　　积善人家庆有余。

门里是一个很宽的院子。院子里一边是牛屋、碓棚;一边是猪圈、鸡窠,还有个关鸭子的栅栏。露天地放着一具石磨。正北面是住房,也是砖基土筑,上面盖的一半是瓦,一半是草。房子翻修了才三年,木料还露着白茬。正中是堂屋,家神菩萨的画像上贴的金还没有发黑。两边是卧房。隔扇窗上各嵌了一块一尺见方的玻璃,明亮亮的,——这在乡下是不多见的。房檐下一边种着一棵石榴树,一边种着一棵栀子花,都齐房檐高了。夏天开了花,一红一白,好看得很。

栀子花香得冲鼻子。顺风的时候,在荸荠庵都闻得见。

  这家人口不多。他家当然是姓赵。一共四口人:赵大伯、赵大妈,两个女儿,大英子、小英子。老两口没有儿子。因为这些年人不得病,牛不生灾,也没有大旱大水闹蝗虫,日子过得很兴旺。他们家自己有田,本来够吃的了,又租种了庵上的十亩田。自己的田里,一亩种了荸荠,——这一半是小英子的主意,她爱吃荸荠,一亩种了茨菇。家里喂了一大群鸡鸭,单是鸡蛋鸭毛就够一年的油盐了。赵大伯是个能干人。他是一个"全把式",不但田里场上样样精通,还会罾鱼、洗磨、凿砻、修水库、修船、砌墙、烧砖、箍桶、劈篾、绞麻绳。他不咳嗽,不腰疼,结结实实,像一棵榆树。人很和气,一天不声不响。赵大伯是一棵摇钱树,赵大娘就是个聚宝盆。大娘精神得出奇。五十岁了,两个眼睛还是清亮亮的。不论什么时候,头都是梳得滑滴滴的,身上衣服都是格挣挣的。像老头子一样,她一天不闲着。煮猪食,喂猪,腌咸菜,——她腌的咸萝卜干非常好吃,舂粉子,磨小豆腐,编裹衣,织芦筐。她还会剪花样子。这里嫁闺女,陪嫁妆,瓷坛子、锡罐子,都要用梅红纸剪出吉祥花样,贴在上面,讨个吉利,也才好看:"丹凤朝阳"呀,"白头到老"呀,"子孙万代"呀,"福寿绵长"呀。二三十里的人家都来请她:"大娘,好日子是十六,你哪天去呀?"——"十五,我一大清早就来!"

  ……

  "捋"荸荠,这是小英子最爱干的生活。秋天过去了,地净场光,荸荠的叶子枯了,——荸荠的笔直的小葱一样的圆叶子里是一格一格的,用手一捋,哗哗地响,小英子最爱捋着玩,——荸荠藏在烂泥里。赤了脚,在凉浸浸滑溜溜的泥里踩着,——哎,一个硬疙瘩!伸手下去,一个红紫红紫的荸荠。她自己爱干这生活,还拉了明子一起去。她老是故意用自己的光脚去踩明子的脚。她挎着一篮子荸荠回去了,在柔软的田埂上留了一串脚印。明海看着她的脚印,傻了。五个小小的趾头,脚掌平平的,脚跟细细的,脚弓部分缺了一块。明海身上有一种从来没有过的感觉,他觉得心里痒痒的。这一串美丽的脚印把小和尚的心搞乱了。

……

芦花才吐新穗。紫灰色的芦穗,发着银光,软软的,滑溜溜的,像一串丝线。有的地方结了蒲棒,通红的,像一支一支小蜡烛。青浮萍,紫浮萍。长脚蚊子,水蜘蛛。野菱角开着四瓣的小白花。惊起一只青桩(一种水鸟),擦着芦穗,扑鲁鲁鲁飞远了。

——汪曾祺《汪曾祺小说集》,江西人民出版社,2019年

二、导读与赏析

1. 作者简介

汪曾祺(1920—1997),江苏高邮人,曾就读于西南联大中国文学系,师从沈从文等名师。汪曾祺作为中国当代文学中"京派"作家的代表人物,倾向于描写诗意朴实的田园生活,文字干净传神,情感淡泊通透,意境恬静优美。其代表作品有《受戒》《大淖记事》《晚饭花集》等。

2. 作品导读

《受戒》是汪曾祺的短篇小说,具有非常明显的"诗化小说"的特征。小说的故事性、情节性较之传统的叙事性作品相对薄弱,仅仅讲述庵赵庄荸荠庵的小和尚"明子"与同庄的女孩儿"小英子"之间在美好恬淡的日常生活中萌生的隐约情愫。与平实的故事情节相比,作品中清新优美的水乡风光更容易给读者留下深刻的印象。小英子的家三面临河,屋旁有桑树,有菜园子,房檐下种着石榴树和栀子花,夏天栀子花开一红一白、香气扑鼻,这样的环境本身充满诗意与梦幻的色彩。再加上摇钱树一般的赵大伯,聚宝盆一般的赵大娘,还有两个生得水灵利落的女儿,成群的鸡鸭、新鲜的荸荠与茨菇。完全是淡淡

水墨画上的田园人家,平静恬淡又和谐温馨。在这样美丽的风光中,人的心灵和情感当然会受到自然风景的浸染与触动。因此,明子与小英子在田间溪头的劳动与玩耍中自然而生的恋情就如同他们周遭的环境一般美好而纯净。

当然,作品中的风景也不仅仅是单纯客观的景物描写,还能承载和表达特定的象征意义。如文章的结尾写到"芦花才吐新穗"——心中的爱恋刚刚吐露,充满崭新的希望和勃勃的生机,"有的地方结了蒲棒,通红的,像一枝枝小蜡烛"——容易令人联想到有情人终成眷属的吉祥喜庆,"青浮萍,紫浮萍。长脚蚊子,水蜘蛛。野菱角开着四瓣的小白花"——时间仿佛静止、恋情定格在美丽的这一刻,"惊起一只青桩,擦着芦穗,扑鲁鲁鲁飞远了"——这段超越世俗的恋情也许会掀起一丝涟漪?

《受戒》优美的风景既呈现了汪曾祺念念不忘的水乡风光,也象征了人物身上纯真、善良、美好的品质,表达了人与自然和谐统一的田园牧歌式的审美理想。

三、对比阅读

法国作家卢梭的书信体小说《新爱洛依丝》被誉为18世纪欧洲最重要的小说之一,讲述贵族少女朱丽与她的家庭教师圣普乐之间跨越阶级的爱情悲剧。尽管小说主要批判封建家长制与门当户对的婚姻观念,但卢梭仍在其中寄寓了自己的民主思想以及对教育、文学、艺术、经济等各方面的价值理想。作品不仅有深沉激烈的感情,还以诗意的笔触描写了美丽的自然风光,如诗如画的阿尔卑斯山,清澈宁静的日内瓦湖,克拉朗明媚秀丽的田园风光,瓦莱蛮荒而雄伟的高峰等等,大大增强了作品的艺术感染力。

朱丽按照父亲的意愿嫁给贵族沃尔玛后,居住在阿尔卑斯山下的克拉朗乡间庄园,她打造了一片属于自己的乐土——"果园"。"这个地方尽管很靠近住宅,却被隔开的浓荫覆盖的小径完全遮住,以致从任何地方都看不到它。四周浓密的树叶使目光根本无法穿透……踏入这个所谓的果园,我因一种令人愉快的凉爽感觉而惊喜不已,这是幽暗的树荫、蓬勃生长的绿树、四面八方盛开的鲜花、流水的淙淙声和千百只鸟儿的鸣啭至少给我的想象,同时给我的感官带来的感觉……绿莹莹、短而密集的草坪,夹杂着欧百里香、一种薄荷、百里香、牛至和其它芳香花卉。只见田野里的上千种鲜花竞相争辉……在较为开阔的地方,我这里那里看到凌乱地、毫不对称地生长着一丛丛多刺的玫瑰、覆盆子、醋栗、丁香花、榛树、接骨木、山梅花、染料木、金雀花……小径两旁是繁花满枝的树木,小径上覆盖着儒戴葡萄、五叶地锦、啤酒花、田旋花、泻根、铁线莲和别的这类植物组成的千百个花彩。"[1]在朱丽精心打造的果园里,满眼浓密的绿意和竞相开放的鲜花,脚下是绵软细腻的苔藓,每一条小径都有清流相伴或穿过,的确是一处令人忘却忧愁的所在。在优美的田园风光中,朱丽能够暂时忘掉失去爱情的痛苦,寻找宁静的内心世界,继续保有"美德"束缚之下的纯真与快乐,因此她称之为自己的"乐园"。在世俗规则的层层压制之下,在现实世界的失意痛苦之中,朱丽以田园牧歌的方式抚慰和建构自己的生活,或许也是卢梭自身的思考与指引。

(第五篇) 花 草

一、文本节选

牡 丹 亭

【绕池游】(旦上)梦回莺啭,乱煞年光遍。人立小庭深院。(贴

---

[1] 卢梭著,郑克鲁译《新爱洛依丝》,上海译文出版社,1997年,第196—199页。

上)炷尽沉烟,抛残绣线,怎今春关情似去年?

【乌夜啼】(旦)晓来望断梅关,宿妆残。(贴)你侧着宜春髻子,恰凭栏。(旦)剪不断,理还乱,闷无端。(贴)已吩咐催花莺燕借春看。(旦)春香,可曾叫人扫除花径?(贴)吩咐了。(旦)取镜台衣服来。(贴取镜台衣服上)"云髻罢梳还对镜,罗衣欲换更添香。"镜台衣服在此。

【步步娇】(旦)袅晴丝吹来闲庭院,摇漾春如线。停半晌、整花钿。没揣菱花,偷人半面,迤逗的彩云偏。(行介)步香闺怎便把全身现!(贴)今日穿插的好。

【醉扶归】(旦)你道翠生生出落的裙衫儿茜,艳晶晶花簪八宝填,可知我常一生儿爱好是天然。恰三春好处无人见。不提防沉鱼落雁鸟惊喧,则怕的羞花闭月花愁颤。(贴)早茶时了,请行。(行介)你看:"画廊金粉半零星,池馆苍苔一片青。踏草怕泥新绣袜,惜花疼煞小金铃。"(旦)不到园林,怎知春色如许!

【皂罗袍】原来姹紫嫣红开遍,似这般都付与断井颓垣。良辰美景奈何天,赏心乐事谁家院!恁般景致,我老爷和奶奶再不提起。(合)朝飞暮卷,云霞翠轩;雨丝风片,烟波画船——锦屏人忒看的这韶光贱!(贴)是花都放了,那牡丹还早。

【好姐姐】(旦)遍青山啼红了杜鹃,荼蘼外烟丝醉软。春香呵,牡丹虽好,他春归怎占的先!(贴)成对儿莺燕呵。(合)闲凝眄,生生燕语明如翦,呖呖莺歌溜的圆。(旦)去罢。(贴)这园子委是观之不足也。(旦)提他怎的!(行介)

【隔尾】观之不足由他缱,便赏遍了十二亭台是枉然。倒不如兴尽回家闲过遣。(作到介)(贴)开我西阁门,展我东阁床。瓶插映山紫,炉添沉水香。小姐,你歇息片时,俺瞧老夫人去也。(下)

——汤显祖著,陈同、谈则、钱宜合评,李保民点校《牡丹亭》,上海古籍出版社,2016年

二、导读与赏析

1. 作者简介

汤显祖(1550—1616),江西临川人,字义仍,明代戏曲家、文学家。出身书香门第,精通诗词歌赋,在政治上屡遭挫折后将全部精力投入戏剧创作。其戏剧作品《还魂记》(即《牡丹亭》)与《紫钗记》《南柯记》《邯郸记》合称"临川四梦"。

2. 作品导读

《牡丹亭》,又名《还魂记》,是中国戏曲史上的浪漫主义杰作。作品通过太守千金杜丽娘与书生柳梦梅生死离合的爱情故事,表达了对封建礼教、封建家长制的批判,也抒发了青年人追求自由爱情、追求个性解放的强烈愿望。其中"惊梦"一节先写杜丽娘"游园",继而回到闺房,在梦中与一手执柳枝的书生尽情幽欢,历来是《牡丹亭》中的著名选段,艺术感染力极强。

杜丽娘本已在严格的封建家庭教育环境下成长为一个温顺的少女,但少女的天性促使她偷偷推开了不被允许推开的那扇后花园的大门。那些姹紫嫣红的花朵,成双成对的莺燕,从未领略过的炫目春色与烂漫春光纷至沓来,突如其来掀开了少女寂寞又苦闷的心扉。在满园花朵的感召之中,她于森严礼教之下沉睡已久的个人意识逐渐开始复苏。她悲叹青春年华的虚度,感慨自己的才华与美貌被礼教所遮蔽,不满足于将大好的年华岁月付与空虚孤独。但在现实的生活中,杜丽娘所有改变处境的憧憬都绝无实现的可能。因此,她的梦,她梦中的书生都是其内心理想的映射和寄托。她为柳梦梅缠绵枕席、埋骨幽泉正是她摆脱现实束缚,主动追求爱情的开始。作为中国古典文学中的"佳人"与"闺秀",杜丽娘的胆量与勇气可以说是前无古人。而后花园盛放的鲜花既是她的青春、她的美丽、她的情感的象征,更是她开启主体意识、生命意识的良师益友。

在中国古典文学作品中,自《诗经》开始"花草"已经成为重要的文学意象,如"桃之夭夭,灼灼其华""蒹葭苍苍,白露为霜"等。以《离骚》为代表的楚辞更是以"芳草美人"的托喻方式确立了重要的文学传统,如"制芰荷以为衣兮,集芙蓉以为裳"。自两汉至魏晋南北朝,诗歌将"花草"的兴寄手法继承与发展,如"涉江采芙蓉,兰泽多芳草""绿草蔓如丝,杂树红英发"等。唐诗宋词乃至明清小说、散文仍延续不绝,如周敦颐《爱莲说》中"莲花"的君子人格,陆游《卜算子·咏梅》中"只有香如故"的梅花,曹雪芹《红楼梦》中"潇湘馆"的竹、"怡红院"的海棠、"秋爽斋"的芭蕉与梧桐,等等。可见,将花草意象作为特定象征意义的表达是中国古典文学一以贯之的重要传统,也是一代又一代作者纷繁复杂的情感寄托。

三、对比阅读

弗罗斯特(Robert Lee Frost, 1874—1963),是20世纪初期美国最有影响力的诗人之一,曾四次获得普利策诗歌奖,在美国诗坛具有极高声誉。弗罗斯特一生中的大部分时间在乡村、农场度过,因此他与大自然保持着亲密的关系。他的诗歌语言清新、朴素,热衷描写自然景物和田园生活。据不完全统计,弗罗斯特诗歌中出现的花草多达三十多种。

《寻找紫边兰》是弗罗斯特早期的一首作品,诗歌一开头写寻找紫边兰的漫长路途,"我循一条绵延数英里的路线,绕那座桤树林寻觅。那天该是各种兰花吐艳之时,我却不见任何踪迹"[1]。苦苦寻觅不见踪迹,然而诗人却没有放弃,而是继续前行,直到看到那条狐狸出没的小径。"于是我尾随狐狸并终于发现——恰好就在那一刹那。当色彩正闪烁于花瓣,它定是——我远道来寻的兰花。紫叶片亭亭玉立,在桤树下,在那漫长的一天里,既无轻风也没有莽撞的蜜

---

[1] 弗罗斯特著,曹明伦译《未来之路——弗罗斯特诗选》,人民文学出版社,2016年,第203页。

蜂,来摇动它们完美的姿势"[1],正是紫边兰绽放得最美的时刻,诗人跪下来,默默地欣赏,再数数她们含苞待放的花蕾。不摘取这些美丽的花朵,不打扰她们独自绽放的神秘,静静欣赏,却已得到最大的满足。漫步回家的路上诗人自言自语:"秋天就要到来,树叶会飘零,因为夏天已过去。""紫边兰"在诗歌中如同长在深闺、优雅高洁的少女,想要欣赏她的美丽,必须要经历漫长曲折的路途,要坚持自己的追求而不轻言放弃。也只有内心纯洁、摒弃了功利占有的欣赏,才能保护这样属于大自然的美的精灵。然而四季变迁、时光流逝,任何美好的事物终究难以持久。弗罗斯特以珍稀罕见的"紫边兰"寄托了对美、对自然、对生命的态度和领悟。

(第六篇) 边 塞

一、文本阅读

古 从 军 行

李 颀

白日登山望烽火,黄昏饮马傍交河。
行人刁斗风沙暗,公主琵琶幽怨多。
野云万里无城郭,雨雪纷纷连大漠。
胡雁哀鸣夜夜飞,胡儿眼泪双双落。
闻道玉门犹被遮,应将性命逐轻车。
年年战骨埋荒外,空见蒲桃入汉家。

——李炳海、余雪棠著《唐代边塞诗传》,吉林人民出版社,2000年

---

[1] 弗罗斯特著,曹明伦译《未来之路——弗罗斯特诗选》,人民文学出版社,2016年,第204页。

二、导读与赏析

1. 作者简介

李颀(690—751),唐代诗人,河南登封(一说四川三台)人。少年时曾寓居河南,开元十三年进士,做过新乡县尉的小官,后辞官归隐于颍阳之东川别业。诗歌以写边塞题材为主,豪迈奔放、慷慨悲凉,七言歌行尤具特色。与王维、高适等人皆有唱和,主要作品有《李颀集》。

2. 作品导读

"从军行"是乐府古题。此诗写当世之事,出于避讳的考虑,因此题目特意增加一个"古"字。诗歌从军旅生活写起,战士们白天爬上山去观望四方有无烽火警报,黄昏时分又到交河边上饮马。而后继之以边塞的环境和氛围描写,那里风沙弥漫、一片漆黑,只听得见军中巡夜的打更声,甚至依稀仿佛还能听到远嫁塞外的公主如泣如诉的琵琶声。那里茫茫云雾笼罩旷野,房舍城郭难以看清,只有无边的沙漠和纷飞的雨雪,哀鸣的胡雁夜夜从空中飞过。这样苍凉的情景,连胡人的士兵也不免触景生情、潸然泪下。诗歌在这里笔锋回转,写己方将士的悲愤与痛苦。听说玉门关的归路已被阻挡,战士们只有追随将军去与敌军拼命。而年年征战不知多少尸骨埋于荒野,却只换来西域的葡萄移栽到汉宫。诗歌表面批评汉武帝的好大喜功、穷兵黩武给将士和百姓造成了无穷的痛苦、付出了惨痛的代价,实则指向唐玄宗李隆基轻启战端、祸国殃民的"开边之策"。其中幽暗、荒凉、凄冷的边塞景色正是那些作出无谓牺牲的将士心境的映射和写照。那茫茫的云雾、纷飞的雨雪、冷寂的旷野、无边的沙漠,还有空中哀鸣的胡雁,流泪的士兵以及声声入耳更增凄凉的刁斗,想象中公主幽怨的琵琶,这一切共同织就了一幅沉郁悲凉的边塞行军图,而其中包蕴了对统治者深刻的谴责和鞭挞。

当然,唐代的边塞诗歌中也有充满豪迈雄壮之气的作品。如王维"大漠孤烟直,长河落日圆",李贺"大漠沙如雪,燕山月似钩",高适"千里黄云白日曛,北风吹雁雪纷纷",岑参"平沙莽莽黄入天,一川碎石大如斗",王昌龄"青海长云暗雪山,孤城遥望玉门关",等等。可见,"边塞"既充满建功立业的豪情壮志,也承载了生离死别的悲怨与军旅生活的艰辛。"边塞"既是特定的地域空间,也是独具特色的精神空间。

三、对比阅读

美国文学中的"西部"是一个与中国古代"边塞"极为相似的空间概念。19世纪初开始的西部开发,使得大量的人迁移和涌入这片辽阔而蛮荒的土地。淘金者和牛仔充满自信与征服的力量,渴望在这里得到梦想中的自由与成功。美国作家马克·吐温(Mark Twain,1835—1910)也曾是其中的一员,他将自己西进旅途的见闻、经历和感受写成了游记《苦行记》,在其中我们能读到美国西部独特的风光、艰苦的生活环境、弱肉强食的生存状态以及淘金热的滚滚浪潮。

在《苦行记》中,马克·吐温一开始对西部充满好奇和向往,他眼中所见是一片辽阔的平原"在这里,大地伸展开去——极目远眺,地势起落有致,十分壮观——就像暴风雨过后,大海的胸膛那宏大的起伏……它伸展开去,绵绵七百英里,平坦如一整块地板"[1]。随着旅途的展开,他渐渐发现了这片土地的残酷和蛮荒,"从沙漠这一头到那一头,牛马尸骨铺路,白茫茫的一片。可以不夸张地说,四十英里路每一步都踩着骨头!这沙漠是一个巨大的坟场。测程链、车轮以及朽烂的车辆碎片几乎和尸骨堆得一样高"[2]。与富饶的家乡、浪漫的幻想相比,这里的贫瘠与丑陋激起

---

[1] 马克·吐温著,刘文哲、张明林译《苦行记》,漓江出版社,2017年,第6—7页。
[2] 同上书,第127页。

了作者深深的失望,"我们的新家是一片沙漠,四周是白雪覆盖着的荒山。看不到一棵树,只有无边无际的山艾树丛和肉叶刺藜。它们把一切都染成灰扑扑的颜色"[1]。除了荒凉的自然环境,这里还是"丛林法则"的天下,文明社会的一切在这里转变为强者生存的法则,人性中的凶狠、贪婪与冒险者的野心、争夺谱写出坎坷曲折又充满刺激的西部交响曲。

美国文学中除了《苦行记》这样的游记,还有进行自然主义呈现的"西北派"诗歌,如雨果《被遗弃的蒙大拿牧场》、瓦格纳《穿越黑暗》、布莱恩特《大草原》等描写西部苍莽雄浑的自然景观,以及杰克·伦敦《野性的呼唤》、斯坦贝克《伊甸之东》等西部小说,叙事中的荒野意识与生态主义思想也颇为值得关注。

(第七篇) 异 域

一、文本节选

寻常威尼斯

我一直在想,为什么世界各地的旅客,都愿意到威尼斯来呢?论风景,它说不上雄伟也说不上秀丽;说古迹,它虽然保存不少却大多上不了等级;说美食,说特产,虽可列举几样却也不能见胜于欧洲各地。那么,究竟凭什么?

我觉得,主要是凭它特别的生态景观。首先,它身在现代居然没有车马之喧。一切交通只靠船楫和步行,因此它的城市经络便是河道和小巷。这种水城别处也有,却没有它纯粹。其次,这座纯粹的水城紧贴大海,曾经是世界的门户、欧洲的重心、地中海的霸主。甚至

---

[1] 马克·吐温著,刘文哲、张明林译《苦行记》,漓江出版社,2017年,第134页。

一度,还是自由的营地、人才的仓库、教廷的异数。它的昔日光辉,都留下了遗迹,这使历史成为河岸景观。旅客行船阅读历史,就像不太用功的中学生,读得粗疏、质感、轻松。再次,它拥挤着密密层层的商市,却没有低层次摊贩的喧闹。一个个门面那么狭小又那么典雅,轻手轻脚进入,只见店主人以嘴角的微笑做欢迎后就不再看你,任你选择或离开,这种气氛十分迷人。

……

不幸的是,正是这些优点,给它带来了祸害。小巷只能让它这么小着;老楼只能让它在水边浸着;那么多人来来往往,也只能让一艘艘小船解缆系缆地麻烦着;白天临海气势不凡,黑夜只能让狂恶的海潮一次次威胁着;区区的旅游收入当然抵不过拦海大坝的筑造费用,也抵不过治理污染、维修危房的支出,也只能让议员、学者、市民们一次次呼吁着。大家都注意到,墙上的警戒线表明,近三十年来,海潮淹城已经一百余次。运河边被污水浸泡的很多老屋,早已是风烛残年、岌岌可危。弯曲的小河道已经发出阵阵恶臭,偏僻的小巷道也秽气扑鼻。威尼斯因过于出色而不得不任劳任怨。好心人一直在呼吁同情弱者,却又总是把出色者归入强者之列,似乎天生不属于同情范围。其实,世间多数出色者都因众人的分享、争抢、排泄而成了最弱的弱者,威尼斯就是最好的例证。

我习惯于在威尼斯小巷中长时间漫步,看着各家各户紧闭的小门,心里充满同情。抬头一望,这些楼房连窗户也不开,但又有多种迹象透露,里面住着人。关窗,只是怕街上的喧嚣。这些本地住家,在世界旅客的狂潮中,平日是如何出门、如何购物的呢?家里的年轻人可能去上班了,那么老年人呢?我们闻到小河小港的恶臭可以拔脚逃离,他们呢?

——余秋雨《行者无疆》,长江文艺出版社,2012年

二、导读与赏析

1. 作者简介

余秋雨(1946—),浙江余姚人,中国当代作家、学者。1991年辞去各类职务从西北高原开始,系统考察中国文化的重要遗址,写成《文化苦旅》。后考察欧洲96个城市,进行中西文明的比较,写成《行者无疆》。另有《山居笔记》《千年一叹》《笛声何处》等文化散文集,对中华文化的审视、研究、传播作出了重要贡献。

2. 作品导读

《行者无疆》是余秋雨的游记散文,记录了作者在欧洲26个国家96个城市旅程中的见闻和感受。它是一部考察西方文明的随笔集,全书分为南欧、中欧、西欧、北欧4卷,收录散文80篇。余秋雨感叹,"欧洲文明确实优秀而又成熟,但这些年,却因为过度的自满、自享而自闭,对世界对自己有不少的时空错觉"[1],这种从文化视角进行的审视贯穿于全书,使得读者在饱览异域风景的同时也获得了文化学、哲学、社会学的思考。

《寻常威尼斯》是"南欧"卷中的一篇散文,先从威尼斯的迷人之处写起。威尼斯没有雄伟秀丽的风景,没有了不起的古迹,没有特别的风情和特产,但它独有的生态景观成为这座城市吸引全世界游客的亮点。这里没有车水马龙的喧嚣,只有交叉的河道与往来的小舟。没有奔波劳累的行程,只需随着小舟浏览河岸的景观。商市密集令人流连,却全无喧嚣杂乱只有自在舒适。这梦幻般自由闲适的水城就象漂浮在海边的童话,令无数的游客心向往之。然而作者笔锋一转,引领读者的目光探向这美丽童话的背面。狭窄的小巷、岌岌可危的老屋、恶臭扑鼻的河道、一次次席卷而来的狂潮,还有人来人往的喧嚣。迷人的威尼斯因为自身的迷人而陷入可怕可悲的境地。当游

---

[1] 余秋雨《行者无疆》,长江文艺出版社,2012年,第3页。

客们心满意足地离去,威尼斯人却只能继续紧闭门户,努力忍受游客们带来的吵闹与污染。只有深夜的威尼斯,人潮褪去,繁华落幕,那些安静的河道、孤独的建筑,才显露出历史和岁月打磨的沧桑颓唐。而威尼斯的商人更非莎士比亚笔下那般狡黠奸诈,反而在本分与文雅之中带着艺术家的几分倔强与骄傲。这种对自身的尊重、对艺术的尊重也部分显现出欧洲生活平和、厚重、恬淡的文化气质。

三、对比阅读

《在中国屏风上》是20世纪英国作家毛姆(William Somerset Maugham,1874—1965)撰写的一本旅行散记,收录了作者1919至1920年中国之行的58篇随笔。毛姆在书中以印象式的笔触为20世纪初的中国勾勒出一幅幅速写:既有城中的市井生活,也有郊外的山水晨昏;既刻画了旅居中国的外国传教士、领事、水手,又描写了中国本土的学者、官员、平民。书中所涉内容,大至城市、港口,小至街巷、人物,几乎全以白描式的笔触呈现。它们虽被作者标识为"中国的",却大多面目模糊,仅仅是西方人眼中的"异域"风物。

在毛姆笔下,田园牧歌的自然景观最符合他对中国的想象:连绵不断的山川、郁郁葱葱的树木、潺潺流淌的河水、闪闪发光的稻田、奇妙美观的寺庙、竹林深处的农家等,"沿着铺了石条的台阶上山约莫有一个小时的路程,路旁长着松树,你能瞥见阳光下闪着光芒的宽阔的河流,两岸是一片绿油油的稻田……黄色的江水在落日余晖中显出一种迷人的淡淡的色彩,江面水平如镜,平坦的河岸上是成茵的绿树和灰瓦白墙的村庄"[1]。还有他对中国古老文明的心迷神醉,"竹林往下伸展到了堤边,纤细的竹叶在微风中婆娑起舞;它们有一种出自名门的优雅,看上去宛若大明王朝的一群倦怠的贵妇在大道边休

---

[1] 毛姆著,唐建清译《在中国屏风上》,上海译文出版社,2013年,第94页。

憩。她们刚去过某一座寺庙进香,丝绸衣服上绣着缤纷的花朵,头发上簪了珍贵的翠玉。她们有着一双小脚,三寸金莲。她们歇息片刻,娴雅地说些闲话"[1]。除此之外,毛姆对中国的审视和描摹往往带着难以忽略的属于"他者"的优越感。一个来自强盛大英帝国的白人以"文明"的眼光打量这片满目疮痍、民生凋敝的国家,他看到的是相貌丑陋、狡猾奸诈的中国人,令人难以忍受与理解的陋俗陈规,破败的城市、困窘的生活。即便是优美的风景、精致的物品也只能勾起他对家乡故国的思念、回忆与赞美。这种一鳞半爪、浮光掠影般的描摹,反而使得"屏风"的呈现意味深长。屏风上是西方人眼中的异域风景,屏风后却隐含着西方文化中心主义的傲慢与偏见。

(第八篇) 市 井

一、文本阅读

望 海 潮

东南形胜,三吴都会,钱塘自古繁华。烟柳画桥,风帘翠幕,参差十万人家。云树绕堤沙,怒涛卷霜雪,天堑无涯。市列珠玑,户盈罗绮,竞豪奢。

重湖叠巘清嘉。有三秋桂子,十里荷花。羌管弄晴,菱歌泛夜,嬉嬉钓叟莲娃。千骑拥高牙,乘醉听箫鼓,吟赏烟霞。异日图将好景,归去凤池夸。

——柳永《柳永词集》,上海古籍出版社,2017年

---

[1] 毛姆著,唐建清译《在中国屏风上》,上海译文出版社,2013年,第45页。

二、导读与赏析

1. 作者简介

柳永(约984—约1053),北宋词人,原名三变,后改名柳永,崇安(今福建武夷山)人,北宋婉约词代表人物。他以毕生精力作词,并以"白衣卿相"自诩。其词多描绘城市风光、歌妓生活,尤擅长抒写羁旅别离之情。在当时流传极广,人称"凡有井水饮处,皆能歌柳词",代表作有《雨霖铃》《八声甘州》等。

2. 作品导读

《望海潮》是描写都市繁华的名篇,据说这首词被四处传唱、流传甚广,甚至传到了金主完颜亮的耳中。当他偶然读到《望海潮》里"三秋桂子,十里荷花"的美丽江南,触动了心里压抑已久的觊觎之心。十万大军渡江而来,南征北宋的战争由此拉开序幕。这固然只是民间的传说,但此词的魅力由此可见一斑。

词的上阕描写杭州的自然风光和都市的繁华,首先从总体上强调杭州的中心地位,"东南形胜,三吴都会,钱塘自古繁华"。杭州无论地理条件、自然条件都非常优越,自古便是群英荟萃、繁华富庶的大都市。这里不但繁华,还处处充满诗情画意的美好景致。远远望去,翠柳含烟、薄雾如纱、小桥如画,千门万户隐约其中,楼台馆舍鳞次栉比。接下来,作者将视线转向奔腾的钱塘江边,"云树绕堤沙,怒涛卷霜雪,天堑无涯",绿树如云围绕着江堤,汹涌的江涛奔腾而来,激起如霜如雪的浪花,壮阔的钱塘江就象一道天然的屏障阻挡着敌人的进犯。在钱塘江的拱卫之后,是杭州城令人赞叹的锦绣繁华,"市列珠玑,户盈罗绮,竞豪奢"。珠玉宝石遍陈于市,家家户户绫罗盈柜,人们的衣饰争奇斗艳,真的是一派物阜民殷的盛世气象。

词的下阕写杭州的美景与美景之中的生活图景,令人油然而生向往之情。"重湖叠巘清嘉。有三秋桂子,十里荷花",这里内湖连着外湖,山峦层层叠叠,风光清秀美丽,夏季有十里荷花盛开,秋天有芬芳桂花绽放。生活在这里的人们无论是垂钓的老翁还是采莲的少女都喜笑颜开,他们在晴天吹笛、夜晚泛舟,菱歌清唱,闲适自在。更不用说杭州的官员,他们常常前呼后拥、游湖饮宴、开怀畅饮,乘着酒兴听箫鼓之乐,赏烟霞之妙。这样美好的景致真值得用心描画,等到升职回京可以好好向同僚们夸耀一番。

短短的一首词,写尽杭州城的繁华、秀丽,杭州人生活的风雅、闲适,但太过安闲的生活、"安而忘危"只顾作乐的官员早已隐隐为战争的爆发埋下伏笔和隐患。

三、对比阅读

美国19世纪著名的浪漫主义诗人惠特曼(Walt Whitman, 1819—1892)也是热爱城市的作家之一,他生于纽约并成长于此,终其一生都对故乡长岛怀有深深的依恋之情。城市赋予他源源不断的动力、昂扬向上的态度以及创作的丰沛灵感,也成为他孜孜不倦描写、赞颂的对象。

《横渡布鲁克林渡口》是一首城市主题的诗歌,区别于同一时期浪漫主义作品,诗歌对城市充满喜爱和赞美。布鲁克林区位于纽约曼哈顿岛的东南边,隔伊斯特河与曼哈顿相通,是纽约市五大区中人口最多的一个区。"我真心喜爱过那些城市,喜爱过那庄严迅急的河",那里有繁忙的海港、拥挤的人群、林立的工厂,汽轮粗大的烟囱喷着浓烟和火苗。那里有展翅飞翔的海鸥穿行其中,奔腾的河水泛起白色的浪花,有忙碌的水手和繁荣的城市。尽管没有田园牧歌般的诗意,却描摹出真实而和谐的纽约生活图景。"啊,对于我还有什么庄严、叫人赞叹的事物比得上桅樯围绕的曼哈顿呢? 比得上这河流、落日和潮水扇形的波浪?比得上晃动身体的海鸥、暮色里的干草船和迟到的驳船?"[1]诗人将城市的景象与自然的景象融为一体,使之呈现出和谐的交响。与那些退回到田园中寻找精神慰藉的诗人相比,惠特曼对钢筋水泥的丛林有着更为宽容和积极的态度,他有意识地建构田园与工厂、自然与尘世、人与机器和谐共存的美好图景,他希望"美国梦"的锐意进取与田园的恬淡宁静能够兼容并蓄。换言之,惠特曼按自己的理想在作品中打造不同于田园的都市牧歌,回避了工业化、城市化带来的生态污染、环境破坏、精神压力、观念混乱等问题。惠特曼笔下的纽约,更多是热爱故乡也充满激情的诗人所建构的"白日梦",也为他赢得了"新世界第一位城市诗人"的美誉。

本章实训小课题

请寻找并阅读更多在写景方面较为突出的文学经典作品,参考教材的方式方法对这些文学作品进行评价,并根据自己的思考和研究对其中风景描写的功用、意义进行总结梳理。

要求:选择景物描写较为突出的作品,以读书笔记的形式进行梳理、呈现并上交,文本摘录之外有自己的独立思考、评价,字数不少于2 000字。

---

[1] 沃尔特·惠特曼著,邹仲之译《草叶集》,上海译文出版社,2016年,第187页。

第四章

境——境生象外

题记

以宇宙人生的具体为对象,赏玩它的色相、秩序、节奏、和谐,借以窥见自我最深心灵的反映;化实景为虚境,创形象以为象征,使人类最高的心灵具体化、肉身化,这就是艺术境界。

——宗白华

导语

"境界"一方面指向艺术与审美,强调文艺作品中情景交融、和谐统一的形象系统、审美空间。另一方面还指向哲学与人生,强调文艺作品能够呈现和达到的层次、高度。如果说写"景"还停留在对天地万物现象层面的映照,那么写"境"已经实现了从表象到本质,从浅层到深层的艺术升华。"象外之象""景外之景""言有尽而意无穷"等,这些说法无一例外关注具体形象、具体景物、具体的语言表达之外耐人寻味、无限延展的艺术空间。在文艺作品创造的各种境界中,景物、形象已成为"人"的思想、精神、灵魂的载体,成为以具象的方式、以艺术的手段彰显"人"与"人生"的符码系统。而在现实人生中,"境"也作"境况"之解。本章选取文学作品中写"境"的经典文本,人生之境况、艺术之境界包罗其中。

(第一篇) 顺 境

一、文本节选

他们从疏割起行,在旷野边的以倘安营。日间耶和华在云柱中领他们的路,夜间在火柱中光照他们,使他们日夜都可以行走。日间云柱、夜间火柱、总不离开百姓的面前。

……在以色列营前行走,神的使者转到他们后边去,云柱也从他们前边转到他们后边立住。在埃及营和以色列营中间有云柱,一边黑暗、一边发光、终夜两下不得相近。摩西向海伸杖,耶和华便用大东风,使海水一夜退去,水便分开,海就成了干地。以色列人下海中走干地，水在他们的左右作了墙垣。埃及人追赶他们，法老一切的马匹、车辆、和马兵、都跟着下到海中。到了晨更的时候，耶和华从云火柱中向埃及的军兵观看，使埃及的军兵混乱了。又使他们的车轮脱落，难以行走，以致埃及人说，我们从以色列人面前逃跑吧，因耶和华为他们攻击我们了。耶和华对摩西说："你向海伸杖，叫水仍合在埃及人并他们的车辆、马兵身上。"摩西就向海伸杖，到了天一亮，海水仍旧复原，埃及人避水逃跑的时候，耶和华把他们推翻在海中。水就回流，淹没了车辆、和马兵，那些跟着以色列人下海法老的全军，连一个也没有剩下。以色列人却在海中走干地，水在他们的左右作了墙垣。当日耶和华这样拯救以色列人脱离埃及人的手，以色列人看见埃及人的死尸都在海边了。以色列人看见耶和华向埃及人所行的大事，就敬畏耶和华，又信服他和他的仆人摩西。

……摩西领以色列人从红海往前行，到了书珥的旷野，在旷野走了三天找不着水。到了玛拉不能喝那里的水，因为水苦，所以那地名叫玛拉。百姓就向摩西发怨言，说："我们喝甚么呢？"摩西呼求耶和华，耶和华指示他一棵树，他把树丢在水里，水就变甜了。耶和华在那里为他们定了律例、典章、在那里试验他们。又说："你若留意听耶和华你神的话，又行我眼中看为正的事，留心听我的诫命，守我一切的律例，我就不将所加与埃及人的疾病加在你身上，因为我耶和华，是医治你的。"他们到了以琳，在那里有十二股水泉、七十棵棕树，他们就在那里的水边安营。

……到了晚上，有鹌鹑飞来，遮满了营，早晨在营四围的地上有露水。露水上升之后，不料野地面上有如白霜的小圆物。以色列人看见、不知道是甚么、就彼此对问说："这是甚么呢？"摩西对他们说："这就是耶和华给你们吃的食物。"

……以色列全会众都遵耶和华的吩咐，按着站口从汛的旷野往前行，在利非订安营，百姓没有水喝。所以与摩西争闹，说："给我们水喝吧。"摩西对他们说:"你们为甚么与我争闹,为甚么试探耶和华呢?"百姓在那里甚渴,要喝水,就向摩西发怨言,说:"你为甚么将我们从埃及领出来,使我们和我们的儿女并牲畜都渴死呢?"摩西就呼求耶和华说:"我向这百姓怎样行呢、他们几乎要拿石头打死我?"耶和华对摩西说:"你手里拿着你先前击打河水的杖,带领以色列的几个长老,从百姓面前走过去。我必在何烈的磐石那里站在你面前,你要击打磐石,从磐石里必有水流出来,使百姓可以喝。"摩西就在以色列的长老眼前这样行了。

——《圣经》和合本,中国基督教协会出版发行,2009年

二、导读与赏析

1. 作品简介

《圣经》包括《旧约全书》和《新约全书》,是基督教的经典著作,是由欧洲和犹太民族的政治家、农夫等不同阶层的人在不同时期编撰传承的作品。同时《圣经》也是西方文学的优秀之作,是西方文明源头之一的古希伯来文化的反映,对整个西方的文学艺术产生了深远的影响。其中记载了犹太民族丰富的人文历史资料,涉及天文学、地理学、历史学、文学、教育学、医学、法学,等等。

2. 作品导读

《出埃及记》主要讲述摩西在上帝的旨意下,带领族人从埃及人的奴役迫害中出逃并一路迁徙,最终到达西乃的旷野,在此与神立约并从此虔诚敬拜上帝的故事。在出逃和迁徙的漫漫路途中,摩西和族人遇到了重重的困难阻碍,但都因为上帝的援手而得以顺利解决。首先,摩西在埃及法老王面前请求允准自己和族人离开,法老非但不允,反而变本加厉地苛待。上帝以十个空前绝后的灾难降临埃及,作为对法老的警告和惩罚,最终迫使法老不得不允许以色列人离开。其次,摩西率领的族人既无作战经验,也无野外生存的能力,扶老携

幼的迁徙之徒注定充满坎坷。上帝给他们清甜的水,给他们充饥的食物,日间以云柱、夜间以火柱引领他们前行,以神的陪伴与神迹的显现保护他们的平安,安抚他们的心灵。当反复无常的法老派出军队追赶以色列人的队伍,是上帝分开红海的浩瀚之水,让以色列人安然渡过。上帝又令摩西以神所赐的权杖使海水复归,让追兵葬身鱼腹。这一路看似艰险的历程因为有了上帝的庇佑与陪伴,反而成为了顺利的坦途。然而以色列人在面对困难时的怀疑与抱怨,人性的软弱、欲望与背叛等弱点使得上帝非常痛心,并施以严惩。最终摩西代表上帝重颁诫令,重订盟约,完成了上帝对子民的救赎。

《出埃及记》与《圣经》中的其他故事一样,重点表现上帝的仁慈与神迹的伟大,也告诫神的子民应当虔诚信奉,不可试探与背叛。摩西是犹太人的立国之父,他依靠上帝的力量带领犹太人逃离埃及,在迦南恢复本民族简朴、自由的生活并建立了犹太民族的国家。这一切的"顺境"之中体现的是上帝的意志和权威,尽管摩西是事实上的领导者,但他所具有的丰富知识、缜密思维、领导才能都不足以完全实现团结民众、凝聚民心的效果。而虔诚的信仰、神奇的传说能够在很大程度上成为强大的精神力量。正因如此,《圣经》之"神圣"才得以凸显,其"神性"才得以流传。

三、对比阅读

中国自古代文学始就鲜少描写顺境,从司马迁的"发愤著书"到韩愈的"欢愉之辞难工,穷苦之音易好",再到欧阳修的"诗穷而后工",可以看到中国古代文学一以贯之关注现实困境的倾向性。即使偶有舒心畅快的片刻,如孟郊"春风得意马蹄疾,一日看尽长安花",如李白"仰天大笑出门去,我辈岂是蓬蒿人",如岑参"一生大笑能几回,斗酒相逢须醉倒",如杜甫"白日放歌须纵酒,青春作伴好还乡",等等,却也不过是只言片语的表达,终究需要回归"文以载道"的主题与"乐而不淫"的规范中去。

难得的是,明清小说的崛起在很大程度上突破了这样的范式,"市井文化"的张扬浅显反而使得对欢乐境遇的描写更加酣畅淋漓。如《西游记》写美猴王的诞生及其在水帘洞的生活,何其自在天真、欢喜快意。石猴蕴天地之精华而生,"在山中却会行走跳跃,食草木,饮涧泉,采山花,觅树果;与狼虫为伴,虎豹为群,獐鹿为友,猕猿为亲;夜宿石崖之下,朝游峰洞之中。真是'山中无甲子,寒尽不知年'。一朝天气炎热,与群猴避暑,都在松阴之下顽耍"[1]。自由自在的嬉戏玩耍中,石猴更是带领群猴在花果山发现一处适宜居住的"洞天福地","桥下冲贯石窍,倒挂下来遮闭门户。桥边有花有树,乃是一座石房。房内有石锅石灶、石碗石盆、石床石凳,中间一块石碣上,镌着'花果山福地,水帘洞洞天'。真个是我们安身之处。里面且是宽阔,容得千百口老小。我们都进去住,也省得受老天之气"[2]。群猴拜石猴为王,"美猴王领一群猿猴、猕猴、马猴等,分派了君臣佐使,朝游花果山,暮宿水帘洞,合契同情,不入飞鸟之丛,不从走兽之类,独自为王,不胜欢乐"[3]。及至他学成技艺、回归花果山,也仍旧过着随心所欲、自由自在的生活。花果山的七十二洞妖王、东海龙王的定海神针、十殿阎王的生死簿子都成为他随意处置的对象,他高超的武艺、不服输的精神将玉帝的招安从"弼马温"变成了"齐天大圣"的封号。其后,孙悟空依旧我行我素,王母娘娘的蟠桃、太上老君的灵丹、天宫的御酒与佳肴都成了他的囊中之物。更妙的是,他偷吃的仙丹和八卦炉的冶炼成就了他刀枪不入的金刚之躯与识人辨妖的火眼金睛。不得不说,孙悟空自降生开始就一路顺境,从寂寂无名的石猴到名扬天下的"齐天大圣",正是晚明社会张扬个性、正视

---

[1] 吴承恩《西游记》,人民文学出版社,2010年,第3页。
[2] 同上书,第5页。
[3] 同上书,第6页。

欲求、肯定个人奋斗的市民精神与市民理想的反映。而他身上对礼法的蔑视、对阶层的反抗与叛逆也是晚明时代封建集权逐渐崩塌的折射。

（第二篇） 困 境

一、文本节选

　　汗水在麻面婆的脸上，如珠如豆，渐渐侵着每个麻痕而下流。麻面婆不是一只蝴蝶，她生不出鳞膀来，只有印就的麻痕。两只蝴蝶飞戏着闪过麻面婆，她用湿的手把飞着的蝴蝶打下来，一个落到盆中溺死了！她的身子向前继续伏动，汗流到嘴了，她舐尝一点盐的味，汗流到眼睛的时候，那是非常辣，她急切用湿手揩拭一下，但仍不停的洗濯。她的眼睛好象哭过一样，揉擦出脏污可笑的圈子，若远看一点，那正合乎戏台上的丑角；眼睛大得那样可怕，比起牛的眼睛来更大，而且脸上也有不定的花纹……她用裤子抹着头上的汗，一面走回树荫放着盆的地方，她把裤子也浸进泥浆去。裤子在盆中大概还没有洗完，可是挂到篱墙上了！也许已经洗完？麻面婆做事是一件跟紧一件，有必要时，她放下一件又去做别的。邻屋的烟囱，浓烟冲出，被风吹散着，布满全院。烟迷着她的眼睛了！她知道家人要回来吃饭，慌张着心弦，她用泥浆浸过的手去墙角拿茅草，她贴了满手的茅草，就那样，她烧饭，她的手从来不用清水洗过。她家的烟囱也走着烟了。过了一会，她又出来取柴，茅草在手中，一半拖在地面，另一半在围裙下，她是摇拥着走。头发飘了满脸，那样，麻面婆是一只母熊了！……麻面婆的性情不会抱怨。她一遇到不快时，或是丈夫骂了她，或是邻人与她拌嘴，就连小孩子们扰烦她时，她都是象一摊蜡消融下来。她的性情不好反抗，不好争斗，她的心像永远贮藏着悲哀似的,她的心永远像一块衰弱的白棉。她咒抽着,任意走到外面把晒干的衣裳搭进来,但她绝对没有心思注意到羊。

……月英是打鱼村最美丽的女人。她家也最贫穷,和李二婶子隔壁住着。她是如此温和,从不听她高声笑过,或是高声吵嚷。生就的一对多情的眼睛,每个人接触她的眼光,好比落到绵绒中那样愉快和温暖。可是现在那完全消失了!每夜李二婶子听到隔壁惨厉的哭声;十二月严寒的夜,隔壁的哼声愈见沉重了!山上的雪被风吹着象要埋蔽这傍山的小房似的。大树号叫,风雪向小房遮蒙下来。一株山边斜歪着的大树,倒折下来。寒月怕被一切声音扑碎似的,退缩到天边去了!这时候隔壁透出来的声音,更哀楚。"你……你给我一点水吧!我渴死了!"声音弱得柔惨欲断似的:"嘴干死了!……把水碗给我呀!"一个短时间内仍没有回应,于是那孱弱哀楚的小响不再作了!啜泣着,哼着,隔壁象是听到她流泪一般,滴滴点点地……月英坐在炕的当心。那幽黑的屋子好象佛龛,月英好象佛龛中坐着的女佛。用枕头四面围住她,就这样过了一年。一年月英没能倒下睡过。她患着瘫病,起初她的丈夫替她请神,烧香,也跑到土地庙前索药。后来就连城里的庙也去烧香;但是奇怪的是月英的病并不为这些香烟和神鬼所治好。以后做丈夫的觉得责任尽到了,并且月英一个月比一个月加病,做丈夫的感着伤心!他嘴里骂:"娶了你这样老婆,真算不走运气!好象娶个小祖宗来家,供奉着你吧!"起初因为她和他分辩,他还打她。现在不然了,绝望了!晚间他从城里卖完青菜回来,烧饭自己吃,吃完便睡下,一夜睡到天明;坐在一边那个受罪的女人一夜呼唤到天明。宛如一个人和一个鬼安放在一起,彼此不相关联。

……黄昏以后,屋中起着烛光。那女人是快生产了,她小声叫号了一阵,收生婆和一个邻居的老太婆架扶着她,让她坐起来,在炕上微微的移动。可是罪恶的孩子,总不能生产,闹着夜半过去,外面鸡叫的时候,女人忽然苦痛得脸色灰白,脸色转黄,全家人不能安定。为她开始预备葬衣,在恐怖的烛光里四下翻寻衣裳,全家为了死的黑影所骚动。赤身的女人,她一点不能爬动,她不能为生死再挣扎最后的一刻。天渐亮了。恐怖仿佛是僵尸,直伸在家屋。五姑姑知道姐姐的消息,来了,正在探询:"不喝一口水吗?她从什么时候起?"一个男人撞进来,看形象是一个酒疯子。他的半面脸,红而肿起,走到慢帐的地方,他吼叫:"快给我的靴子!"女人没有应声,他用手撕扯慢帐,动着他厚肿的嘴唇:"装死吗?我看看你还装死不装死!"说着他拿起身边的长烟袋来投向那个死尸。母亲过来把他拖出去。每年是这样,一看见妻子生产他便反对。日间苦痛减轻了些,使她清明了!她流着大汗坐在慢帐中,忽然那个红脸鬼,又撞进来,什么也不讲,只见他怕人的手中举起大水盆向着帐子抛来。最后人们拖他出去。大肚子的女人,仍胀着肚皮,带着满身冷水无言的坐在那里。她几乎一动不敢动,她仿佛是在父权下的孩子一般怕着她的男人……

在乡村,人和动物一起忙着生,忙着死。

——萧红《生死场》,天津人民出版社,2016年

二、导读与赏析

1. 作者简介

萧红(1911—1942),原名张乃莹,中国近现代女作家。萧红出生于哈尔滨一个殷实的家庭,但父亲与祖母的严苛给她的童年岁月留下了许多阴影。她19岁时因为逃避父亲与家庭包办的婚姻而逃往北京,后因经济困窘、生活困难返回呼兰。三段婚姻更带给她不同程度的伤痛和打击。萧红的作品描写她熟悉的乡土社会以及人们的生存状态、生存境遇,代表作有《呼兰河传》《生死场》《弃儿》等。

2. 作品导读

《生死场》是萧红的中篇小说,主要展现20世纪二三十年代哈尔

滨附近的乡村生活图景,在琐碎的日常生活场景中呈现底层民众尤其是女性的生存困境。作品写乡农麻木、混沌、愚昧的生活状态,他们日复一日地过着毫无价值、毫无意义的生活,其生命延续的状态与动物几乎无异。而女性则是生活在其中的"奴隶的奴隶",她们承担繁重的家务和劳动,忍受丈夫的辱骂和责打,在生育与疾病中失去生命,"活着"已经是她们最大的幸运。

  小说塑造的女性形象无一例外具有悲惨命运,如打渔村最美的姑娘月英,曾经有一双多情的眼睛,说起话来令人如沐春风。在她生病瘫痪之后成了丈夫嫌恶和抛弃的对象,不给她治病、不照顾,甚至不给水喝,不给被子盖,用砖头靠住瘦骨嶙峋、身体腐烂的妻子,眼睁睁地盼着她早日死去。王婆去看望月英的时候,她已经从一个美丽的女性变成了一个畸形的怪物,身体的下半部分浸泡在粪便里,"眼睛的白眼珠完全变绿,整齐的一排前齿也完全变绿,她的头发烧焦了似的,紧贴住头皮"[1]。再如活泼开朗的金枝曾经对爱情和婚姻有着少女的憧憬,然而她的丈夫成业却从婚前开始就将她当作泄欲的工具。金枝怀孕结婚后,仍不得不忍受丈夫的打骂和强暴。因为厌恶婴儿的哭闹,她的丈夫甚至将刚刚出生不久的女儿活活摔死。还有那些因为乡村与丈夫的愚昧不得不一次又一次忍受生育之苦的女性,如麻面婆、五姑姑的姐姐、李二婶子等,她们在血泊与灰尘中爬行哭号,还要同时忍受丈夫的责骂和虐待。她们是被侮辱、被伤害却只能默默忍受的最弱势群体,她们默默无闻地活着,又无声无息地死去,生命的来来去去在贫穷闭塞的乡村没有泛起一丝涟漪。鲁迅先生评价《生死场》时说,小说写出了"北方人民的对于生的坚强,对于死的挣扎,却往往已经力透纸背"。从小说的整体层面进行宏观的考察固然如此,然而这些血淋淋的女性生活场景更揭示出特定时代乡

---

[1] 萧红著《生死场》,天津人民出版社,2016年,第34页。

村女性的生存困境,她们的孤独、无助与备受欺凌谱写了一曲饱含血泪的女性悲歌。

三、对比阅读

古罗马诗人维吉尔(Publius Vergilius Maro,公元前 70—前 19)的长篇叙事史诗《埃涅阿斯纪》讲述特洛伊英雄、罗马帝国的开国之君埃涅阿斯历经重重困境最终重振旗鼓、缔造城邦的故事。

埃涅阿斯是特洛伊王子安基塞斯与爱神阿佛洛狄德的儿子。特洛伊灭亡后他带着幸存的族人和军队出逃,背负着寻找新的安身立命之所的使命。他在海上漂泊七年,遇到了无数的磨难和困境。天后朱诺出于嫉妒,唆使风神在海上掀起狂风巨浪,船队被恶浪狂风打得七零八落,被迫停靠在北非的迦太基。爱神心痛儿子多年以来的颠沛流离,派出丘比特以神力激发出女王狄多对埃涅阿斯的爱意。当埃涅阿斯向女王讲述特洛伊战争的惨烈悲壮,逃难途中的千难万险——夫妻离散、父子死别、天降瘟疫、浊浪滔天以及凶恶的女妖、恐怖的巨人等等,狄多女王逐渐萌生出强烈的爱慕之情。两人很快陷入热恋并举行了婚礼,但朱庇特派出神使墨丘利向埃涅阿斯发出警告和劝诫:你使命在身、重任在肩,怎么能够贪恋眼前的温柔富贵之乡?神的旨意和远大的理想召唤埃涅阿斯,他离开迦太基,抛弃了狄多女王,再次开启前往意大利的征程。最后埃涅阿斯辗转来到意大利,通过战争打败了当地公主的求婚者,娶公主为妻,建立了罗马城,开启了罗马帝国的辉煌。

埃涅阿斯所经历的困境不仅有恶劣的自然、诡谲的地形、流浪的艰辛、疾病的折磨,还有国破家亡的痛苦、重振家国的重负,以及安宁美好的生活、甜蜜炽热的爱情等考验。尤其是面对狄多女王的一颗真心,个人与家国的两难选择更是常人无法轻易超拔的困境。而走出困境的埃涅阿斯毫无疑问是诗人心目中理想和完美的政治领袖,诗人通过他的事迹来歌颂先祖的伟大功绩与罗马的无上荣光。

（第三篇）窘 境

一、文本节选

方鸿渐到了欧洲,既不钞敦煌卷子,又不访《永乐大典》,也不找太平天国文献,更不学蒙古文、西藏文或梵文。四年中倒换了三个大学,伦敦、巴黎、柏林;随便听几门功课,兴趣颇广,心得全无,生活尤其懒散。第四年春天,他看银行里只剩四百多镑,就计划夏天回国。方老先生也写信问他是否已得博士学位,何日东归。他回信大发议论,痛骂博士头衔的毫无实际。方老先生大不谓然,可是儿子大了,不敢再把父亲的尊严去威胁他,便信上说,自己深知道头衔无用,决不勉强儿子,但周经理出钱不少,终得对他有个交代。过几天,方鸿渐又收到丈人的信,说什么:"贤婿才高学富,名满五洲,本不须以博士为夸耀。然令尊大人乃前清孝廉公,贤婿似宜举洋进士,庶几克绍箕裘,后来居上,愚亦与有荣焉。"方鸿渐受到两面夹攻,才知道留学文凭的重要。这一张文凭,仿佛有亚当、夏娃下身那片树叶的功用,可以遮羞包丑,小小一方纸能把一个人的空疏、寡陋、愚笨都掩盖起来。自己没有文凭,好像精神上赤条条的,没有包裹。可是现在要弄个学位,无论自己去读或雇枪手代做论文,时间经济都不够。就近汉堡大学的博士学位,算最容易混得了,但也需要六个月。干脆骗家里人说是博士罢,只怕哄父亲和丈人不过;父亲是科举中人,要看"报条",丈人是商人,要看契据。他想不出办法,准备回家老着脸说没得到学位。

一天,他到柏林图书馆中国书编目室去看一位德国朋友,瞧见地板上一大堆民国初年上海出的期刊，《东方杂志》《小说月报》《大中华》《妇女杂志》全有。信手翻着一张中英文对照的广告，是美国纽约什么"克莱登法商专门学校函授部"登的，说本校鉴于中国学生有志留学而无机会，特设函授班，将来毕业，给予相当于学士、硕士或博士之证书，章程函索即寄，通讯处纽约第几街几号几之几。方鸿渐心里一动，想事隔二十多年，这学校不知是否存在，反正去封信问问，不费多少钱。那登广告的人，原是个骗子，因为中国人不来上当，改行不干，人也早死了。他住的那间公寓房间现在租给一个爱尔兰人，具有爱尔兰人的不负责、爱尔兰人的急智、还有爱尔兰人的穷。相传爱尔兰人的不动产（Irish fortune）是奶和屁股；这位是个萧伯纳式既高且瘦的男人，那两项财产的分量又得打个折扣。他当时在信箱里拿到鸿渐来信，以为邮差寄错了，但地址明明是自己的，好奇拆开一看，莫名其妙，想了半天，快活得跳起来。忙向邻室小报记者借个打字机，打了一封回信，说先生既在欧洲大学读书，程度想必高深，无庸再经函授手续，只要寄一万字论文一篇附缴美金五百元，审查及格，立即寄上哲学博士文凭，来信可寄本人，不必写学校名字。署名 Patrick Mahoney，后面自赠了四五个博士头衔。方鸿渐看信纸是普通用的，上面并没刻学校名字，信的内容分明更是骗局，搁下不理。爱尔兰人等急了，又来封信，说如果价钱嫌贵，可以从长商议，本人素爱中国，办教育的人尤其不愿牟利。方鸿渐盘算一下，想爱尔兰人无疑在捣鬼，自己买张假文凭回去哄人，岂非也成了骗子？可是——记着，方鸿渐进过哲学系的——撒谎欺骗有时并非不道德。柏拉图《理想国》里就说兵士对敌人，医生对病人，官吏对民众都应该哄骗。圣如孔子，还假装生病，哄走了儒悲，孟子甚至对齐宣王也撒谎装病。父亲和丈人希望自己是个博士，做儿子女婿的人好意思教他们失望么？买张文凭去哄他们，好比前清时代花钱捐个官，或英国殖民地商人向帝国府库报效几万镑换个爵士头衔，光耀门楣，也是孝子贤婿应有的承欢养志。反正自己将来找事时,履历上决不开这个学位。索性把价钱杀得极低,假如爱尔兰人不肯,这事就算吹了,自己也免做骗子。便复信说:至多出一百美金,先寄三十,文凭到手,再寄余款;此间尚有中国同学三十余人,皆愿照此办法向贵校接洽。爱尔兰人起初不想答应,后来看方鸿渐语气坚决,又就近打听出来美国博士头衔确在中国时髦,渐渐相信欧洲真有三十多条中国糊涂虫,要向他买文凭。他并且探出来做这种买卖的同行很多,例如东方大学、东美合众国大学、联合大学(Intercollegiate University)、真理大学等等,便宜的可以十块美金出买硕士文凭,神玄大学(College of Divine Metaphysics)廉价一起奉送三种博士文凭,这都是堂堂立案注册的学校,自己万万比不上。于是他抱薄利畅销的宗旨,跟鸿渐生意成交。他收到三十美金,印了四五十张空白文凭,填好一张,寄给鸿渐,附信催他缴款和通知其他学生来接洽。鸿渐回信道,经详细调查,美国并无这个学校,文凭等于废纸,姑念初犯,不予追究,希望悔过自新,汇上十美金聊充改行的本钱。爱尔兰人气得咒骂个不停,喝醉了酒,红着眼要找中国人打架。这事也许是中国自有外交或订商约以来唯一的胜利。

鸿渐先到照相馆里穿上德国大学博士的制服,照了张四寸相。父亲和丈人处各寄一张,信上千叮万嘱说,生平最恨"博士"之称,此番未能免俗,不足为外人道。

——钱锺书《围城》,人民文学出版社,2017年

二、导读与赏析

1. 作者简介

钱锺书(1910—1998),江苏无锡人,作家、文学研究家。钱锺书在文学创作与学术研究上都取得了重大成就,其作品幽默诙谐又辛辣机智,显现出广博的学识与奇谲的文风。代表作有长篇小说《围

城》、散文集《写在人生边上》、学术集《谈艺录》《管锥编》等。

2. 作品导读

《围城》是一部现实主义讽刺小说,被称为20世纪40年代的"新儒林外史"。作品通过主人公方鸿渐留学归国后的人生历程,描绘了当时知识分子的众生相,从社会的层面、文化的层面甚至哲学的层面进行了观照、思考和批判。

方鸿渐作为小说的主人公,是当时知识分子的一面镜子。从求学到恋爱,从工作到婚姻,方鸿渐几乎始终处于一种进退维谷的窘境之中。方鸿渐的父亲是前清举人、当地颇有名望的乡绅,旧式家庭传统教育赋予方鸿渐扎实的国文功底、传统的伦理观念还有懦弱顺从的性情。父亲为他订下门当户对的婚约,方鸿渐只写过一封含糊其辞的书信表达反对,被严厉斥责后就打消了追求自由恋爱的想法。未婚妻因病去世,明知留学学习"国文"乃虚妄之事,方鸿渐仍毫不犹豫拿着岳父给的学费前往欧洲镀金。他懒散懈怠、一事无成,为了蒙混过关,甚至花钱购买了明知是骗子印制的假文凭,戴着子虚乌有的博士头衔回国返乡。好不容易求得三闾大学的职位,却遭遇了更深的窘境。他性格中的清高孤傲、善良懦弱使他终究成为其中的异类,他鄙视道貌岸然、浅薄猥琐还互相倾轧、勾心斗角的一众知识分子,而自己又无所作为、根基不稳,最终受到排挤不得不离开。

在恋爱和婚姻中,方鸿渐也常常处于自己造就的窘境之中。他明明喜欢天真烂漫的唐晓芙,却又在苏文纨的爱情攻势中含含混混、优柔寡断,最后不得不错失美丽纯真的心上人。他根本没看清孙柔嘉,也不爱孙柔嘉,却在对方的心计与陷阱中仓促地走进婚姻的围城。屡遭事业挫折,婚姻生活也一地鸡毛的方鸿渐困于生活的窘境无法自拔。而他的窘境也是特定时代尚有道德良知却又无所作为,承续传统文化却又受西方文化强烈冲击的知识分子的普遍处境。

三、对比阅读

奥地利作家卡夫卡(Franz Kafka,1883—1924)作为20世纪表现主义文学的代表,写作了堪称西方文学经典的小说《变形记》,对现代主义文学潮流产生了重要的影响。

小说中的男主人公格里高尔·萨姆沙是一家公司的旅行推销员,常年奔波在外,以辛勤谨慎的工作维系着整个家庭的生活。某一天早上,当他从睡梦中醒来,发现自己变成了一只巨大的甲虫。"他仰卧着,那坚硬的像铁甲一般的背贴着床,他稍稍抬了抬头,便看见自己那穿顶似的棕色肚子分成了好多块弧形的硬片,被子几乎盖不住肚子尖,都快滑下来了。比起偌大的身躯来,他那许多只腿真是细得可怜,都在他眼前无可奈何地舞动着。"[1]他徒劳无功地想要挣扎着起床,以便及时赶上去上班的火车,开始自己一天又一天周而复始疲于奔命的生活。然而甲虫的身体和四肢在行动上的阻碍最终使得他从以为的梦境回到现实。他失去了工作,还拥有一副吓人的虫子的身体和面貌。他的父亲已经老了,习惯了安逸的生活。母亲患有气喘病,连行动都很困难。而妹妹还是个十七岁的孩子,只想拉拉小提琴,穿些漂亮的衣裙。当他们意识到格里高尔真的变成了一只甲虫,先是表现出震惊和害怕,母亲吓得晕倒过去,父亲厌憎地驱赶他,恶狠狠用苹果打他,只有妹妹会小心翼翼给他送来食物,给他留下爬行的空间。但随着时间的推移,格里高尔逐渐成为全家人厌弃的怪物。他们商议着如何送走格里高尔,摆脱这个令人烦恼的负担。当格里高尔终于在饥饿与痛苦中孤独死去,一家三口如释重负,重新开始计划美好的未来。他们将生活的希望转移到了已经亭亭玉立的女儿身上。

---

[1] 卡夫卡《变形记》,张荣昌译《卡夫卡小说全集》,上海译文出版社,2012年,第37页。

发生在格里高尔身上的荒诞故事映射了现代人生活的窘境和困境。他努力工作辛苦奔波,没有朋友、没有爱情、没有娱乐、没有自由,因此他失去了所有作为人的一切属性和特征,被沉重的生活异化为一只身体硕大、四肢细小的甲虫。"身体"与"精神"的异化是他所处的第一重窘境。他以为拼命工作的全部意义在于安宁的生活、家庭的温暖,然而家人却把他的奉献当作不值一提的习惯。当他无法成为家庭的经济支柱后,实质上靠物质维系的家庭关系便迅速瓦解,他成为被抛弃和驱逐的对象。意义的虚无、价值的虚无是他面临的第二重窘境。格里高尔所有试图寻找自我、打破壁垒的尝试最终都以更深的伤害、更大的屈辱告终,尽管孤独地死去,也无法改变周遭的人和世界。主体性的丧失、社会空间的高度机械化更是透过格里高尔所显现出的现代人的共同窘境。

(第四篇) 险 境

一、文本节选

我无法描写我的失望,人类的语言中简直没有一个字可以形容。我被活埋了,即将受着饥渴的煎熬死去。我那发烧的手摸着地上的土,多干啊!然而我是怎样离开"汉恩斯小溪"的呢?现在它显然已经不在那儿了!无疑的,当我刚走入这条歧途的时候,我没有注意到泉水已经不见。显然在这坑道中有一个十字路口,我选了其中的一条路,而"汉恩斯小溪"却随着另外一条反复无常的斜坡,把我的伙伴们带到下面不知什么地方去了!我怎么能找到他们呢?我的脚在花岗石上没有留下脚印。我绞尽了脑汁想找出一条出路来。但是我的处境只有一句话可以形容,我走失了。

是的,走失了,在这深不可测的地底下走失了。这九十英里厚的地层沉重地压在我的肩膀上,我觉得快要被压死了。我企图回想一些地面上的事,我费了很大劲才做到这一点:汉堡、科尼斯街的房子、我的可怜的格劳班,这一切在我的惶恐的回忆中很快地掠过。我的面前出现了一幅幅幻象,我又看见了我们旅行中的种种经历:渡海、冰岛、弗立特利先生、斯奈弗!我心想处在这样的情况下,如果我还存着一线希望,那我准是疯了,一个神智清楚的人应该感到绝望!有没有办法使我离开这罩在我头上的巨大的圆顶而重新回到地面上呢?谁能指引我一条路使我找到我的伙伴呢?"啊!叔叔!"我绝望地喊着。我只能说这两个字,我不能说其他责备他的话;因为我知道这个不幸的老人一定也在寻找我,他一定感到非常难过。当我看到我不可能得到任何人为的帮助,一点办法也没有的时候,我想到了上帝。我回忆起我的童年和我的母亲。我开始祈祷,我那么晚才想到求助于上帝,他不一定会听我,然而我还是热诚地祈求着,从祈祷中,我的情绪变得比较镇静,能够聪明地回想一下我的处境。

　　我还有三天的粮食,我的水壶也是满满的。尽管这样,我决不能一个人在这儿再待下去。但是我应该在上走还是往下走呢?当然应该折回去往上走!永远往上走!这样我就可以回到注定我命运的十字路口。那里有泉水的引导,我可以重新回到斯奈弗的山顶。我怎么不早想到这一层呢?这确是一线生机。目前最重要的就是寻找"汉恩斯小溪"。

　　我站起身来,倚仗着我那根包铁的棍子,开始抱着希望并且毫不踌躇地往回走,我也知道没有别的什么路可以选择。前半小时,并没有什么障碍。我想从坑道的形状、某些突出的岩石和地面的凹凸来认路。但是我没有看到任何特别的记号。相反地,我很快看出了这条路不能带我回到原路:这是一条死路,我的前面出现了一道无法越过的岩壁。我跌倒在石头上了。

　　我无法描写我的恐惧和失望。我完蛋了——我的最后一线希望也在这个花岗岩壁上粉碎了。丢失在这个四面不通的迷宫里,我是注定要走上最可怕的死亡之路的;我开始产生了一种奇怪的想法,如果我那变为化石的遗体在这地下九十英里的地方被人发现,那就一定会引起热烈的科学争论。

我想高声说话,可是只有沙哑的声音从我干燥的嘴唇里发出来,我站在那里喘气。就在这个痛苦的时刻里,新的恐怖又袭击了我的精神。我的灯已经摔坏了。我没有修理的工具,灯光正在暗下去,不久就要熄灭了!

我眼看着由于灯丝上的电流逐渐减少而灯光慢慢暗淡下来。一列影子沿着坑道的岩壁经过。我不愿低下头去,因为怕失去最后这道正在消逝的光亮。最后只剩下很弱的一点红光;我一直注视着它直到最后,当它完全消失的时候,我被留在地球内部十分黑暗的地方,我发出了恐怖的喊声。

——儒勒·凡尔纳著,陈伟译《地心游记》,译林出版社,2020年

二、导读与赏析

1. 作者简介

儒勒·凡尔纳(Jules Gabriel Verne,1828—1905),法国著名小说家、剧作家及诗人,现代科幻小说的重要开创者之一,被誉为"科幻小说之父"。其作品文笔流畅清新、情节跌宕起伏,既具有非凡的想象力,又包含广博的知识与深邃的思想,代表作有《格兰特船长的儿女》《海底两万里》《神秘岛》《地心游记》《八十天环游地球》等。

2. 作品导读

《地心游记》讲述的是科学家里登布洛克教授与他的侄儿阿克塞尔、向导汉斯在地底进行科学探险,历时三月、艰险跋涉的见闻和经历。里登布洛克教授偶然在一本古籍中发现了一张神秘的羊皮纸,羊皮纸上排列着符咒般难以看懂的文字。经过反复尝试、努力破译,

叔侄俩终于读懂了羊皮纸上前人留下的关于去往地心的简单记载。随后他们在向导汉斯的陪伴下踏上了前往斯奈菲尔火山的探险历程。三人按照羊皮纸上的记载，从火山口往下，一路经历了缺水、迷路、暴风雨、远古巨兽等可怕的危险，也见到了地心深处种种奇异的景象。最后他们又偶然经由斯隆布利岛的火山口凭借着火山喷发的气流回到地面。

原本漆黑寂静的地底经由凡尔纳的想象被描摹成一个奇幻瑰丽的世界，地心的探险历程充满了惊心动魄、扣人心弦的故事情节。那里有晶莹闪亮的矿石、波涛汹涌的大海、美丽的飞瀑和喷泉、巨大如屋顶的蘑菇林，还有电闪雷鸣的暴风雨、蛇颈龙和鱼龙令人心惊胆战的搏斗，茂密的原始森林、在森林中放牧庞然大物乳齿象的巨人，以及林林总总远古巨兽的骸骨、曾经来到此地的探险家的人头……尤其值得肯定的是，凡尔纳的丰富想象并未完全脱离科学的范畴，他在地心的探险历程中融入了许多理性的、科学的元素。生物进化、地球构造、火山地质、海洋气候、野外生存等多方面的知识都能在精彩的故事中得到呈现，激发了许多读者对科学的浓厚兴趣。

此外，《地心游记》中的险境塑造了极具正面意义的人物形象和作品主题，在小说中以第一人称出现的侄儿阿克塞尔，一开始对地心的探险顾虑重重，并不情愿。他是在叔叔里登布洛克教授的耳提面命之下，兼之受到心上人的鼓舞才踏上了这段非同凡响的历程。但随着行程的展开，在叔叔与向导的帮助下突破重重险境的阿克塞尔逐渐成长和成熟。险境磨炼人的心智、塑造人的品格，他慢慢成为像叔叔那样有着坚强意志、坚韧信念和钻研精神的科学家。

三、对比阅读

清代文学家李汝珍（约1763—1830）的小说《镜花缘》以百花仙子被贬下凡为引子，主要讲述秀才唐敖、林之洋等人出海游历各国的见闻经历,以及众才女应考赴宴的故事。

秀才唐敖科考不利、心灰意冷,抛妻别子跟随妻兄林之洋到海外经商游历。他们游历了几十个国家,见识到许多异域的奇风异俗、奇人异事,还有不少的仙草奇花、珍禽怪兽,并且结识了由花仙转世的十几名德才兼备、技艺高超的美貌女子。其中也经历了不少的险境,首先是那些长相奇特、颇有几分怪异的人,乍看之下恐怕就有几分令人心惊。如"聂耳国"国人耳朵太长需要以手托耳而行,"神木国"国人目在手中、高举双手以探视周围环境,"寿麻国"国人阳气不足没有身影……更有一些奇怪非常的言行举止令唐敖等人避之不及,如"无肠国"富人搜集自己的粪便作为仆人的食物,"鬼国"国人阴阳颠倒、行为诡异,"两面国"国人两张脸面、变幻无常,"伯虑国"国人害怕睡觉、如同行尸走肉,"厌火国"国人讨要财物、口吐烈焰……更不用说那些怪兽奇妖、凶禽猛兽,如《镜花缘》第二十回写到唐敖路过一片桑林,"一望无际,内有许多妇人,都生得娇艳异常","俱以丝棉缠身,栖在林内,也有吃桑叶的,也有口中吐丝的"[1],如果有人迷恋她们的美色,或惹恼她们就会被吐出的丝缠住,送掉性命。还有在碧梧岭遇"浑身青黄,其体似腐,其尾似牛,其足似马,头生一角"[2]的麒麟,"浑身碧绿,长颈鼠足,身高六尺,其形如雁"[3]的"鹔鹴"(音"肃双"),等等。更险的事情发生在女儿国,林之洋被国王看中封为王妃,力大无穷的宫娥抓小鸡一般将他内外衣服脱得干干净净,一番洗浴打扮,穿了衫裙,搽了香粉,抹了红唇,强行为他穿耳裹脚,不遵约束还以竹板责打。幸得唐敖、世子等人援救,他才得以逃出生天。

《镜花缘》以丰富的想象建构了奇丽绚烂的海外世界,虽则虚幻,实则多有所指。那些看似荒诞不经的言行、虚伪诡诈的心术、腐朽昏

---

[1] 李汝珍著,张友鹤校注《镜花缘》,人民文学出版社,2018年,第122—123页。
[2] 同上书,第131页。
[3] 同上书,第128页。

庸的统治、贪婪吝啬的行径等等都是对现实社会的讽刺与批判。

（第五篇）梦　境

一、文本阅读

枕　中　记

沈既济

开元七年，道士有吕翁者，得神仙术，行邯郸道中，息邸舍，摄帽弛带，隐囊而坐。俄见旅中少年，乃卢生也。衣短褐，乘青驹，将适于田，亦止于邸中，与翁共席而坐，言笑殊畅。久之，卢生顾其衣装敝亵，乃长叹息曰："大丈夫生世不谐，困如是也！"翁曰："观子形体，无苦无恙，谈谐方适，而叹其困者，何也？"生曰："吾此苟生耳。何适之谓？"翁曰："此不谓适，而何谓适？"答曰："士之生世，当建功树名，出将入相，列鼎而食，选声而听，使族益昌而家益肥，然后可以言适乎？吾尝志于学，富于游艺，自惟当年，青紫可拾。今已适壮，犹勤畎亩，非困而何？"言讫，而目昏思寐。时主人方蒸黍。翁乃探囊中枕以授之，曰："子枕吾枕，当令子荣适如志。"其枕青瓷，而窍其两端。

生俯首就之，见其窍渐大，明朗。乃举身而入，遂至其家。数月，娶清河崔氏女。女容甚丽，生资愈厚。生大悦，由是衣装服驭，日益鲜盛。明年，举进士，登第，释褐秘校；应制，转渭南尉；俄迁监察御史；转起居舍人，知制诰。三载，出典同州，迁陕牧。生性好土功，自陕西凿河八十里，以济不通。邦人利之，刻石纪德。移节汴州，领河南道采访使，征为京兆尹。是岁，神武皇帝方事戎狄，恢宏土宇。会吐蕃悉抹逻及烛龙莽布支攻陷瓜沙，而节度使王君㚟新被杀，河湟震动。帝思将帅之才，遂除生御史中丞，河西道节度。大破戎虏，斩首七千级,开地九百里,筑三大城以遮要害。边人立石于居延山以颂之。归朝册勋,恩礼极盛。转吏部侍郎,迁户部尚书兼御史大夫。

时望清重,群情翕习。大为时宰所忌,以飞语中之,贬为端州刺史。三年,征为常侍。未几,同中书门下平章事。与萧中令嵩、裴侍中光庭同执大政十余年,嘉谟密命,一日三接,献替启沃,号为贤相。同列害之,复诬与边将交结,所图不轨。下制狱。府吏引从至其门而急收之。生惶骇不测,谓妻子曰:"吾家山东,有良田五顷,足以御寒馁,何苦求禄?而今及此,思衣短褐,乘青驹,行邯郸道中,不可得也。"引刃自刎。其妻救之,获免。其罹者皆死,独生为中官保之,减罪死,投驩州。

数年,帝知冤,复追为中书令,封燕国公,恩旨殊异。生五子,曰俭,曰传,曰位,曰倜,曰倚,皆有才器。俭进士登第,为考功员外;传为侍御史;位为大常丞;倜为万年尉;倚最贤,年二十八,为左襄。其姻媾皆天下望族。有孙十余人。两窜荒徼,再登台铉,出入中外,徊翔台阁,五十余年,崇盛赫奕。性颇奢荡,甚好佚乐,后庭声色,皆第一绮丽。前后赐良田,甲第,佳人,名马,不可胜数。后年渐衰迈,屡乞骸骨,不许。病,中人候问,相踵于道,名医上药,无不至焉。将殁,上疏曰:"臣本山东诸生,以田圃为娱。偶逢圣运,得列官叙。过蒙殊奖,特秩鸿私,出拥节旌,入升台辅。周旋中外,绵历岁时。有忝天恩,无裨圣化。负乘贻寇,履薄增忧,日惧一日,不知老至。今年逾八十,位极三事,钟漏并歇,筋骸俱耄,弥留沉顿,待时益尽。顾无成效,上答休明,空负深恩,永辞圣代。无任感恋之至。谨奉表陈谢。"诏曰:"卿以俊德,作朕元辅。出拥藩翰,入赞雍熙,升平二纪,实卿所赖。比婴疾疹,日谓痊平。岂斯沉痼,良用悯恻。今令骠骑大将军高力士就第候省。其勉加针石,为予自爱。犹冀无妄,期于有瘳。"是夕,薨。

卢生欠伸而悟,见其身方偃于邸舍,吕翁坐其傍,主人蒸黍未熟,触类如故。生蹶然而兴,曰:"岂其梦寐也?"翁谓生曰:"人生之适,亦如是矣。"生怃然良久,谢曰:"夫宠辱之道,穷达之运,得丧之理,死生之情,尽知之矣。此先生所以窒吾欲也。敢不受教。"稽首再拜而去。

——鲁迅校录《唐宋传奇集》,三秦出版社,2019年

二、导读与赏析

1. 作者简介

沈既济(约750—797),吴兴德清(今属浙江)人,唐代小说家、史学家。沈既济著有传奇小说《枕中记》《任氏传》等,是中唐传奇中创作年代较早的名篇,标志唐传奇创作进入全盛时期,对后世文学影响颇深。

2. 作品导读

传奇小说《枕中记》是成语"黄粱一梦"的文本出处,讲述的是少年卢生偶遇道士吕翁,并经由他的指引获得人生醒悟的故事。卢生在客舍中偶遇已经得道成仙的吕翁,向他慨叹自己的困窘和失意。他认为大丈夫应该建功立业、出将入相,家中钟鸣鼎食、昌盛富裕才不枉活在这世上。而自己六艺娴熟、学习勤恳,已到壮年却仍在田野里耕种劳作,因此唏嘘不已。趁着店主正在蒸黍做饭的间隙,吕翁取出一个青瓷枕头交给卢生,请他枕在其上小憩片刻便可以得偿毕生夙愿。

卢生从枕头的孔洞中投身而入,开启了风光得意的人生历程。他先是娶了名门望族的美丽妻子,获得了丰厚的资产与鲜衣怒马的排场。然后科举考中进士,辗转升迁,屡得提拔。后又大破戎虏、开疆拓土,不但深得百姓的爱戴,还深受皇帝的器重。然而他的丰功伟绩却招来宰相的嫉妒,流言蜚语之下,他被贬官放逐。后得到皇帝的赦免,由常侍而至宰相,位高权重之时却又遭到同僚的诬陷锒铛下狱。卢生后悔自己没有安于平凡安宁的生活,如今高官厚禄却有性命之忧。他人求情之下,卢生保住性命被流放偏僻之地。过了几年

卢生沉冤得雪，重新得到了皇帝的宠信。他有了燕国公的爵位，有了身居高位的五个儿子、十多个孙子，谈笑往来俱是豪门显族。他过上了奢侈放荡、沉迷美色的生活，但这一切并没有改变随着年岁而来的疾病。最好的名医、上等的药材、皇帝的关怀都没能留住卢生的生命。

卢生从梦中醒来，发现吕翁还坐在自己身旁，连店主的小米都还没有蒸熟。梦中的宠辱兴衰历历在目，而一切不过是幻梦一场。这梦境既包含了作者一生宦海沉浮的辛酸感悟，也包蕴了对朝廷和官场的辛辣讽刺。做治世能臣、独守清醒，便会遭受污蔑和陷害。同流合污、浑浑噩噩反而能够安享富贵荣华。看似虚幻的梦境揭示的竟是最深刻的现实。

三、对比阅读

《牧神午后》是 19 世纪法国象征主义诗人马拉美（Stéphane Mallarmé，1842—1898）的诗歌作品，诗歌以古罗马神话故事为题材展开想象。执掌农牧的潘神是个半人半羊的形象，他头上长着羊角，腰部以下长着羊腿，居住在山野之间，生性好色，爱作弄人又放荡不羁。他常常骚扰山林水泽中的宁芙仙女，由于他长相怪异又性格鲁莽，所到之处常常引起仙女们争相逃跑，唯恐避之而不及。有一天，他爱上了一位叫绪任克斯的仙女，对她展开疯狂的追求。绪任克斯逃到河边，再也无路可逃，她祈祷河神父亲拯救自己。河神将她变成岸边的一丛芦苇，伤心的潘神用芦苇的茎秆做成了排箫，时时带在身边吹奏，以此寄托自己的情思。

马拉美的诗歌以牧神在夏日午后的梦境开头，恍惚间他似乎听到潺潺水声，似乎看到仙女们美丽的身影翩翩飞舞，"牧神哪，幻象从最纯净的一位水仙，又蓝又冷的眼中象泪泉般涌流，与她对照的另一位却叹息不休，你觉得宛如夏日拂过你羊毛上的和风？不，没有这事!"[1]全诗共十一节,诗歌的开头是午后的牧神渐渐陷入甜蜜的梦乡,进而描摹梦境中的牧神对仙女的思念和爱慕,"听到芦笛诞生的前奏曲悠然响起,惊飞了一群天鹅——不!是仙女们仓皇逃奔。或潜入水中……"[2]第五节写牧神突然惊醒,茫然若失。第六节到第十节写牧神重新陷入回忆与梦境,表达对仙女强烈的爱慕和追逐,"我没解开她们的拥抱,一把攫取了她们,奔进这被轻薄之影憎恨的灌木林,这儿,玫瑰在太阳里汲干全部芳香,这儿,我们的嬉戏能与燃烧的白昼相象"[3],最后以对美酒和仙女的渴望收束。牧神从沉睡到进入梦境,从惊醒到陷入亦真亦假的回忆再到沉睡,循环往复的结构、如梦似幻的场景,营造出象征主义诗歌特有的神秘意境与纯粹美感。

(第六篇) 幻 境

一、文本阅读

粉 蝶

阳曰旦,琼州士人也。偶自他郡归,泛舟于海,遭飓风,舟将覆;忽飘一虚舟来,急跃登之。回视,则同舟尽没。风愈狂,瞑然任其所吹。亡何,风定。开眸,忽见岛屿,舍宇连亘。把棹近岸,直抵村门。村中寂然,行坐良久,鸡犬无声。见一门北向,松竹掩蔼。时已初冬,墙内不知何花,蓓蕾满树,心爱悦之,逡巡遂入。遥闻琴声,步少停。有婢自内出,年约十四五,飘洒艳丽。睹阳,返身遽入。俄闻琴声歇,

---

[1] 魏尔伦、兰波、马拉美等著,飞白、小跃译《多情的散步——法国象征派诗选》,中国文联出版公司,1992年,第288页。
[2] 同上书,第289页。
[3] 同上书,第291页。

一少年出，讶问客所自来。阳具告之。转诘邦族，阳又告之。少年喜曰："我姻亲也。"遂揖请入院。院中精舍华好，又闻琴声。既入舍，则一少妇危坐，朱弦方调，年可十八九，风采焕映。见客入，推琴欲逝。少年止之曰："勿遁，此正卿家瓜葛。"因代溯所由，少妇曰："是吾侄也。"因问曰："祖母尚健否？父母年几何矣？"阳曰："父母四十余，都各无恙；惟祖母六旬，得疾沉痼，一步履须人耳。侄实不省姑系何房，望祈明告，以便归述。"少妇曰："道途辽阔，音问梗塞久矣。归时但告而父，十姑问讯矣。渠自知之。"阳问："姑丈何族？"少年曰："海屿姓晏。此名神仙岛，离琼三千里，仆流寓亦不久也。"十娘趋入，使婢以酒饷客，鲜蔬香美，亦不知其何名。饭已，引与瞻眺，见园中桃杏含苞，颇以为怪。晏曰："此处夏无大暑，冬无大寒，花无断时。"阳喜曰："此乃仙乡。归告父母，可以移家作邻。"晏但微笑。

还斋炳烛，见琴横案上，请一聆其雅操。晏乃抚弦捻柱。十娘自内出，晏曰："来，来！卿为若佳鼓之。"十娘即坐，问侄："愿何闻？"阳曰："侄素不读《琴操》，实无所愿。"十娘曰："但随意命题，皆可成调。"阳笑曰："海风引舟，亦可作一调否？"十娘曰："可。"即按弦挑动，若有旧谱，意调崩腾；静会之，如身仍在舟中，为飓风之所摆簸。阳惊叹欲绝，问："可学否？"十娘授琴，试使勾拨，曰："可教也。欲何学？"曰："适所奏'飓风操'，不知可得几日学？请先录其曲，吟诵之。"十娘曰："此无文字，我以意谱之耳。"乃别取一琴，作勾剔之势，使阳效之，阳习至更余，音节粗合，夫妻始别去。阳目注心凝，对烛自鼓；久之，顿得妙悟，不觉起舞。举首，忽见婢立灯下，惊曰："卿固犹未去耶？"婢笑曰："十姑命待安寝，掩户移檠耳。"审顾之，秋水澄澄，意志媚绝。阳心动，微挑之；婢俯首含笑。阳益惑之，遽起挽颈。婢曰："勿尔！夜已四漏，主人将起，彼此有心，来宵未晚。"方押抱间，闻晏唤"粉蝶"。婢作色曰："殆矣！"急奔而去。阳潜往听之。但闻晏曰："我固谓婢子尘缘未灭,汝必欲收录之。今如何矣,宜鞭三百!"十娘曰:"此心一萌,不可给使,不如为吾侄遣之。"阳甚惭惧,返斋灭烛自寝,天明,有童子来侍盥栎,不复见粉蝶矣。心惴惴恐见谴逐。俄晏与十姑并出,似无所介于怀,便考所业。阳为一鼓。十娘曰:"虽未入神,已得什九,肄熟可以臻妙。"阳复求别传。晏教以"天女谪降"之曲,指法拗折,习之三日,始能成曲。晏曰:"梗概已尽,此后但须熟耳。娴此两曲,琴中无硬调矣。"

阳颇忆家,告十娘曰:"吾居此,蒙姑抚养甚乐;顾家中悬念。离家三千里,何日可能还也!"十娘曰:"此即不难。故舟尚在,当助一帆风。子无家室,我已遣粉蝶矣。"乃赠以琴,又授以药曰:"归医祖母,不惟却病,亦可延年。"遂送至海岸,俾登舟。阳觅楫,十娘曰:"无须此物。"因解裙作帆,为之萦系。阳虑迷途,十娘曰:"勿忧,但听帆漾耳。"系已,下舟。阳凄然,方欲拜谢别,而南风竟起,离岸已远矣。视舟中糗粮已具,然止足供一日之餐,心怨其吝。腹馁不敢多食,惟恐遽尽,但啖胡饼一枚,觉表里甘芳。余六七枚,珍而存之,即亦不复饥矣。俄见夕阳欲下,方悔来时未索膏烛。瞬息,遥见人烟;细审,则琼州也。喜极。旋已近岸,解裙裹饼而归。

入门,举家惊喜,盖离家已十六年矣,始知其遇仙。视祖母老病益愈;出药投之,沉病立除。共怪问之,因述所见。祖母泫然曰:"是汝姑也。"初,老夫人有少女,名十娘,生有仙姿。许字晏氏。婿十六岁,入山不返。十娘待至二十余,忽无疾自殂,葬已三十余年。闻旦言,共疑其未死。出其裙,则犹在家所素着也。饼分啖之,一枚终日不饥,而精神倍生,老夫人命发冢验视,则空棺存焉。

旦初聘吴氏女未娶,旦数年不还,遂他适。共信十娘言,以俟粉蝶之至;既而年余无音,始议他图。临邑钱秀才,有女名荷生,艳名远播。年十六,未嫁而三丧其婿。遂媒定之,涓吉成礼。既入门,光艳绝代。旦视之,则粉蝶也。惊问囊事,女茫乎不知。盖被逐时,即降生之辰也。每为之鼓"天女谪降"之操,辄支颐凝想,若有所会。

——蒲松龄著,于天池注,孙通海、于天池等译《聊斋志异》,中华书局,2015年

二、导读与赏析

1. 作者简介

蒲松龄(1640—1715),清代杰出文学家,字留仙,世称聊斋先生,自称异史氏,济南府淄川(今山东省淄博市淄川区)人。蒲松龄19岁应考就以县、府、道三个"第一"名震一时,但此后却屡试不中,直至71岁方成贡生。他从年轻时即着手撰写鬼狐故事,历经四十多年的增删修补,终于完成《聊斋志异》的写作。《聊斋志异》集中国古代志怪小说之大成,是成就最高的文言短篇小说集。

2. 作品导读

蒲松龄在自序中曾言"集腋成裘,妄续《幽冥》之录;浮白载笔,仅成《孤愤》之书"[1],可见《聊斋志异》看似光怪陆离、荒诞不经,实则是对现实社会生活的折射和鞭挞,具有深刻的批判意义。而其中各种幻境的描写既充满神奇的想象,也在很大程度上表达了作者的某些理想。

《粉蝶》讲述琼州文士阳曰旦在海上遇险,漂流到不知名的岛屿,在岛上遇仙及返乡的经历。阳曰旦所到的岛上村舍寂静无声、松竹掩映,时值初冬,却鲜花盛放、满树蓓蕾,远处传来悠扬的琴声。在婢女和少年的问讯下,得知自己是此地主人的亲侄,那端坐堂上、光彩照人的少妇竟然是他素未谋面的十姑。阳曰旦在这里吃到了香美可口的菜肴,游赏了园中含苞待放的桃花杏花,了解到此地夏天无酷暑,冬天无大寒,四季花开不断。他向十娘学习了高超的琴艺,还与

---

[1] 蒲松龄著,学谦译《聊斋志异》,世界知识出版社,2015年,第6页。

婢女粉蝶一见钟情。后因思念家人请求回家,十娘用围裙作帆,赠给他一张琴、几块胡饼以及给祖母的灵药。夕阳下山的时候,阳曰旦的船就已经抵达了琼州的岸边。

家人看到已经离家十六年的阳曰旦非常惊奇,灵药治好了祖母的重病,分吃胡饼后大家都精神倍增、不知饥饿。而阳家娶进门的新娘非常美丽,竟是岛上有过一面之缘的粉蝶。

蒲松龄所描写的仙境与前代小说相比,对奢华精致生活的铺排渲染大为逊色,没有壮丽宫阙、没有仙草奇花,没有美艳仙娥,那幽静的村舍、盛开的杏花,俨然是宁静美好的人间田园。而十娘对母亲的挂念、对侄儿的优待又充满浓厚的人间亲情。这样近似凡尘的仙境乃是蒲松龄理想生活的映射和写照。除了海外仙岛,《聊斋志异》还有许多对幽冥世界、山间仙府、海外异国等幻境的描写,如《画壁》《翩翩》《阎罗宴》《海公子》《夜叉国》《罗刹海市》等,都极具可读性与艺术魅力。

三、对比阅读

文艺复兴的开拓者意大利诗人但丁(Dante Alighieri,1265—1321)的长诗《神曲》描写诗人幻游地狱、炼狱、天堂三界的故事。诗人在35岁的人生中途迷路于黑暗的森林之中,豺狼环伺、危机四伏。危急关头,古罗马诗人维吉尔出现在诗人面前,引导他走向光明,陪伴他游历了地狱和炼狱,并由天使般的贝阿特丽采引导他游历天堂。

其中地狱共分九层,罪人的灵魂依照罪孽的轻重分别被放置在不同的圈层中接受不同的刑罚。那些贪吃的、易怒的、好色的灵魂在其中接受程度较轻的惩罚,而阿谀奉承、挑拨离间、诬告陷害尤其是买卖圣职、贿赂贪渎、叛国卖主的人则被放在地狱的最下几层,接受酷刑折磨。炼狱共分七层,分别安放着犯有骄、妒、怒、惰、贪、食、色等七种罪恶的灵魂。他们所犯之罪较轻,在这里忏悔洗过之后便可以升入天堂。天堂分为九重,生前行善、德行卓著的灵魂在这里沐浴庄严的光辉,享受爱和欢乐。诗人在九重天之上见到了上帝,但仅仅电光石火的一瞬,上帝的光辉笼罩一切。

作为承上启下的经典作品,《神曲》明显带有中世纪基督教的世界观烙印,但同时饱含新时代的曙光及浓厚的人文主义精神。诗人游历的幻境鲜明地反映了意大利的现实生活,甚至触及了重大的社会政治问题,比如教会与教皇的罪恶、专横残暴的封建统治者、鱼肉百姓的官吏、贪婪成性的教士,等等。诗歌强调个人的自由意志,提倡追求真理,反对蒙昧主义,赞美和肯定个人的才华智慧,还尊重爱情的自由选择。与仍旧残存的神学世界观相比,《神曲》中的进步思想与价值观念占有压倒性的比重,在艺术上也取得了较大的成就。因此,《神曲》的诞生使得意大利文学跃居当时欧洲文学的前列。

(第七篇) 胜 境

一、文本阅读

秋日登洪府滕王阁饯别序

豫章故郡,洪都新府。星分翼轸,地接衡庐。襟三江而带五湖,控蛮荆而引瓯越。物华天宝,龙光射牛斗之墟;人杰地灵,徐孺下陈蕃之榻。雄州雾列,俊采星驰。台隍枕夷夏之交,宾主尽东南之美。都督阎公之雅望,棨戟遥临;宇文新州之懿范,襜帷暂驻。十旬休假,胜友如云;千里逢迎,高朋满座。腾蛟起凤,孟学士之词宗;紫电青霜,王将军之武库。家君作宰,路出名区;童子何知,躬逢胜饯。

时维九月，序属三秋。潦水尽而寒潭清，烟光凝而暮山紫。俨骖騑于上路，访风景于崇阿；临帝子之长洲，得天人之旧馆。层峦耸翠，上出重霄；飞阁流丹，下临无地。鹤汀凫渚，穷岛屿之萦回；桂殿兰宫，即冈峦之体势。披绣闼，俯雕甍。山原旷其盈视，川泽纡其骇瞩。闾阎扑地，钟鸣鼎食之家；舸舰弥津，青雀黄龙之舳。云销雨霁，彩彻区明。落霞与孤鹜齐飞，秋水共长天一色。渔舟唱晚，响穷彭蠡之滨；雁阵惊寒，声断衡阳之浦。

遥襟甫畅，逸兴遄飞。爽籁发而清风生，纤歌凝而白云遏。睢园绿竹，气凌彭泽之樽；邺水朱华，光照临川之笔。四美具，二难并。穷睇眄于中天，极娱游于暇日。天高地迥，觉宇宙之无穷；兴尽悲来，识盈虚之有数。望长安于日下，目吴会于云间。地势极而南溟深，天柱高而北辰远。关山难越，谁悲失路之人？萍水相逢，尽是他乡之客。怀帝阍而不见，奉宣室以何年？嗟乎！时运不齐，命途多舛。冯唐易老，李广难封。屈贾谊于长沙，非无圣主；窜梁鸿于海曲，岂乏明时？所赖君子见机，达人知命。老当益壮，宁移白首之心？穷且益坚，不坠青云之志。酌贪泉而觉爽，处涸辙以犹欢。北海虽赊，扶摇可接；东隅已逝，桑榆非晚。孟尝高洁，空余报国之情；阮籍猖狂，岂效穷途之哭！

勃，三尺微命，一介书生。无路请缨，等终军之弱冠；有怀投笔，慕宗悫之长风。舍簪笏于百龄，奉晨昏于万里。非谢家之宝树，接孟氏之芳邻。他日趋庭，叨陪鲤对；今兹捧袂，喜托龙门。杨意不逢，抚凌云而自惜；钟期既遇，奏流水以何惭？

呜乎！胜地不常，盛筵难再；兰亭已矣，梓泽丘墟。临别赠言，幸承恩于伟饯；登高作赋，是所望于群公。敢竭鄙怀，恭疏短引；一言均赋，四韵俱成。请洒潘江，各倾陆海云尔。

——王勃著，蒋清翊注《王子安集注》，上海古籍出版社，1995年

二、导读与赏析

1. 作者简介

王勃(650—676),字子安,绛州龙门县(今山西省河津市)人。唐朝文学家,与杨炯、卢照邻、骆宾王并称"初唐四杰"。王勃聪敏好学,六岁能文,下笔流畅,被赞为"神童"。其骈文音律和谐、对仗精准,诗歌于流丽婉转中显示出宏大浑厚的气象,有《王子安集》传世。

2. 作品导读

唐贞观十三年唐高祖之子李元婴受封滕王,在洪州修建滕王阁,高宗时洪州官吏于此大宴宾客,王勃路过期间,恰逢其胜,即席成文。

文章第一部分先写此地物华天宝、人杰地灵,既有地理的优势也有文化的昌盛,对宴会的主人和宾客都作了描写和称赞。第二部分进而描写滕王阁周围的环境与眼中所见之风景。时值秋高气爽的九月,在崇山峻岭中驾着马车寻访美好的风景。这里层峦叠嶂青翠欲滴,这里潭水清澈、云霭美丽。高峻的楼阁丹彩飞流,白鹤、野鸭在附近的小洲栖息,华丽的楼阁跟起伏的山峦配合有致。在这里,山峰平原尽收眼底,山川湖泊令人惊叹。还有那些人烟密集的里巷屋舍,富贵人家的豪华气象,繁忙的渡口,连片的船舶,都能一览无余。雨过天晴之际,阳光普照,天空明朗。孤雁飞翔落霞绚烂,秋水长空浑然一色。渔船唱晚响彻鄱阳湖畔,水边断断续续传来雁群的叫声。接下来,文章开始抒发内心的感受与慨叹。登高远望令人胸怀舒畅、逸兴生发,让人想起睢园、邺下的雅集也是如此。有良辰美景,有赏心乐事,有贤主嘉宾,能够在闲暇里尽情欢乐。然而天空如此高远、大地如此辽阔,宇宙浩瀚无穷无尽,诗人突然从美景和欢乐中感悟到事物的兴衰皆有定数,人生的命运又如何掌控?联想到自身的遭际,诗人突然悲从中来。他列举了冯唐、李广、贾谊、梁鸿等怀才不遇、命运多舛的历史人物,表述自己品行高洁、空有壮志却报国无门的叹惋。

文章描绘滕王阁壮丽恢弘的气象,极尽笔墨描摹周遭如诗如画的风景,状写宴会之盛、雅集之乐,留下了"落霞与孤鹜齐飞,秋水共长天一色"这样写景的名句与"天高地迥,觉宇宙之无穷;兴尽悲来,识盈虚之有数"这样充满哲思的经典。全文典雅富丽、意境开阔、情景交融,堪称胜境。

三、对比阅读

美国自然文学作家苏珊·库柏(Susan F. Cooper, 1813—1894)的文集《乡村时光》以日记的形式,描写家乡四季的自然景观,并在其中表达了对人与自然关系的感悟。库柏留学归国后,定居于纽约州库珀斯敦一带,常常漫步于乡村的田野、小路、河畔、山间,以画家的视角、诗人的笔触写就了这本描写乡野美景的《乡村时光》。

乡野的春天生机勃勃又安恬静谧,"下午,从山坡上望去,山谷十分秀丽。碧绿的麦田泛着光芒,有的呈金绿色,有的呈深绿色。这一季,近一半的农田被耕种,农场看上去宛如新造的花园。当我们在宁静空旷的暮色中肃立时,一只孤独的鸟儿唱起了悦耳的歌,打破了沉寂"[1]。秋天也五彩斑斓、欣欣向荣,"每一棵树木都身披华丽的秋装……坐落于金黄及深红色树林中的蓝色湖泊,其色泽在这个时节格外湛蓝……再将你的目光投向淡蓝色的、无云的天空;然后扪心自问:……在世上还有何人能一眼望去,看到如此壮丽、如此博大、如此多变的景观?"[2]即使是肃穆的冬天,在库柏的笔下也不失华美与壮丽,"山丘与山谷,农场与森林,树木与住宅,闲置的荒地,拥挤的街道无不银装素裹;雪给万物披上了非人工所能成就的洁白的盛装"[3]。苏珊·库柏用沉静优雅的文字描写乡野四季的美丽,也表达出自身

---

[1] 程虹《美国自然文学三十讲》,外语教学与研究出版社,2017年,第215页。
[2] 同上书,第218页。
[3] 同上书,第219页。

对田园和自然的喜爱与守望。

　　苏珊·库珀的父亲詹姆斯·库珀以创作边疆文学著称,他的作品多讲述在荒野中开垦、定居、与殖民主义者战斗等充满英雄主义的人物故事。其代表作有系列长篇小说《皮袜子故事集》,如《最后的莫希干人》《大草原》等。苏珊在父辈的耳濡目染之下,也对大自然充满热爱。她笔下的乡村有着令人赏心悦目、心向往之的美好,这也是她平和、宁静、朴素的心境的映照。

（第八篇）禅　境

一、文本阅读

过　香　积　寺
王　维

不知香积寺,数里入云峰。
古木无人径,深山何处钟。
泉声咽危石,日色冷青松。
薄暮空潭曲,安禅制毒龙。

题破山寺后禅院
常　建

清晨入古寺,初日照高林。
竹径通幽处,禅房花木深。
山光悦鸟性,潭影空人心。
万籁此都寂,唯余钟磬音。

寻南溪常山道人隐居

刘长卿

一路经行处,莓苔见履痕。
白云依静渚,春草闭闲门。
过雨看松色,随山到水源。
溪花与禅意,相对亦忘言。

天竺寺送坚上人归庐山

白居易

锡杖登高寺,香炉忆旧峰。
偶来舟不系,忽去鸟无踪。
岂要留离偈,宁劳动别容。
与师俱是梦,梦里暂相逢。

二、导读与赏析

1. 作者简介

王维(701—761),字摩诘,号摩诘居士。河东蒲州(今山西永济)人,唐代诗人、画家。王维参禅悟理,精通诗书音律,尤擅山水田园诗歌,常有澄澈空明之境,有"诗佛"之称。

常建(708—765),字少府,祖籍荆州,唐代诗人。诗歌风格接近王孟,意境清幽,境界超远,有《常建集》传世。

刘长卿(生卒年不详),字文房,宣城(今属安徽)人,唐代诗人。诗歌长于五言,有《刘随州集》传世。

白居易(772—846),字乐天,号香山居士,祖籍山西太原。唐代伟大的现实主义诗人,诗歌题材广泛,语言平易通俗。有《白氏长庆集》传世,代表作有《长恨歌》《卖炭翁》《琵琶行》等。

2. 作品导读

印度佛教与中国本土思想的结合从魏晋时代开始日益紧密,到唐代更是形成了具有中国特色的禅宗思想。明心见性的精神追求与随缘任运的人生理想在士大夫群体中产生了极为深刻的影响。因此,唐代的诗人在创作的思想维度和艺术境界上都发生了新的变化,清净澹泊、宠辱不惊的人生态度,与澄澈宁静、幽远深邃的自然风景成为他们体察禅境、领悟禅心的追求与载体。

《过香积寺》写诗人的一次随性探访。只见山峰耸立、云雾缭绕,古木参天却人迹罕至。寺庙的钟声从深山中传来,山泉流过危石发出幽咽的声音,照射青松的日光也仿佛融入几分冷寂。潭水如此清澈,唯有佛法不但可以制服毒龙,还能克制人的妄念邪思。全诗写幽僻清冷的山中景色,更写出虚空宁静的禅境。

《题破山寺后禅院》则直接描写禅院的景色。初入古寺,树木苍郁、修竹茂盛、阳光灿烂,一派安宁静谧的景象。从小径入禅房,惊喜地发现这里花木繁盛、生机盎然,有着超凡脱俗的生趣。这里湖光山色令鸟儿喜悦,也能涤荡人的心胸。在一片万籁寂静中只听到钟磬之声袅袅传来。

《寻南溪常山道人隐居》写诗人的一次不遇的拜访。一路行来,只见苔痕遍布、白云依依,而蓬门紧闭、春草茂盛,显然隐居的道人外出久已。来访不遇却丝毫没有影响诗人的心境,那雨后苍翠的松色,那随着曲折的山路不知在何处的水源,还有溪边的野花,都让人在宁静的观照中,领略到自然的禅意。

《天竺寺送坚上人归庐山》是诗人在天竺寺送别坚上人返回庐山的情景。尽管依依惜别,不舍旧友,然而这世间万物本是幻象,红尘俗世本来虚空,又何必执着于一时一地的相逢与相守?聚散离别既是缘分也是妄念,心无挂碍,翩然而去,无需烦恼与痛苦。

葛兆光先生曾言禅宗"不大有迷狂式的冲动和激情,有的是一种体察细微、幽深玄远的清雅乐趣,一种宁静、纯净的心的喜悦"[1]。因此,中国式的自然山水以禅的方式在诗人的艺术境界中获得了灵性的生命,呈现出清净优美、圆融澄澈、空灵虚静的美感特质。

三、对比阅读

除了中国,禅境在东方文学的作品中并不鲜见。印度的梵文诗歌、日本的俳句文学,乃至禅学传至欧美后,空灵寂静、自在自性的境界追求在文学、音乐、绘画、雕塑、摄影等艺术领域掀起一股令人瞩目的东方浪潮。

如印度的《伐致呵利三百咏》中的第一百八十首:"心啊!离开这声色密林,烦恼聚集处,趋向那寂静本性,幸福道路,刹那消除一切痛苦,放弃自己的波浪般不定生涯,勿再迷恋浮生欢乐,此刻就该将心定住。"[2]诗歌直指尘世的喧嚣,认为俗世的生活是烦恼和痛苦的来源,只有追求安定的心境、回归寂静的本性,不再迷恋稍纵即逝的欢乐,才能够获得自由和解脱。《云使》"看到迦昙波花的半露的黄绿花蕊,和处处沼泽边野芭蕉的初放的蓓蕾,嗅到了枯焦的森林中大地吐出的香味,麋鹿就会给你指引道路去轻轻洒水"[3],花朵和蓓蕾、森林和大地的香味,还有精灵般的麋鹿,这和谐安详的景象包蕴了万物归一的境界。

再如松尾芭蕉的俳句《古池》"古池旁,青蛙一跃遁水音"[4],短短两句,却蕴含了人生与宇宙的无限哲思。夏日炎炎、古池幽寂,一只青蛙跳入池中,水声溅起、涟漪泛开。打破寂静的青蛙,在它的纵起一跃之后,反而加深了古池的寂静。故而,周裕锴先生评价《古池》

---

[1] 葛兆光《禅宗与中国文化》,上海人民出版社,1986年,第122页。
[2] 伐致呵利著,金克木译《伐致呵利三百咏》,人民文学出版社,1982年,第81—82页。
[3] 迦梨陀娑著,金克木译《云使》,人民文学出版社,1956年,第3页。
[4] 松尾芭蕉著,田原、董泓每译《松尾芭蕉俳句选》,上海文艺出版社,2019年,第63页。

"写静中之动,寂中之音,艺术风格直逼王孟胜境"[1]。

即使是在21世纪的欧洲,我们同样能够读到意境相似的作品。如法国诗人博纳富瓦的《雪》"她来自比道路更远的地方,她触摸草原,花朵的赭石色,凭这只用烟书写的手,她通过寂静战胜时间"[2],雪落无声,她触摸和遮蔽世界的一切,在无限的寂静中连时间也仿佛停止,只剩下永恒的宁静。

本章实训小课题

以"境界"为主题开展一次文艺沙龙活动,选择以各类境界为表现对象、表现主题的文学艺术作品,分享作品并谈谈自己对"境界"的理解与体悟。

要求:分组进行,作品的选择与分享主题明确,有自己的思考与体悟,兼顾小组内部的讨论与小组之间的交流。语言表达准确流畅,条理和逻辑清楚,有一定的创造性。

---

[1] 周裕锴《中国禅宗与诗歌》,复旦大学出版社,2017年,第363页。
[2] 高兴主编《诗歌中的诗歌:〈世界文学〉诗歌精选》,译林出版社,2010年,第289页。

第五章
生活——烟火人间

题记

生活是一种绵延不绝的渴望,渴望不断上升,变得更伟大而高贵。

——[法]杜伽尔

导语

在中外文学艺术中，生活是艺术家们笔下重点描摹的对象，一个好的文学作品、艺术作品，往往体现在对生活细节的生动刻画上，使欣赏者能够感其受、会其意、动其情。鲜活的生活各式各样，"茶磨山前水似苔，红妆队队踏青回"是生活，"五花马，千金裘，呼儿将出换美酒"亦是生活，"群贤毕至，少长咸集"也是生活。世间万物中唯有生活是不断包裹在人的周围，如影相随，人对于生活的领悟与向往往往是文学艺术作品产生的原初动力之一。本章以生活的某个侧面为切入点，选取与之相对应的文学篇章进行导读与赏析，并对相似主题的中西文学文本进行对比阅读。希望读者能够通过对这些作品的阅读与欣赏更加了解生活、领悟生活的意义。

（第一篇） 雅 集

一、文本阅读

兰 亭 集 序

王羲之

永和九年，岁在癸丑，暮春之初，会于会稽山阴之兰亭，修禊事也。群贤毕至，少长咸集。此地有崇山峻岭，茂林修竹，又有清流激湍，映带左右，引以为流觞曲水，列坐其次。虽无丝竹管弦之盛，一觞一咏，亦足以畅叙幽情。

是日也，天朗气清，惠风和畅。仰观宇宙之大，俯察品类之盛，所以游目骋怀，足以极视听之娱，信可乐也。

夫人之相与，俯仰一世。或取诸怀抱，悟言一室之内；或因寄所托，放浪形骸之外。虽趣舍万殊，静躁不同，当其欣于所遇，暂得于己，快然自足，不知老之将至；及其所之既倦，情随事迁，感慨系之矣。向之所欣，俯仰之间，已为陈迹，犹不能不以之兴怀，况修短随化，终期于尽！古人云："死生亦大矣。"岂不痛哉！

每览昔人兴感之由，若合一契，未尝不临文嗟悼，不能喻之于怀。固知一死生为虚诞，齐彭殇为妄作。后之视今，亦犹今之视昔，悲夫！故列叙时人，录其所述，虽世殊事异，所以兴怀，其致一也。后之览者，亦将有感于斯文。

——吴楚材、吴调侯选注，施适点校《古文观止》，上海古籍出版社，2016

二、导读与赏析

1. 作者简介

王羲之(303—361)，字逸少，琅琊临沂(今山东省临沂市)人。东晋大臣，因官至右军将军，故人称"王右军"。王羲之也是著名的书法家，擅长行书、草书、楷书等各种书体，书写风格独特。在书法史上与钟繇并称"钟王"，与其子王献之合称"二王"。

2. 作品导读

《兰亭集序》写于永和九年(353)，其时王羲之与谢安、孙绰等友人雅聚于兰亭，曲水流觞，饮酒赋诗。期间众人诗兴勃发，创作了许多诗文，而《兰亭集序》则是王羲之为此次雅集所赋诗文集所写的序。《兰亭集序》除了在文学上极具思想与艺术价值以外，其本身也是一幅书法造诣非常深厚的书法作品，被誉为"天下第一行书"。

序的开篇，作者交代了集会的时间、地点、人物以及聚会的缘由，接着开始描绘了兰亭周围的自然环境，作者以从远到近的观察顺序进行描写，远处崇山峻岭，郁郁葱葱；近处清澈溪流，环绕四周。接着又描写身边人物的活动及情态，一觞一咏，畅叙幽情。下一段由自然景色的描写进而扩展到对宇宙之大、品类之盛的感慨,给人一种由小到大,由近及远的不断推进之感。

最后两段作者从叙景转而抒情,在仰望到天地间的广阔,俯察到了万物的繁多之后,作者感到游目骋怀十分高兴。但是下一秒作者就在繁华中看见落寞,由眼前的美好景象生发出了对人生短暂,无常的感慨:人作为一个终有寿时的生命体,在面对着永恒的自然、宇宙时,显得十分脆弱与渺小。既然人的一生在俯仰之间,转瞬即逝,那么人在面对这样的生命本质时该作何应对?魏晋时期,在老庄思想的影响下玄学清谈十分盛行,当时的士族文人们对庄子在《齐物论》中所表达的思想观念非常赞同,认为万物同一,生死无异,因此采取放浪形骸的方式消极应世。王羲之本人在当时虽然也受到玄学思想的影响,但他在政治与人生观方面并不提倡对所有事物都持消极、毫不在意的态度,他曾说"虚谈废务,浮文妨要"[1],意思是清谈会导致政务荒废,虚文会妨碍正事。因此在最后一段王羲之强调"故知一死生为虚诞,齐彭殇为妄作",认为将生与死等同的观点是虚妄的,人生虽短暂但是也需要认真地对待,表达了一种肯定生命价值,积极向上的人生观。

三、对比阅读

古往今来,中外文人皆有雅集之传统。在国外,文人聚会常常以沙龙形式举行。在许多因文人雅集而创作出著名文学作品的故事里,《梅塘之夜》的诞生与《兰亭集》有着相似之处。1879年的一个夏夜,一群拥护自然主义的作家聚集在左拉在梅塘新买的别墅,这些作家分别是阿莱克西、于斯曼、莫泊桑、塞阿尔和埃尼克等,这群人性情相近,志趣相投。这晚在闲谈中众人聊到了文学创作时,各抒己见,谈得十分热烈,于是左拉提议接下来的几天不妨每一个人讲一个故

---

[1] 刘义庆著,崔朝庆、叶绍均选注,刘艺校订《世说新语》,崇文书局,2014年,第20页。

事,并且第一个人所讲故事框架将作为后面的人讲述的故事框架,大家需要把不同的历险故事放置在同一背景之中。

左拉第一个讲,讲述了一个普通的磨坊人家在普法战争中英勇地对抗普鲁士侵略者的故事(《磨坊之战》),因此左拉确定了大的故事框架与背景,即所有的故事都需要以普法战争为背景。第二个是莫泊桑,莫泊桑讲述了在普法战争期间一个妓女跟一群道貌岸然的贵族老爷太太们一起逃亡港口期间所发生的事情(《羊脂球》);于斯曼接着讲述了普法战争中一个别动队士兵悲惨命运的故事(《背包在肩》);然后塞阿尔再现了巴黎围困战的情景(《放血》);埃尼克通过妓院的围困战以及对妓院姑娘的屠杀向大家展示了人性中野蛮粗暴的一面(《大七之战》);最后阿莱克讲了一个高个子女人前往战场收拾自己丈夫的尸体,最后被一个伤兵同时也是一个神甫感化的故事(《战役之后》)。

这些故事后来被结集出版,即后来的《梅塘之夜》。当时《高卢人报》的社长在出版《梅塘之夜》时,曾向莫泊桑询问该书最初来源的一些细节,于是莫泊桑写下了这篇《〈梅塘之夜〉这本书是怎么诞生的》来介绍这次雅集的过程与《梅塘之夜》这部书诞生的前后背景。

(第二篇) 宴 会

一、文本节选

不久就发出了宴请帖子,本内特太太早已计划好了各道菜,都是能为她挣得持家有方的美名的,可是回信一来却把这一切都推迟了。宾利先生第二天一定要到城里[1]去,因此无法接受他们的盛情邀

---

[1] 指去伦敦。

请,如此等等。本内特太太甚是焦虑不安。她无法想象,宾利先生刚到哈福德郡不久,究竟会有什么要事得马上又进城。于是她担起心来:他也许老是东跑西颠,而不会安分地住在内瑟菲德庄园。卢卡斯夫人灵机一动,想到他上伦敦只是为了弄一大帮人来参加舞会,这才让本内特太太稍稍放了心。紧接着消息就传开了,说宾利先生还要带十二位女宾和七位男宾来参加舞会,这么多女宾让太太小姐们很是发愁,但是到舞会的前一天,又听说他从伦敦并没带来十二位女宾,而只是六位,其中五位是他的姐妹,另一位是他的表姐妹,大家这才松了口气。等到这一行人进舞会会场,却一共只有五个:宾利先生,他的两个姐妹,他的姐夫,还有另一位年轻人。

宾利先生仪表堂堂,具有绅士风度,而且满面春风,平易近人,毫不装腔作势。他的姐妹也都仪态万方,言谈举止入时随分。他姐夫赫斯特先生看来不过是个上流社会的绅士而已,但是他的朋友达西先生身材魁伟,相貌英俊,气宇轩昂,很快就引起了整个舞厅的注目。他进来还不到五分钟,消息就传开了,说他每年有万镑收入。先生们断言他一表人才,有男子气概;太太小姐们宣称他比宾利先生英俊得多。差不多有半个晚上,大家都用羡慕的目光盯着他,一直到后来他的举止引起了大家的厌恶,又使他这阵走红急转直下,因为大家发现他傲慢自大,高人一等,难于接近,就算他在德比郡广有产业,也无法抵消他那副极其可畏可憎的面目;他同他的朋友简直无法相提并论。

宾利先生不久就结识了在场的所有主要人物;他生气勃勃,直率洒脱,每场舞都跳,还因为舞会散得太早而不高兴,说他要亲自在内瑟菲德再举行一次舞会。这些可亲可近的品性,不言自明。他和他的朋友真有天壤之别!达西先生只和赫斯特太太跳过一场,和宾利小姐跳过一场,人家向他介绍别的哪位太太小姐,他都一概谢绝。整个晚上其余的时间,他都在舞厅里到处溜达,偶尔跟他自己那一帮人中的一位聊聊。他的脾气果断倔强。他是世界上最骄傲自大,最讨人厌的人了,谁都希望他切勿再次光顾。本内特太太就属于对他最为反感的人之一。她讨厌他整个的言谈举止,又因为他曾经小看过她的一位千金,对他更是变本加厉地憎恶。

因为男宾人少,有两场舞伊丽莎白·本内特只好枯坐一旁,就在这段时间,达西先生有一会儿工夫站在离她很近的地方,她无意中听到他同宾利先生的一段谈话,那会儿宾利先生没有跳舞,走过来催这位朋友去跳。

"来吧,达西,"他说,"我一定得让你跳。我见不得你愣头愣脑独自呆着那副样子。你顶好还是去跳舞。"

"我决不跳。你知道我多恨跳舞,除非我跟舞伴特别熟。像这样的舞会,简真让人待不下去。你的两位姐妹都搭好了伴儿,跟这座舞厅里随便哪个别的女人跳,没有不让我活受罪的。"

"我可不像你那样吹毛求疵,"宾利大声说,"太犯不上。凭良心说,我这辈子也没见到像今天晚上这么多顺眼的姑娘;其中有几位,你看,真是非同寻常地俊俏。"

"你的确是在和舞厅里唯一标致的姑娘跳。"达西先生一边说,一边看着本内特家的大小姐。

"哦,她的确是我所见过的绝色美人儿!可是她有个妹妹就坐在你后面,也非常漂亮,我敢说,也很可爱。让我求我的舞伴给你介绍吧。"

"你指的是哪一位?"达西说着转过身去,朝伊丽莎白看了一会儿,等碰到她的目光,他才收回自己的目光,冷冷地说,"她还算可以,但是还没有标致到能让我动心。我现在可没有那种兴致,向那些遭到别的男士白眼的年轻小姐投去青睐。你最好还是回到你的舞伴那儿去欣赏她的笑容,跟我一起只是浪费时间。"

——简·奥斯丁著,张玲、张扬译《傲慢与偏见》,人民文学出版社,2015 年

二、导读与赏析

1. 作者简介

简·奥斯丁(Jane Austen,1775—1817),英国著名女作家。奥斯丁一生未婚,她创作的小说却基本以"婚姻爱情"为主题。奥斯丁一生只创作了 6 部长篇小说,其中生前发表的四部作品(《理智与情感》《傲慢与偏见》《桑斯菲尔德庄园》《爱玛》),因当时英国文坛对女性作家的歧视和小说地位的低下,均署名为匿名。后两部《诺桑觉寺》《劝导》在奥斯丁死后出版,才第一次署上了简·奥斯丁的真名。奥斯丁的小说以语言幽默讽刺,视角独特细腻而著称。

2. 作品导读

在简·奥斯丁的所有作品中,最受普通读者欢迎的就是《傲慢与偏见》。在 2007 年英国"世界书日"上,《傲慢与偏见》被读者评选为英国"十大不可或缺的书"之首。《傲慢与偏见》以爱情、婚姻为素材,讲述班纳太太操心五位待字闺中的女儿们的婚事,为女儿们寻觅如意郎君的故事。女主人公伊丽莎白是班纳家的二女儿,在与男主人公达西见面之前,伊丽莎白便听闻达西是一位极度傲慢之人。后来在一次舞会上伊丽莎白与达西结识,达西果真表现得十分傲慢,这使伊丽莎白对达西产生了偏见。其实达西是因为认为接近他的女性都觊觎他的财富,所以表现得十分傲慢。后来随着故事的发展,彼此深入地了解之后,伊丽莎白放下了对达西的偏见,达西也不再傲慢,最后有情人终成眷属。

"宴会"是 19 世纪人们社交、娱乐的重要方式之一,也是当时贵族们扩大交际圈,展现贵族、绅士阶层生活的重要途径与窗口。在日常生活中宴会往往与舞会联系在一起,二者密不可分。在《傲慢与偏见》中,主要人物之间的会面与情感发展几乎都是通过宴会与舞会来完成的,因此在小说中宴会与舞会承载着非常重要的社交功能。节选内容便是通过宾利与达西在舞会中的表现,刻画出宾利和善的性格与达西傲慢无礼的性格。同时这次舞会也是达西第一次与伊丽莎白会面,傲慢的达西在这次舞会上并未给伊丽莎白留下良好的印象,反而固化了伊丽莎白对达西的偏见。其次,宴会还能够作为人物关系与形象变化的联结点与展示平台,起到推动情节发展的作用。如达西与伊丽莎白两人之间的感情发展从最开始的反感到最后的互相爱慕,两人变化的内心情感是通过作品中不同宴会上的言语交流、情感交流等侧面展示出来的。当然,宴会在一定程度上还能折射出当时的社会状况,如社交礼仪、阶级状况、社会风俗等方面。

三、对比阅读

在中国文学史上,有许多描绘宴饮场景的文学作品,仅《诗经》中就有《鹿鸣》《伐木》《常棣》《宾之初筵》《南有嘉鱼》等篇章,其中《鹿鸣》最为著名。《鹿鸣》是《小雅》的第一篇,被视为《诗经》"四始"之一。《鹿鸣》全诗共三章:"呦呦鹿鸣,食野之苹。我有嘉宾,鼓瑟吹笙。吹笙鼓簧,承筐是将。人之好我,示我周行。呦呦鹿鸣,食野之蒿。我有嘉宾,德音孔昭。视民不恌,君子是则是效。我有旨酒,嘉宾式燕以敖。呦呦鹿鸣,食野之芩。我有嘉宾,鼓瑟鼓琴。鼓瑟鼓琴,和乐且湛。我有旨酒,以燕乐嘉宾之心。"[1]一群麋鹿在水边悠闲地吃着野草,不时发出呦呦的鸣叫,此起彼伏,和谐悦耳。在这样闲适悠然的环境中,"我"正与一群尊贵的客人在一起聚会,大家弹琴吹笙,品尝美酒,其乐融融。全诗每一章开头都以鹿鸣起兴,继而在首章描写奏乐赠礼,第二章描写同饮美酒,最后一章既奏乐又饮酒,众人共乐之。情绪依次递进,气氛也在最后达到了高潮,众人言笑宴宴,麋鹿呦呦鸣叫,自然与人相互映照,呈现出一片欢快祥和的景象。

在我国经传注集等阐释文本中,对《诗经》的阐释常常与政治礼乐文化相关联,《诗序》:"《鹿鸣》,燕群臣嘉宾也。即饮食之,又实币

---

[1] 党秋妮编译《诗经》,三秦出版社,2018年,第88页。

帛筐筐,以将其厚意,然后忠臣嘉宾得尽其心矣。"[1]君王宴请群臣嘉宾,不仅给他们准备了丰富的菜肴,还用筐筐盛着币帛之类的礼物送给他们,希望他们能够尽心忠君。朱熹《诗集传》认为:"岂本为燕群臣嘉宾而作,其后乃推而用之乡人也欤?"[2]意思是这首诗原本是君王宴请群臣时所唱,后来逐渐推广到民间,民间举行宴会时也可吟唱。因此在中国的传统文化中"呦呦鹿鸣"最开始被定型为君臣和睦的象征,指代君王宴饮群臣以维持君臣之间的和睦关系,后来泛指宾主之间的和谐聚会。

(第三篇) 踏 青

一、文本阅读

钱塘湖春行

孤山寺北贾亭西,水面初平云脚低。
几处早莺争暖树,谁家新燕啄春泥。
乱花渐欲迷人眼,浅草才能没马蹄。
最爱湖东行不足,绿杨阴里白沙堤。

——白居易著,喻岳衡点校《白居易集》,岳麓书社,1992年

二、导读与赏析

1. 作者简介

白居易(772—846),字乐天,号香山居士,祖籍山西太原。唐代伟大的现实主义诗人。诗歌题材广泛,语言平易通俗。有《白氏长庆

---

[1] 史应勇《〈毛诗〉郑王比义发微》,华夏出版社,2016年,第193页。
[2] 朱熹集注《诗集传》,上海古籍出版社,1980年,第100页。

集》传世,代表作有《长恨歌》《卖炭翁》《琵琶行》等。

2. **作品导读**

"踏青"是中国传统文化中历史十分悠久的节令性的民俗活动,早在西周时期,就已经有了迎春郊游的礼制,在春秋战国时期形成了比较固定的上巳节。《论语·先进》中记载:"莫春者,春服既成,冠者五六人,童子六七人,浴乎沂,风乎舞雩,咏而归。"[1]便是记述当时踏青时的盛况。

关于春天踏青的题材,历代文人墨客都留下了数不胜数的吟咏诗作,白居易的这篇《钱塘湖春行》便是其中的典型代表。《钱塘湖春行》这首诗写于白居易担任杭州刺史期间。当时朝中出现朋党之争,白居易不愿参与其中,于是主动请求外放。到达杭州之后,白居易励精图治,采取兴修水利、奖励农耕等措施,将杭州治理得井然有序、欣欣向荣,白居易也因此深受百姓爱戴。早春时节,白居易来到钱塘湖(即西湖)踏青,这时的他心情愉悦舒畅,由此写下了这首对钱塘湖的歌咏之作。全诗以钱塘湖初春景色为描绘对象,通过湖水、早莺、新燕、乱花、浅草等意象,将初春的气息与勃勃生机生动形象地展示了出来。诗的首联"孤山寺北贾亭西,水面初平云脚低",前一句诗人用孤山寺、贾亭两处古迹来标记出钱塘湖的地理方位,后一句描写钱塘湖的湖光水色:春雨过后,湖水初涨,水面与堤岸齐平,空中漫卷的白云与荡漾的湖面连天一片,水天相接,给人无限广袤之感。首联描写静景,颔联则从静到动,先写仰视所见的"几处早莺争暖树,谁家新燕啄春泥",显示出春天的勃勃生机。接着颈联"乱花渐欲迷人眼,浅草才能没马蹄"描写俯视所见的花草,因早春百花还未盛开,而是东一团、西一簇,是之为"乱";春草也还未见茂盛,是之为"浅";"渐欲"与"才能"是诗人对所见景物的感受,进一步表明当时出游的时令。最

---

[1] 孔子著,杨伯峻、杨逢彬注译《论语》,岳麓书社,2000年,第104页。

后尾联以一句"最爱湖东行不足,绿杨阴里白沙堤"表达了诗人最爱的是湖东沙堤、绿杨荫里等美景,以"行不足"说明自然景物美不胜收,诗人之意犹未尽。

三、对比阅读

西方民俗中虽然没有"踏青"的说法,但是对于春日初临,万物苏醒,生机勃勃的景象的喜爱却是中外作家诗人们共同的感受。戈蒂耶的《春天最初的微笑》便与这首《钱塘湖春行》有着相通的诗心。戈蒂耶是19世纪法国著名的诗人,早年发表的诗作具有浪漫主义的特点,曾公开在雨果的《欧那尼》戏剧上演时,身穿红背心,为雨果摇旗呐喊,而《欧那尼》的成功上演也标志着法国浪漫主义对古典主义的最终胜利。1836年长篇小说《莫班小姐》出版,序言中戈蒂耶提出"为艺术而艺术"的主张,强调艺术应独立于道德与政治之外,保持纯粹的文学的审美性特征,不掺杂任何功利的因素,这样的美才是永恒的。这一观点对20世纪的唯美主义文学思潮产生了非常重要的影响。

《春天最初的微笑》这首诗以热烈欢快的笔调描绘了春天初临时既可爱又美妙的图景。诗人将三月拟人化,巧妙地利用比喻,描写"他"为了迎接四月阳春的到来,悄悄进行的一系列的劳动:如"他替那些小朵雏菊,偷偷烫平了领饰"[1],"拿着天鹅羽扑转圈,给杏树扑上了粉衣"[2],"给玫瑰花蕾都系好绿丝绒的紧身衣衫"[3],"把雪花莲撒在草地,又把堇菜撒在树林"[4],"他用手正隐而不露剥落铃兰的银铃铛"[5],等等。因为戈蒂耶描写的是三月的初春,因此短暂的

---

[1] 许自强、孙坤荣主编《世界名诗鉴赏大辞典》,商务印书馆国际有限公司,2018年,第383页。
[2] 同上。
[3] 同上。
[4] 同上。
[5] 同上。

三月过后便迎来了阳春的四月,在三月忙完那些活动之后,"他的统治尾声已近,回头转向四月大门,他说:'春天,请你来临!'"[1]初春虽然十分短暂,但"他"却使春回大地,万象更新。整首诗呈现出一种欢快的心情与氛围,表达了作者对初春的来临的欢欣雀跃,对即将到来的阳春四月热烈欢迎。

(第四篇) 品 茶

一、文本阅读

一字至七字诗·茶

以题为韵,同王起诸公送白居易分司东郡作

茶。

香叶,嫩芽。

慕诗客,爱僧家。

碾雕白玉,罗织红纱。

铫煎黄蕊色,碗转曲尘花。

夜后邀陪明月,晨前命对朝霞。

洗尽古今人不倦,将知醉后岂堪夸。

——元稹著,吴伟斌辑佚、编年、笺注《新编元稹集》,三秦出版社,2015年

二、导读与赏析

1. 作者简介

元稹(779—831),字微之,河南洛阳人,别字威明,唐代文学家。

---

[1] 许自强、孙坤荣主编《世界名诗鉴赏大辞典》,商务印书馆国际有限公司,2018年,第384页。

长庆二年(822)他与裴度同时拜相,后出为同州刺史,入为尚书右丞,最后因疾病逝于武昌军节度使任所。元稹与白居易共同倡导了"新乐府运动",诗歌语言通俗,针砭时弊,与白居易共创"元和体",并称"元白"。现存诗作八百余首,有《元氏长庆集》传世,撰有传奇《莺莺传》。

2. **作品导读**

我国是茶树原产地,种茶、烹茶、品茶历史悠久,由此形成了以"茶"为主的茶文化,品茶也成为了一种优雅与闲适的艺术享受。而关于"茶"的主题,文学史上也有非常多著名的诗文著作,其中元稹的《一字至七字诗·茶》这首诗读来朗朗上口,极具音乐性,又因其形似"宝塔"而独具特色。根据诗题下小注,这首诗是写于送别白居易的送别宴上,当时白居易要分司东郡[1],元稹、王起等朋友一起在兴化亭设宴为白居易送别。当时一字至七字诗很流行,时常在宴席中作为游戏助兴,在此次宴席中就有人提出以"一字至七字"作一首咏物诗,以题为韵。席间大家各展身手,有人赋"花",有人赋"竹",有人赋"山",有人赋"月",等等,元稹便创作了这首著名的咏茶诗。全诗一开头,开门见山,直接用"茶"一字点出主题,接着第二句用"香叶,嫩芽"揭示茶最初的形态,用"香"与"嫩"来形容茶叶的气味与质地。第三句"慕诗客,爱僧家"是说茶深受"诗客"和"僧家"的爱慕与喜欢,将茶与诗客、僧侣相联系,说明茶叶的受众,并且说明唐代的茶文化与诗歌、佛教都有着密切的联系,揭示出当时的时代特征。第四句、五句"碾雕白玉,罗织红纱。铫煎黄蕊色,碗转曲尘花"主要说明的是制茶、烹茶的步骤与工艺。古代的茶在烘干之后常常压制成饼状,烹制时需用白玉雕成的碾子把茶饼碾碎,再用细密的红纱织成的茶箩把茶末筛掉,最后将茶叶放到带柄有嘴的小锅中煎煮,煎煮成黄蕊色时冲到茶碗里,明亮如花。第六句"夜后邀陪明月,晨前命对朝霞",不

---

[1] 东郡即洛阳。

论夜晚一同赏月还是清晨早起看朝霞时都会饮茶,说明茶日夜相伴,使用范围广。最后一句"洗尽古今人不倦,将至醉后岂堪夸"说明饮茶还具有醉后醒酒的功用。

整首诗以一个"茶"字点题,然后依次递增有关茶的信息,如茶之香味、形状、受众、制作方法、煎煮方式、功效等。层层递进,结构明晰,且形式独特,别具一格。

三、对比阅读

在16世纪以前,西方人几乎不知茶为何物。16世纪中叶,一位威尼斯学者在著作中第一次介绍了茶树,由此开始了西方人对茶的认识。不过茶一开始并没有得到西方社会的广泛认同,甚至有很多人害怕茶叶有害,不敢贸然饮用。据说18世纪的一位瑞典国王就曾做过一个很有意思的实验,他让一对被判死刑的双胞胎分别饮用咖啡和茶,然后观察二人是否会中毒身亡,结果二人不仅没有短命,反而还都活到了八十多岁。这次实验为茶叶正了名,此后饮茶的风俗开始在西方流行开来。

不过,在欧洲嗜茶最早、饮量最大的还是英国人,最早的饮茶诗也是出自英国诗人埃德蒙·沃勒之手。当时英国处于国王查理二世的统治之下,查理二世的妻子凯瑟琳娜皇后十分喜欢饮茶,饮茶甚至成了她日常生活中的一个不可或缺的部分,她每天下午都会在自己的花园中与友人喝茶谈天。1663年,诗人埃德蒙·沃勒创作了这首《论茶》(又译作《饮茶皇后之歌》),在凯瑟琳娜皇后寿辰之际将其作为礼物献给了她。诗歌以"月神有月桂兮,爱神则为桃金娘;卓越彼二木兮,我后允嘉茶为臧"[1]开头,诗人认为月神的月桂树、爱神的桃金娘都无法与中国茶树相媲美,中国茶树是无与伦比的。接着

---

[1] 凯亚《略说西方第一首茶诗及其他——〈饮茶皇后之歌〉读后》,《茶叶》,1999年第3期。

又描述了"众卉之王"茶叶带给人的功用，如助人凝神、启发诗情等，当然最重要还是"茶叶"适合用来恭祝凯瑟琳娜皇后"万寿无疆"。《论茶》这首诗一经问世，便在当时引起热烈的反响，沃勒也因此诗声名大噪，成为英国著名的古典作家。

（第五篇）饮　酒

一、文本阅读

友谊地久天长

罗伯特·彭斯

怎能忘记旧日朋友，
心中能不怀想，
旧日朋友岂能相忘，
友谊地久天长；

我们曾经终日游荡，
在故乡的青山上，
我们也曾历尽苦辛，
到处奔波流浪；

我们也曾终日逍遥，
荡桨在绿波上，
但如今却劳燕分飞，
远隔大海重洋；

我们往日情意相投，
让我们紧握手，
让我们来举杯畅饮，

友谊地久天长;

友谊万岁,
朋友,友谊万岁!
举杯痛饮,
同声歌颂友谊地久天长。

——刘雨、尤娣编《世界名诗精选365》,河北人民出版社,1994年

二、导读与赏析

1. 作者简介

罗伯特·彭斯(Robert Burns, 1759—1796),苏格兰农民诗人,在英国文学史上占有重要的地位。因家境贫寒,他没有受到过良好的教育,但却在短暂的37年的人生中写出了600多首优美的诗歌,被人称为"天授的耕田汉"。他的诗歌广泛汲取了苏格兰民歌的营养,读来朗朗上口,具有音乐性。诗作往往表达了作者对乡情、友情和爱情的深刻领悟,代表作品《友谊地久天长》《两只狗》《一朵红红的玫瑰》等。

2. 作品导读

"酒"在中外诗歌中往往起到非常重要的作用,在中国古诗中尤甚。中国古诗中"饮酒诗"比比皆是,诗人往往通过"酒"表达个中情感,如喜怒哀乐、悲欢离合等。因中国诗词中"酒"这一意象较为常见与熟悉,所以特意选择了一首国外的有关于"酒"的著名诗歌作为导读对象。"酒"在西方文化中也具有十分悠久的历史,古希腊神话中的狄奥尼索斯便是最先教授人类种植葡萄、酿造葡萄酒的酒神。在西方文化中,酒也常常承载着多种文化功能:如在祭祀活动中用以敬奉神明,在《荷马史诗》中就有许多用酒向神明表示祭奠的记载与描写;又如借酒抒发烦闷情绪,奥维德在《变形记》中就将酒神巴科斯[1]称为"消愁之

---

[1] 希腊神话中酒神狄奥尼索斯的罗马名字。

神";再如以酒浇灌情感,使情感更为浓烈,彭斯的这首《友谊地久天长》便是借"举杯痛饮美酒"表达出对友谊的歌颂与赞美。

诗歌可以作两种理解,一是分隔已久的朋友们相聚一堂,共同回忆过往,并同声祝愿友谊地久天长。诗歌一开篇就以"怎能忘记旧日朋友""旧日朋友岂能相忘"两个反问句肯定了老朋友不能忘,友谊是地久天长的。接着诗人开始回忆与朋友们以前一起度过的欢乐时光:"我们曾终日游荡在故乡的青山上","我们也曾终日逍遥荡桨在绿波上"。虽然现在我们远隔重洋,但相信友谊地久天长,让我们举杯痛饮,共同祝愿友谊地久天长。

二是往日情意相投的朋友,如今即将远隔重洋,但是相信即便相隔千里,我们之间的友谊也将地久天长。

全诗各小节回环往复,节奏明快,情深意重,使我们感受到纵使岁月无情,纵然相隔大海,朋友之间的友谊却地久天长,永不褪色。

三、对比阅读

在借由酒表达友谊诗情这一方面,《送元二使安西》有异曲同工之妙。《送元二使安西》是唐代诗人王维送友人去西北边疆时作的送别诗。因这首诗中所表现的离别之情真挚感人,具有普遍的感染性,后来被编入乐府,专门在离别宴席上进行配乐演唱。末一句因为重复多遍,因此又被称为《阳关三叠》或称《阳关曲》。

"渭城朝雨浥轻尘,客舍青青柳舍新"[1]两句是写景,描绘了渭城新雨后的景象,早上刚下的小雨把空气中的浮尘打湿了,雨后客舍边的柳树因露出青翠的本色而更显清新。这一句是写景,同时又通过写景点出当时的时令、环境和地点。整句给人感觉轻快而富有希望,丝毫不见其他常见送别诗中的哀愁暗淡情绪。后两句"劝君更尽

---

[1] 沈德潜选编,刘福元、杨新我等点校《唐诗别裁集》,河北人民出版社,1997年,第308页。

一杯酒,西出阳关无故人"[1]是抒情,诗人并没有具体描绘出席间离别的场面与众人情态,而是直接以一句祝酒词作为结尾:再喝一杯吧,出了阳关,可能就没有老朋友了。从语言上看,最后这句祝酒词直抒胸臆,毫无雕饰,但是语淡情浓,最为动人,脉脉温情里饱含了诗人无限的挽留与关怀。清代诗人沈德潜评此句道:"阳关在中国外,安西更在阳关外,言阳关已无故人矣,况安西乎?"[2]因此相较于《友谊地久天长》的旷达,王维的这首《送元二使安西》更显悲凉与深情。

（第六篇） 观 戏

一、文本节选

老残从鹊华桥往南,缓缓向小布政司街走去,一抬头,见那墙上贴了一张黄纸,有一尺长,七八寸宽的光景。居中写着"说鼓书"三个大字,旁边一行小字是"二十四日明湖居"。那纸还未十分干,心知是方才贴的,只不知道这是甚么事情,别处也没有见过这样招子。一路走着,一路盘算,只听得耳边有两个挑担子的说道:"明儿白妞说书,我们可以不必做生意,来听书罢。"又走到街上、听铺子里柜台上有人说道:"前次白妞说书是你告假的,明儿的书,应该我告假了。"一路行来,街谈巷议,大半都是这话,心里诧异道:"白妞是何许人?说的是何等样书,为甚一纸招贴,便举国若狂如此?"信步走来,不知不觉已到高升店口。

进得店去,茶房便来回道:"客人,用什么夜膳?"老残一一说过,就顺便问道:"你们此地说鼓书是个甚么顽意儿,何以惊动这么许多

---

[1] 沈德潜选编,刘福元、杨新我等点校《唐诗别裁集》,河北人民出版社,1997年,第308页。
[2] 同上。

的人？"茶房说："客人，你不知道。这说鼓书本是山东乡下的土调，同一面鼓，两片梨花简，名叫'梨花大鼓'，演说些前人的故事，本也没甚稀奇。自从王家出了这个白妞、黑妞姊妹两个，这白妞名字叫做王小玉，此人是天生的怪物！他十二三岁时就学会了这说书的本事。他却嫌这乡下的调儿没什么出奇，他就常到戏园里看戏，所有什么西皮、二簧、梆子腔等唱，一听就会；什么余三胜、程长庚、张二奎等人的调子，他一听也就会唱。仗着他的喉咙，要多高有多高；他的中气，要多长有多长。他又把那南方的甚么昆腔、小曲，种种的腔调，他都拿来装在这大鼓书的调儿里面。不过二三年工夫，创出这个调儿，竟至无论南北高下的人，听了他唱书，无不神魂颠倒。现在已有招子，明儿就唱。你不信，去听一听就知道了。只是要听还要早去，他虽是一点钟开唱，若到十点钟去，便没有坐位的。"老残听了，也不甚相信。

次日六点钟起，先到南门内看了舜井。又出南门，到历山脚下，看看相传大舜昔日耕田的地方。及至回店，已有九点钟的光景，赶忙吃了饭，走到明湖居，才不过十点钟时候。那明湖居本是个大戏园子，戏台前有一百多张桌子。那知进了园门，园子里面已经坐的满满的了，只有中间七八张桌子还无人坐，桌子却都贴着"抚院定""学院定"等类红纸条儿。老残看了半天，无处落脚，只好袖子里送了看坐儿的二百个钱，才弄了一张短板凳，在人缝里坐下。看那戏台上，只摆了一张半桌，桌子上放了一面板鼓，鼓上放了两个铁片儿，心里知道这就是所谓梨花简了，旁边放了一个三弦子，半桌后面放了两张椅子，并无一个人在台上。偌大的个戏台，空空洞洞，别无他物，看了不觉有些好笑。园子里面，顶着篮子卖烧饼油条的有一二十个，都是为那不吃饭来的人买了充饥的。

到了十一点钟，只见门口轿子渐渐拥挤，许多官员都着了便衣，带着家人，陆续进来。不到十二点钟，前面几张空桌俱已满了，不断还有人来，看坐儿的也只是搬张短凳，在夹缝中安插。这一群人来了,彼此招呼,有打千儿的,有作揖的,大半打千儿的多。高谈阔论,说笑自如。这十几张桌子外,看来都是做生意的人,又有些像是本地读书人的样子,大家都喊喊喳喳的在那里说闲话。因为人太多了,所以说的什么话都听不清楚,也不去管他。

到了十二点半钟,看那台上,从后台帘子里面,出来一个男人,穿了一件蓝布长衫,长长的脸儿,一脸疙瘩,仿佛风干福橘皮似的,甚为丑陋。但觉得那人气味到还沉静,出得台来,并无一语,就往半桌后面左手一张椅子上坐下。慢慢的将三弦子取来,随便和了和弦,弹了一两个小调,人也不甚留神去听。后来弹了一枝大调,也不知道叫什么牌子。只是到后来,全用轮指,那抑扬顿挫,入耳动心,恍若有几十根弦,几百个指头,在那里弹似的。这时台下叫好的声音不绝于耳,却也压不下那弦子去,这曲弹罢,就歇了手,旁边有人送上茶来。

停了数分钟时,帘子里面出来一个姑娘,约有十六七岁,长长鸭蛋脸儿,梳了一个抓髻,戴了一副银耳环,穿了一件蓝布外褂儿,一条蓝布裤子,都是黑布镶滚的。虽是粗布衣裳,到十分洁净。来到半桌后面右手椅子上坐下。那弹弦子的便取了弦子,铮铮鈚鈚弹起。这姑娘便立起身来,左手取了梨花简,夹在指头缝里,便丁了当当的敲,与那弦子声音相应;右手持了鼓捶子,凝神听那弦子的节奏。忽羯鼓一声,歌喉遽发,字字清脆,声声宛转,如新莺出谷,乳燕归巢,每句七字,每段数十句,或缓或急,忽高忽低;其中转腔换调之处,百变不穷,觉一切歌曲腔调俱出其下,以为观止矣。

旁坐有两人,其一人低声问那人道:"此想必是白妞了罢?"其一人道:"不是。这人叫黑妞,是白妞的妹子。他的调门儿都是白妞教的,若比白妞,还不晓得差多远呢!他的好处人说得出,白妞的好处人说不出;他的好处人学的到,白妞的好处人学不到。你想,这几年来,好顽耍的谁不学他们的调儿呢?就是窑子里的姑娘,也人人都学,只是顶多有一两句到黑妞的地步。若白妞的好处,从没有一个人能及他十分里的一分的。"说着的时候,黑妞早唱完,后面去了。这时满园子里的人,谈心的谈心,说笑的说笑。卖瓜子、落花生、山里红、核桃仁的,高声喊叫着卖,满园子里听来都是人声。

正在热闹哄哄的时节,只见那后台里,又出来了一位姑娘,年纪约十八九岁,装束与前一个毫无分别,瓜子脸儿,白净面皮,相貌不过中人以上之姿,只觉得秀而不媚,清而不寒,半低着头出来,立在半桌后面,把梨花简丁当了几声,煞是奇怪:只是两片顽铁,到他手里,便有了五音十二律以的。又将鼓捶子轻轻的点了两下,方抬起头来,向台下一盼。那双眼睛,如秋水,如寒星,如宝珠,如白水银里头养着两丸黑水银,左右一顾一看,连那坐在远远墙角子里的人,都觉得王小玉看见我了;那坐得近的,更不必说。就这一眼,满园子里便鸦雀无声,比皇帝出来还要静悄得多呢,连一根针跌在地下都听得见响!

王小玉便启朱唇,发皓齿,唱了几句书儿。声音初不甚大,只觉入耳有说不出来的妙境:五脏六腑里,像熨斗熨过,无一处不伏贴;三万六千个毛孔,像吃了人参果,无一个毛孔不畅快。唱了十数句之后,渐渐的越唱越高,忽然拔了一个尖儿,像一线钢丝抛入天际,不禁暗暗叫绝。那知他于那极高的地方,尚能回环转折。几啭之后,又高一层,接连有三四叠,节节高起。恍如由傲来峰西面攀登泰山的景象:初看傲来峰削壁千仞,以为上与天通;及至翻到傲来峰顶,才见扇子崖更在傲来峰上;及至翻到扇子崖,又见南天门更在扇子崖上;愈翻愈险,愈险愈奇。

那王小玉唱到极高的三四叠后,陡然一落,又极力骋其千回百折的精神,如一条飞蛇在黄山三十六峰半中腰里盘旋穿插。顷刻之间,周匝数遍。从此以后,愈唱愈低,愈低愈细,那声音渐渐的就听不见了。满园子的人都屏气凝神,不敢少动。约有两三分钟之久,仿佛有一点声音从地底下发出。这一出之后,忽又扬起,像放那东洋烟火,一个弹子上天,随化作千百道五色火光,纵横散乱。这一声飞起,即有无限声音俱来并发。那弹弦子的亦全用轮指,忽大忽小,同他那声音相和相合,有如花坞春晓,好鸟乱鸣。耳朵忙不过来,不晓得听那一声的为是。正在撩乱之际,忽听霍然一声,人弦俱寂。

这时台下叫好之声,轰然雷动。停了一会,闹声稍定,只听那台下正座上,有一个少年人,不到三十岁光景,是湖南口音,说道:"当年读书,见古人形容歌声的好处,有那'余音绕梁,三日不绝'的话,我总不懂。空中设想,余音怎样会得绕梁呢?又怎会三日不绝呢?及至听了小玉先生说书,才知古人措辞之妙。每次听他说书之后,总有好几天耳朵里无非都是他的书,无论做什么事,总不入神,反觉得'三日不绝',这'三日'二字下得太少,还是孔子'三月不知肉味','三月'二字形容得透彻些!"旁边人都说道:"梦湘先生论得透辟极了!'于我心有戚戚焉'!"

——刘鹗《老残游记》,华文出版社,2018年

二、导读与赏析

1. 作者简介

刘鹗(1857—1909),清末小说家,江苏丹徒县(今镇江市)人,字铁云,号老残。刘鹗博学多才,精通文学、数学、医术、金石、训诂、天文、水利,尤善考古,他辑录的《铁云藏龟》,是著录甲骨文的第一部著作。光绪三十四年(1908)他因被仇家诬告,被充军发配至新疆,次年病死在迪化(今乌鲁木齐)。

2. 作品导读

《老残游记》是晚清四大"谴责小说"之一,同时也是一部细致描绘了清末社会风貌的历史档案,具有极高的文学价值与史料价值。《老残游记》最初于1903年在《绣像小说》(半月刊)上发表,未完只连载至13回,后又重载于《天津日日新闻》直至完结,连载时署名"鸿都百炼生"。《老残游记》共分两集,初集共20回,续集9回。

《老残游记》全书以江湖医生老残为第一人称进行叙述,书中通过老残在游历时的所见所闻揭露出了当时朝廷官员们的贪婪与自私,对这些官员性格的刻画入木三分,特别是对于"清官"的刻画更是栩栩如生。刘鹗认为很多"清官"为了更大的权力与欲望,不惜草菅人命,制造冤假错案,荒唐昏庸比之"脏官"更甚。同时,书中还塑造了许多鲜活的下层老百姓的形象,如唱大鼓的王小玉(白妞)、董家口客店掌柜老董等人,他们善良、聪明与自私贪婪的政府官员形象形成了鲜明的对比。

《老残游记》中还大量地使用心理描写,这是与中国传统古典小说的不同之处,此外《老残游记》在"叙景状物"方面的描写具有极高的艺术成就与文学价值,节选文本所选的"白妞说书"便是其中经典的片段。

节选片段"历山山下古帝遗踪,明湖湖边美人绝调"的主要内容便是描写老残到明湖边听山东"梨花大鼓"的全过程。虽然整个片段描写的焦点和中心是白妞说书,但是作者却并没有一开始就介绍白妞,而是采用侧面烘托的描写手法:先是提到街上出现的"不起眼的招贴"引起了济南城的全城轰动,挑担人为了去听书宁愿停掉自己的生意,柜员争相告假等,都是对"白妞说书"的铺垫与渲染,让人不仅好奇白妞及其所唱之书到底是何物,竟如此令人神往。接着作者又通过茶房之口,对梨花大鼓与白妞王小玉作了介绍,并提到"无论南北高下的人,听了他唱书,无不神魂颠倒",铺垫渲染到此已是极致,非得老残去实际体验之后才能让读者了解究竟如何。

到了正式叙述说书的场景时,作者运用对比、比喻、通感等多种修辞手法描摹出了白妞说书的精彩场景。最先出场的是一位"气味倒还沉静"的男人弹三弦,该男人随手弹起一支大调,抑扬顿挫,入耳动心;紧接着出来的十六七岁的姑娘,名唤黑妞,只见她"歌喉遽发,字字清脆,声声宛转",令人叹为观止;然而这些都不及白妞的十分之一。待到白妞王小玉出场,先是写白妞只消往台下一盼,便可使原本哄闹的戏园子鸦雀无声,表现白妞与众不同的气质,接着重点叙述白妞炉火纯青的说书艺术,通过诸多比喻来形容听白妞说书所带来的观感——如吃人参果一般令人周身畅快,如一线钢丝抛入天际的卓绝高音,婉转的动人声线如登泰山时所见之景,重重叠叠,如飞蛇盘旋穿插,如烟花化作千百道五色火光等,作者从味觉、触觉、视觉等多种角度形容白妞说书时所带来的听觉感受,让人如临其境,大声赞叹此歌声让人"三月不知肉味"矣。

三、对比阅读

观戏在西方文学中基本是贵族日常生活中的一部分,在西方很多经典文学作品中都会有贵族观看戏剧的描写。比如俄国著名作家普希金所创作的诗体小说《叶普盖尼·奥涅金》当中就描绘了主人公奥涅金基本上每天的日常便是参加宴会,观赏戏剧。

《叶甫盖尼·奥涅金》中有一段关于奥涅金看戏的描写,细致地展现了剧场中的情况以及舞台上的表演:"剧场客满,包厢里灯火辉煌,正厅和池座中一片沸腾;楼座里正在不耐烦地鼓掌,于是,帷幕在咝咝地缓缓上升。伊丝托米娜伫立在中间;她容光焕发,似飘飘欲仙,和着乐队神奇的琴弓,被围在一大堆仙女当中,一只小脚儿慢慢在旋转,另一只小脚儿轻轻点地,忽而纵身跳跃,忽而腾空飞起,飞啊,似羽毛在风神嘴边;轻盈的细腰弯下又抬起,敏捷的秀足在相互碰击。"[1]不过奥涅金却对舞台上精彩表演丝毫不感兴趣,因为这样的演出他看得太多了,"全都该换换花样,芭蕾舞我早已不想再看,狄

---

[1] 亚历山大·普希金著,智量译《叶甫盖尼·奥涅金》,长江文艺出版社,2008年,第17—18页。

德罗也让我感到厌倦"[1]。

奥涅金是普希金笔下塑造的俄国文学史上的第一个"多余人"的形象,小说讲述了贵族出身的奥涅金从小接受了西方的教育,喜爱阅读卢梭、伏尔泰等人的作品。深谙贵族生活之道的奥涅金在莫斯科的社交圈中如鱼得水,左右逢源,但很快他就对这样的生活感到厌倦,患上了"忧郁病",觉得周围的一切都没有意义。一次偶然的机会他到了俄罗斯的乡村,在那里他认识了青年诗人连斯基,两人迅速成了好朋友。在连斯基的介绍下他认识了一位乡村小姐达吉亚娜。后来达吉亚娜爱上了奥涅金,还主动给奥涅金送去情书,对生活冷漠的奥涅金却残忍地拒绝了达吉亚娜。后来奥涅金与连斯基决斗,并失手杀死了连斯基,后悔自责的他离开了乡村到俄罗斯各地去漫游。几年后,奥涅金重回莫斯科,在参加一个舞会时发现舞会上光芒万丈的将军夫人竟然是达吉亚娜。这次奥涅金爱上了达吉亚娜并给她写了很多封情书,但均未得到回应。最后奥涅金在将军府中见到了达吉亚娜,达吉亚娜拒绝了他,并说:"我爱您(我何必对您说谎),但现在我已经嫁给别人,我将要一辈子对他忠贞。"[2]

因为从小受到了西方启蒙思想的影响与熏陶,使奥涅金的品格和气质远远高于周围的贵族子弟。他对自己的贵族生活感到不满,认为每日奢靡的聚会饮食,精彩绝伦的戏剧演出都不过是司空见惯,他不愿意像其他贵族那样过着寄生虫般的生活。因此小说中描写他对再精彩的戏剧都丝毫不感兴趣。虽然奥涅金对贵族生活感到不满,但他自己却没有明确的政治主张与社会理想,无法摆脱自己的贵族身份,与人民站在一起进行革命改变现状。因此奥涅金在现实生活中找不到出路,看不到希望,变得非常苦闷、彷徨、忧郁、痛苦,对生活极端冷漠,成为一个"多余人"。

---

[1] 亚历山大·普希金著,智量译《叶甫盖尼·奥涅金》,长江文艺出版社,2008年,第18页。
[2] 同上书,第306页。

第七篇　玩　赏

一、文本阅读

十五夜观灯

卢照邻

锦里开芳宴，兰缸艳早年。
缛彩遥分地，繁光远缀天。
接汉疑星落，依楼似月悬。
别有千金笑，来映九枝前。

——黄勇主编《唐诗宋词全集》，北京燕山出版社，2007 年

二、导读与赏析

1. 作者简介

卢照邻，生卒年现无具体文献可考证，推断是生于 632 年，卒于 689 年，活了 50 多岁。字升之，幽州范阳（今河北涿州）人，曾任邓王府典签，后迁新都（今属四川）尉。因身患风疾，足挛手废，痛苦不堪，为诊治此病曾求诊于孙思邈，可惜疗效甚微。因忧郁悲苦，故自号幽忧子。最后因不堪病痛折磨，自杀而死。卢照邻与王勃、杨炯、骆宾王并称"初唐四杰"，擅长诗歌、骈文，诗以歌行体为最佳，有《幽忧子集》七卷，现存诗歌九十余首。

2. 作品导读

这首《十五夜观灯》描绘的是正月十五元宵节灯会的盛况。此时的卢照邻被遣新都，担任县尉。667 年，成都照例举行盛大的元宵灯会，卢照邻从新都赶来一饱眼福，由此写下了这首关于元宵节玩赏之佳作。唐朝时庆贺新年有很多习俗，如除夕守岁、吃团圆饭、喝"花椒酒"、举行祛除瘟疫的仪式等，但娱乐游赏活动比较少。而正月十五

元宵节则不然,这一天传统民俗中有放花灯、猜灯谜等玩赏的活动,人们可以尽情地娱乐游玩,将新正的欢庆活动推向高潮。

《十五夜观灯》是一首五言律诗,在新春佳节的喜庆氛围之下,诗人心情愉悦,兴致高昂,诗歌字里行间也溢满欢愉、喜庆之情。诗人首先用"锦里开芳宴,兰缸艳早年"提示出地点、人物、事件,用优美生动的语言勾勒出元宵灯会众人欢庆的繁华热闹图景。锦里,地名,在成都[1]。"开芳宴"是唐朝的一种民俗,夫妻对坐进行宴饮或赏乐观戏,表示夫妻之间鹣鲽情深。"兰缸"指的是燃着兰膏的精致花灯,"早年"比喻年轻人。值此元宵佳节良辰美景,有恩爱的夫妻宴饮娱乐你侬我侬,也有朝气蓬勃的年轻人聚集在一起赏花灯,艳丽的灯光使得年轻美好的脸庞显得更为艳丽。

在烘托出热闹繁华的气氛之后,颔联"缛彩遥分地,繁光远缀天"开始对元宵节上的花灯做细致的描绘,突出十五夜观灯的题旨。绚烂绮丽的"缛彩"灯光,远远地将大地分隔,又多又广的"繁光"延伸直到天际,"分地""缀天",一上一下,交相辉映,将满城花灯的华彩绚烂刻画得淋漓尽致。

紧接着诗人进一步近景地描绘佳节花灯的盛况,"接汉疑星落,依楼似月悬",灯的璀璨与繁多,疑似星星坠落凡间,令人眼花缭乱;那些靠近高楼的花灯,皎皎如"月悬",光辉夺目。

最后尾联"别有千金笑,来映九枝前",说明在这样美好的夜晚,除了那"开芳宴"的夫妻,那艳了灯火的"早年",还有"九枝前"笑语嫣然的"千金"们。全诗融情于景,将繁华热闹的元宵节赏灯游玩之情状跃然眼前。

---

[1] 见常璩《华阳国志·蜀志》:"州夺郡文学为州学,郡更于夷里桥南岸道东边起文学,有女墙,其道西域,故锦官也。锦工织锦,濯其中则鲜明,他江则不好,故命曰锦里也。"

三、对比阅读

卢照邻的这首《十五夜观灯》主要描写的是成都元宵节游玩时所见的热闹景象,野野口立圃的俳句《樱花》则表现诗人在赏花时的陶醉感受。俳句起始于15世纪的日本,是日本传统诗歌中最短小的诗体,形式上受中国古典诗歌中"绝句"的诗歌形式影响,以3句17个音节组成,首句5个音节,次句7个音节,末句5个音节。俳句因受中国禅宗思想的影响,形式简炼短小,表达意蕴无穷。因此短短的十几个音节的诗歌往往能够营造出"意在言外"的意境。

这首《樱花》俳句便是通过非常简洁的语言巧妙地表现了诗人赏樱时的感受与画面。野野口立圃是江户时代前期的俳师,善画工书,为后世留下了不少俳画,另有相关俳句理论著作传世。樱花被誉为日本的"国花",实际上在日本古代文学中所提到的"花"一般指梅花,盛唐时期日本在与中国的文化交往过程中将樱花带回了国内,自此之后樱花开始在日本蓬勃发展,平安时代之后文学中所提到的"花"就变成了樱花。樱花一般在每年三月中旬开始盛开,象征着春天的到来。樱花开放时繁花锦簇、绚烂夺目,但花期十分短暂,只有两周左右。因此每当花季来临时,人们便会呼朋唤友或带上家人一起在花下聚餐饮酒,共赏美景。

"天亦赏樱乎?飘来飘去似醉酒,云脚晃悠悠。"[1]诗人在赏樱时有些醉酒,当然其实是酒不醉人,人自醉,在满天花海的景象中诗人早已陶醉其中。醉眼看花,脚下不稳,感觉云脚紊乱,飘忽不定,难道说天也因花而醉?将人之情感赋予蓝天、白云,认为天亦赏樱自醉,因而云脚蹒跚,如此妙人妙语,表现诗人赏花时闲适畅快的心情。

---

[1] 王吉祥编著《日本俳句三百句赏析》,上海外语教育出版社,2017年,第4页。

（第八篇） 游　戏

一、文本节选

次日，小王都太尉取出玉龙笔架和两个镇纸玉狮子，着一个小金盒子盛了，用黄罗包袱包了，写了一封书呈，却使高俅送去。高俅领了王都尉钧旨，将着两般玉玩器，怀中揣了书呈，径投端王宫中来。把门官吏转报与院公。没多时，院公出来问："你是那个府里来的人？"高俅施礼罢，答道："小人是王驸马府中，特送玉玩器来进大王。"院公道："殿下在庭心里和小黄门踢气球，你自过去。"高俅道："相烦引进。"院公引到庭前。高俅看时，见端王头戴软纱唐巾，身穿紫绣龙袍，腰系文武双穗绦，把绣龙袍前襟拽扎起，揣在绦儿边，足穿一双嵌金线飞凤靴。三五个小黄门，相伴着蹴气球。高俅不敢过去冲撞，立在从人背后伺候。也是高俅合当发迹，时运到来，那个气球腾地起来，端王接个不着，向人丛里直滚到高俅身边。那高俅见气球来，也是一时的胆量，使个鸳鸯拐，踢还端王。端王见了大喜，便问道："你是甚人？"高俅向前跪下道："小的是王都尉亲随，受东人使令，赍送两般玉玩器来进献大王。有书呈在此拜上。"端王听罢，笑道："姐夫直如此挂心。"高俅取出书呈进上。端王开盒子看了玩器，都递与堂候官收了去。

那端王且不理玉玩器下落，却先问高俅道："你原来会踢气球。你唤做甚么？"高俅叉手跪复道："小的叫做高俅。胡踢得几脚。"端王道："好！你便下场来踢一回耍。"高俅拜道："小的是何等样人，敢与恩王下脚。"端王道："这是'齐云社'，名为'天下圆'，但踢何伤。"高俅再拜道："怎敢。"三回五次告辞。端王定要他踢，高俅只得叩头谢罪，解膝下场。才踢几脚，端王喝采。高俅只得把平生本事都使出来，奉承端王。那身分模样，这气球一似鳔胶粘在身上的。端王大喜，那里肯放高俅回府去,就留在宫中过了一夜。次日,排个筵会,专请王都尉宫中赴宴。

——施耐庵《水浒传》,华文出版社,2019 年

二、导读与赏析

1. 作者简介

施耐庵(1296—1370),元末明初钱塘人,字子安,号耐庵。代表作《水浒传》,与《红楼梦》《三国演义》《西游记》并称中国古典文学四大名著。《水浒传》是中国第一部记述农民起义的长篇章回体白话小说,在中国和世界文学史上具有重要意义。

2. 作品导读

蹴鞠,又名"踢鞠""蹴球""踢圆""筑球"等,是古代非常流行的一种运动与游戏,也是对中国古代足球的通用性称呼。"蹴"即用脚踢,"鞠"是皮制的球,中间有填充物,"蹴鞠"的意思就是用脚踢球。蹴鞠在中国的发展具有悠久的历史,早在西汉时期,刘向的《战国策·齐策》中就有记载,司马迁在《史记·苏秦列传》中也有提到:"临菑甚富而实,其民无不吹竽鼓瑟,弹琴击筑,斗鸡走狗,六博蹋鞠者。"[1]在中国文学作品中也有很多对蹴鞠的记叙的经典片段,如陆游在《剑南诗稿》中就曾多次描写蹴鞠,其中有一首《晚春感事》写道:"少年骑马入咸阳,鹘似身轻蝶似狂。蹴鞠场边万人看,秋千旗下一春忙。"[2]这说明蹴鞠在宋朝十分流行。在《水浒传》中更是描写到高俅因踢得一脚好蹴鞠而飞黄腾达。如选段内容所述,高俅在一次偶然的机会之下,正好遇见端王(后来的宋徽宗)在场上踢蹴鞠,争抢之间球阴差阳错地滚落到了高俅身边,高俅立马使出一记"鸳鸯拐"将皮球踢还给端王。娴熟的动作引起了端王的注意,便邀请他一同上场踢球。在球场上高俅

---

[1] 司马迁著,甘宏伟、江俊伟评注《史记(评注译)》,崇文书局,2010 年,第 410 页。
[2] 陆游著,钱仲联校注《剑南诗稿校注》,上海古籍出版社,1985 年,第 1660 页。

使出浑身解数讨好奉承端王,皮球像鳔胶一样粘在高俅身上,最后高俅因蹴鞠技艺高超而被端王赏识,自此平步青云,荣升太尉。后来高俅专权擅势,公报私仇,残害忠良,由此有了"英雄好汉逼上梁山"的故事。

《水浒传》主要讲述了以宋江为首的108位好汉因各种原因聚集在梁山泊,最后接受招安,四处征战的故事。整部小说历史地再现了北宋年间的农民起义运动兴起、发展最后失败的全过程,客观地反映了当时"官逼民反"的社会真实状态。《水浒传》通篇采用白话创作,语言通俗易懂,施耐庵用形象精炼的语言塑造了许多栩栩如生的人物,如"豹子头"林冲、"黑旋风"李逵、"行者"武松、"玉麒麟"卢俊义、"智多星"吴用等。

从结构上说《水浒传》首尾呼应,整部作品以108位好汉的个人故事共同构成故事整体,在个人故事中通过具体的环境塑造出一个个性鲜明的典型人物。

三、对比阅读

在外国文学作品中有很多以游戏为元素的,而奥地利小说家茨威格的中篇小说《象棋的故事》便是直接以"国际象棋"这个游戏作为整个故事的叙述线索讲述了法西斯对人性的残害。

在一艘远洋客轮上,几位棋手正在与象棋世界冠军岑托维奇对战,就在要全军覆没之时,一位神秘人的指点使得战局有了转机。后来"我"了解到这位神秘人B博士原本是一名律师,在德国法西斯吞并奥地利时,他因与皇室来往密切,而被纳粹羁押,要求他说出与皇室财富有关的秘密。B博士被单独囚禁在一个房间中,孤独不断折磨着他。后来一次提审让他偶然偷到了一本棋谱,他开始对照着棋谱下棋,专注下棋让他摆脱了孤独,忘掉了时间。但因为没有对手,B博士只能自我对弈,这种长期的自我博弈使他精神分裂乃至疯狂。

后重获自由的他怕之前的情况再次发生,已有20多年没下过棋了。但这次在"我"的劝说下,为了证实自己"到底能不能正常地下棋,能不能用实实在在的棋子同一个活跃着生命力的人在真正的棋盘上对弈"[1],B博士同意与世界冠军再下一次棋。第一局B博士胜利,第二局时对手似乎察觉到了什么,刻意延缓下棋速度,这种焦灼又漫长的等待让B博士再次感到强烈的精神折磨,于是他开始疯狂地自我对弈,在一旁旁观的"我"急忙提醒他终止棋局才避免了一场悲剧的产生。

象棋对于B博士来说是他在孤独囚禁岁月中的唯一的精神活动,帮助他在无穷无尽的虚无和沉寂中消磨可怕的静止的时间,从而抵抗纳粹妄想用精神折磨的方式来击溃他的企图。作者在故事中富有表现力地展示了"象棋"这种游戏给人注入的巨大的精神力量,甚至对于B博士来说,象棋是他的精神拯救。

本章实训小课题

结合平常阅读经验,选择具有生活场景描述的文学艺术作品,参照本书的分析、评价、鉴赏的方式方法,进行圆桌讨论,分享作品并谈谈对作品中生活场景的感受与体悟,并参照作品写作手法,创作一段描写生活场景的段落。

要求: 分组进行,逻辑清楚,语言表达通顺,具有独创性,最终作品组内评比之后,再整体评比,最后量化成绩。

---

[1] 斯蒂芬·茨威格著,韩耀成译《象棋的故事·茨威格小说精选》,陕西师范大学出版社,2013年,第57页。

第六章
信仰——朝闻道,夕死可矣

题记
信仰是心中的绿洲,
思想的骆驼队是永远走不到的。

——[美]哈·纪伯伦

导语

　　信仰是一种灵魂式的爱，往往超脱于现实，是心灵的主观产物，从哲学意义上说，信仰是人的价值所在。信仰有很多种，宗教信仰、神话信仰、哲学信仰、政治信仰等。信仰对于人来说是非常重要的，如同沙漠中的绿洲。人是为了某种信仰而活着，人生在世，需要有信仰的支撑。本章选取了多维度的有关于信仰的文学篇章，通过对这些名家名篇的阅读与赏析，更加了解信仰对于人生的意义。

（第一篇）神话信仰

一、文本阅读

　　天地浑沌如鸡子，盘古生在其中。万八千岁，天地开辟，阳清为天，阴浊为地。盘古在其中，一日九变。神于天，圣于地。天日高一丈，地日厚一丈，盘古日长一丈。如此万八千岁，天数极高，地数极深，盘古极长。后乃有三皇。数起于一，立于三，成于五，盛于七，处于九，故天去地九万里。

　　——徐整《三五历记》，欧阳询《艺文类聚》卷一，上海古籍出版社，1965年

　　首生盘古，垂死化身：气成风云，声为雷霆，左眼为日，右眼为月，四肢五体为四极五岳，血液为江河，筋脉为地里，肌肉为田土，发髭为星辰，皮毛为草木，齿骨为金石，精髓为珠玉，汗流为雨泽，身之诸虫，因风所感，化为黎甿。

——徐整《五运历年记》，马骕《绎史》卷一，《景印文渊阁四库全书》史部123册，台湾商务印书馆，1986年

二、导读与赏析

1. 作者简介

徐整，字文操，豫章（今江西南昌）人。任三国时东吴的太常卿，撰有《毛诗谱》，注有《孝经默注》，编著《三五历记》《五运历年记》。《三五历记》《五运历年记》主要记载的是一些根据古书整编的关于中国上古传说的故事，而且是目前所知记载盘古开天传说的最早著作。不过这两本书全书现已佚失，部分段落散见于《太平御览》《艺文类聚》《绎史》等作品中。

2. 作品导读

苍茫宇宙、玄黄天地从何而来？这一直都是困扰着人类的一个疑问。随着人类社会的不断进步与发展，现代科学对宇宙的起源、世界的起源有客观的、精确的解释，但是在生产力相对低下的古代社会，原始初民们则是凭借着他们的丰富想象力创造出神话来回答这个疑问。在世界各民族的神话中对宇宙、世界最初从何而来的问题有着不同的说法，"盘古开天辟地"便是我国上古人民对这个问题的想象性阐释。

"盘古开天辟地"这个故事最早出现在《三五历记》的记载中。盘古生长在一个如鸡子一样的清浊不分的混沌世界。这是将宇宙最初的形态比喻为"卵"的形状，即中外原始神话中都会出现的宇宙卵模式，在印度神话中就有"梵天"孕育在"金卵"中的说法，"最初，此世界惟有水，水以外无他物，水产出了一个金蛋，蛋又成一人，是为拍拉甲拍底，实为诸神之祖"[1]，这表明古代原始初民们对世界的最初产生

---

[1] 茅盾《中国神话研究初探》，江苏文艺出版社，2009年，第42页。

都有相似的构想。在后来的《五运历年记》中记载了盘古划分出天地之后,用他自己的身体,化育出宇宙间的万事万物:气息变成风云,声音化为雷霆,眼睛变成日月;身体血液变成山川五岳,筋脉肌肉化为田土,星辰草木、珠玉雨泽等均由盘古身体发肤而来,整个世界因盘古的献身而全部形成了。通过这样绮丽宏伟的设想,从神话的角度解释了天地、万物等事物的来源。

"盘古开天辟地"的故事体现出了许多中国文化信仰,如盘古从圆形的鸡子中诞生,而圆形、圆满的思想一直是中国文化中的重要因素。另外盘古创世神话的故事中体现出的"数字"在中国文化中具有特殊意义,盘古在天地之间的生长是按照特定的数字生长的,"数起于一,立于三,成于五,盛于七,处于九",这些数字与《易经》中的阳数系统相互关联,一、三、五、七、九均为阳数,而九为极数,表示极致,因此盘古生长到最后是"处于九"。最后盘古用他的身体化育万物,体现出了中国古代的一种独特的宇宙观,将世间万物的产生变化与人的生命结构相对应,强调人即宇宙,暗含中国传统文化中的"天人合一"的思想观念。

三、对比阅读

这类由神或巨人化身创造世界的神话,其实不仅中国有,其他民族和国家也有。如北欧的创世神话中就有奥丁等神杀死冰霜巨人伊米尔,然后用肢解的尸体化生万物的说法,在《格里姆尼尔之歌》中有这样的记载:"(众神)用伊米尔的肉体造出大地,将他的鲜血化为海洋,以白骨为山毛发为草木,把他的颅顶变成了天穹。体贴的众神用巨人的眼睫毛,为人类的子孙造出米德加德,沉郁的阴云全都由他的脑子蕴化而出。"[1]

---

[1] 卡罗琳·拉灵顿著,管昕玥译《北欧神话》,民主与建设出版社,2018年,第32页。

古希腊神话中认识世界的产生是神与神的结合和"爱神"的作用,这体现出了古希腊人重视情感的民族特征:最初宇宙天地之间一片黑暗和混沌,此时出现了混沌之神卡俄斯,卡俄斯生出地母盖亚,又在大地的边缘生出地狱神塔耳塔罗斯,而后又诞生了爱神厄罗斯,黑暗神厄瑞玻斯和黑夜神尼克斯也在混沌之中诞生,厄瑞玻斯与尼克斯结合生下了光明之神埃忒耳和白昼之神赫墨拉,有黑暗、有光明,出现了昼夜交替。地母盖亚又孕育出天空之神乌拉诺斯与大海神蓬托斯,盖亚与天空之神乌拉诺斯结合,生出了"六男六女"(即十二提坦神)。十二提坦神又互相结合生出日月星辰、江河湖海,由此世界开始形成。按照茅盾先生在《神话研究》中的说法,爱神最初也是诞生于卵中,后来爱神把她的箭射入大地之中,地上便产生了鸟兽虫鱼等万事万物,这跟前文所说的宇宙卵模式有着相似之处。

希伯来人的创世神话则体现出非常浓厚的宗教色彩:最初天地一片黑暗混沌,上帝说要有光,于是就有了光;接着上帝创造出了空气(天)、水、陆地、海洋、青草、果蔬和日月星辰、雀鸟虫鱼和野兽;最后上帝按照自己的式样创造了人类。

这些神话体现出了原始初民们对世界的诞生与发展有着相似的集体无意识构想,不过又因为各个民族的生存环境与民族性格的不同,在描述世界具体如何产生等方面存在着些许差异。

(第二篇) 宗教信仰

一、佛　　教

(一) 文本节选

佛告阿难:"乃往久远阿僧祇劫,此阎浮提有大国王,名曰摩诃罗檀囊,秦言[1]大宝,典领小国凡有五千。王有三子,其第一者,名摩诃富那宁;次名摩诃提婆,秦言大天;次名摩诃萨埵。此小子者,少小行慈,矜愍一切,犹如赤子。而时大王与诸群臣、夫人、太子出外游观。时王疲懈,小住休息,其王三子,共游林间,见有一虎适乳二子,饥饿逼切,欲还食之。其王小子语二兄曰:'今此虎者,酸苦极理,羸瘦垂死,加复初乳。我观其志,欲自啖子。'二兄答言:'如汝所云。'弟复问兄:'此虎今者,当复何食?'二兄报曰:'若得新杀热血肉者乃可其意。'又复问曰:'今颇有人能办斯事,救此生命,令得存不?'二兄答言:'是为难事。'时王小子,内自思惟:'我于久远生死之中捐身无数,唐舍躯命。或为贪欲,或为瞋恚,或为愚痴,未曾为法。今遭福田,此身何在?'设计已定,复共前行,前行未远,白二兄言:'兄等且去,我有私缘,比而随后。'作是语已,疾从本径至于虎所,投身虎前。饿虎口噤不能得食。而时太子,自取利木刺身出血,虎得舐之,其口乃开,即啖身肉。二兄待之经久不还,寻迹推觅,忆其先心,必能至彼喂于饿虎。追到岸边见摩诃萨埵死在虎前,虎已食之,血肉涂漫。自扑堕地,气绝而死。经于久时乃还苏活,啼哭宛转,迷愤闷绝,而复还苏。

夫人眠睡梦有三鸽共戏林野,鹰卒捉得其小者食,觉已惊怖,向王说之:'我闻谚语:鸽子孙者也。今亡小鸽,我所爱儿必有不祥。'即时遣人四出求觅。未久之间,二儿已到,父母问言:'我所爱子,今为所在?'二兄哽噎,隔塞断绝,不能出声。经于久时,乃复出言:'虎已食之。'父母闻此,躄地闷绝而无所觉。良久乃苏,即与二儿、夫人、彩女驰奔至彼死尸之处。而时饿虎食肉已尽,唯有骸骨狼藉在地,母扶其头,父捉其手,哀号闷绝,绝而复苏。如是经久时。摩诃萨埵,命终之后,生兜率天,即自生念:'我因何行来受此报?'天眼彻视,遍观五

---

[1] 即汉译。

趣[1]，见前死尸，故在山间，父母悲悼，缠绵痛毒，怜其愚惑，啼泣过甚，或能于此丧失身命，'我今当往谏喻彼意'。即从天下，住于空中，种种言辞，解谏父母。父母仰问：'汝是何神？愿见告示。'天寻报曰：'我是王子摩诃萨埵。我由舍身济虎饿乏，生兜率天。大王当知：有法归无，生必有终，恶堕地狱，为善生天，生死常涂，今者何独没于忧愁烦恼之海，不自觉悟勤修众善？'父母报言：'汝行大慈，矜及一切，舍我取终。吾心念汝，荒塞寸绝，我苦难计，汝修大慈，那得如是？'于是天人复以种种妙善偈句报谢父母。父母于是小得惺悟，作七宝函，盛骨著中，葬埋毕讫，于上起塔。天即化去，王及大众，还自归宫。"

佛告阿难："而时大王，摩诃罗檀那者，岂异人乎？今我父王阅头檀是；时王夫人，我母摩诃摩耶是；尔时摩诃富那宁者，今弥勒是；第二太子摩诃提婆者，今婆修蜜多罗是。而时太子摩诃萨埵，岂异人乎？我身是也！而时虎母，今此老母是；而时二子，今二人是。我于久远济其急厄危顿之命，令得安全，吾今成佛，亦济彼，令其永离生死大苦。"

——慧觉等译撰，温泽远等注译《贤愚经》，花城出版社，1998年

（二）导读与赏析

《贤愚经》，又名《贤愚因缘经》，是北魏时期凉州沙门慧觉等人译作。据《出三藏记集》卷九《贤愚经记》中记载，河西沙门慧觉（一作昙觉）、威德等八僧，一起结志游方，远寻经典。在于阗（今新疆和田）遇到了当地正在举办般遮于瑟之会。般遮于瑟大会一般五年举办一次，会上高僧们会讲习经律，弘扬三藏之学。慧觉等八人随机分头听讲并作了记录，最后每人把自己听到的部分翻译为汉文之后，在高昌

---

[1]又称五恶趣，五道等。佛教中认为生死轮回的五种境界：一地狱，二饿鬼，三畜牲，四人，五天。

郡,将各自所听到的经文集合成为了一部经,即《贤愚经》。《贤愚经》共十三卷,凡69品即共69个故事。这些故事既包含佛本生故事,又包含讲述佛祖弟子及信徒们前世今生的因缘故事。《贤愚经》是汉传佛教的重要经典,作品中包含了很多佛教的义理与思想。

何谓贤愚?《出三藏记集》中认为"此经所记,源在譬喻,譬喻所明,兼载善恶;善恶相翻,则贤愚之分也"[1],《贤愚经》主要通过寓言、传说等形式表达善恶观念,宣传佛教因果轮回的义理思想,整部作品叙事流畅,语言明晰,具有很强的可读性和文学性。

选段《摩诃萨埵以身施虎品》就是讲述了佛祖的前身摩诃萨埵因路遇饿虎,恐其饿极食子而甘愿自我献身的故事。王子摩诃萨埵能够在死后复投生到兜率天,乃是因为他进入了五趣之中的轮回。摩诃萨埵能够降生在兜率天为天人说法,乃是因为他破除了对身体执念,看破生死,去掉了妄想我执。摩诃萨埵愿意以身饲虎,乃是因为他抱有众生平等之观念,认为世间万物皆平等,没有高低贵贱之分,老虎之生命与王子之生命同等尊贵。整个故事歌颂了摩诃萨埵自我牺牲的大无畏精神与心怀众生、善良、慈悲的高尚品德,同时也表达了只有弃绝对尘世、欲望的一切执念才能够走向佛陀之境的佛教义理。

(三)对比阅读

佛教自东汉时期传入中国,至南北朝时期达摩东渡,这期间佛教与中国本土文化之间产生了奇妙的反应,特别是中国传统思想中的道家玄学成分,与佛教的相关义理结合,形成了独具中国特质的禅宗,由此可见禅宗是印度佛教中国化的结果。其中南宗禅以无念为宗、无相为体、无住为本,强调"明心见性""直指人心",参禅的方式倡导"顿悟""机锋""棒喝"等,以此来逃脱语言对意义的束缚,与老庄哲

---

[1] 释僧祐撰,苏晋仁、萧炼子点校《出三藏记集》,中华书局,1995年,第351页。

学中的"得意而忘言"相似。禅宗注重个人的直觉感悟和心灵体验，认为佛由心悟，主张在世俗生活中去体验、领悟禅意。禅宗作为一种宗教思想和意识形态，广泛地影响了中国的哲学、伦理、文学、艺术等方面的发展。

"灯录"即"传灯录"，是记载禅宗历代传法机缘的作品。禅宗认为佛法如"灯"，能照亮黑暗，驱散心结，因此用"灯"比喻佛法智慧，禅宗中所说的传"灯"即传承佛法。"灯录"萌芽于魏晋南北朝时期，宋代"灯录"的发展达到了顶峰，其中最有代表性的便是宋代高僧释普济编著的《五灯会元》。《五灯会元》是中华文化史上一部伟大的禅宗经典著作。宋代大儒沈静明认为禅宗语要，尽在五灯。《五灯会元》由五部禅宗灯录构成，分别是：北宋法眼宗道原的《景德传灯录》、北宋临济宗李遵勖的《天圣广灯录》、北宋云门宗惟白的《建中靖国续灯录》、南宋临济宗悟明的《联灯会要》、南宋云门宗正受的《嘉泰普灯录》。整部《五灯会元》采用白话体，较同时代的书面文言，更通俗易懂。《五灯会元》将五部灯录删繁就简，合为一书，主要记叙了禅宗的世系源流，悉数载录了从七佛、释迦牟尼佛开始到后世的五家七宗派别的发展过程，因此《五灯会元》具有极强的史书性质，阅读《五灯会元》可以很好地了解禅宗的源流与宗派发展。除此之外，《五灯会元》中还有诸多拈古、颂古、接化的语句及悟道的偈语、铭记箴歌等单篇辑录。

二、道　　教

（一）文本节选

阴生者，长安中渭桥下乞儿也。常止于市中乞，市人厌苦，以粪洒之。旋复在里中，衣不见污如故。长吏知之，械收。系著桎梏而续在市中乞，又械欲杀之，乃去洒者之家，室自坏，杀十余人。故长安中谣曰："见乞儿，与美酒，以免破屋之咎。"

阴生乞儿，人厌其黩。识真者稀，累见囚辱。

淮阴忘吝，况我仙属。恶肆殃及，自灾其屋。

——刘向、葛洪撰《列仙传·神仙传》，上海古籍出版社，1990年

（二）导读与赏析

1. 作者简介

刘向（前77—前6），原名刘更生，字子政，沛郡丰邑（今江苏省徐州市）人。西汉学者，散文家，辞赋家。所撰《别录》是我国最早的综合性官修书目，且最早使用目录，因此被称为"中国目录学鼻祖"。编定的书目有《战国策》《说苑》《列女传》《别录》，与儿子刘歆共同编订《山海经》等。不过因《列仙传》中所提的一些现象是汉代之后才出现的，因此从宋代开始便有人对作者的身份存疑，现在一般推断《列仙传》成书于东汉，在魏晋时期得到了进一步的补充与发展。

2. 作品导读

《列仙传》是迄今流传下来的第一部仙传作品，是最早描写仙人的一部著作，同时也是道教文学的代表作品。《列仙传》中一共辑录了中国上古时期到秦汉时期的神仙71人，书中所记的"仙人们"虽然大多出自传闻或虚构，但由于当时"造仙运动"热烈，道教兴盛，因此书中大肆宣传这些人物是真实存在的，可以学习与效仿。《列仙传》里的仙人大多出身平民，身份低微，这体现出了早期道教的民间价值观念，如宁丰子是"黄帝陶正"即陶工，马师皇是"黄帝时马医"，赤将子舆"尧帝时为木工"，仇生"殷汤时为木正"即木工等。

选段中所记述的"阴生"便是一名生活在社会底层的乞丐，阴生在市场上乞讨遭人厌恶，有人将粪泼洒在他身上，使他忍受人之不能忍受之污浊；后又被囚禁，遭受他人的侮辱还差点被杀死。最后阴生施展仙术杀死了欺辱他之人，这表明最低贱之人也许是最高贵的，同时以外在身份视人是肤浅的。

《列仙传》塑造出的一批出身卑贱但具有叛逆性格的仙人形象，

体现出了极强的民主意识与民间信仰的特点。民间信仰更贴近老百姓的生活,反映民众的愿望,这也是汉末、魏晋时期民间道教教派思想的体现。从文学角度看,首先从题材上讲,在古代著述中以平民为主人公的作品是比较少见的;从艺术表现层面来说,《列仙传》虽然大多篇幅简短,结构单纯,情节并未完全展开,但作品通过奇妙的构思与离奇的情节很好地弥补了这一缺点。《列仙传》奠定了后来仙传创作的基本规模,也给后来的道教文学的发展提供了宝贵资源,书中的故事、语汇、写作手法等,给后世的文人创作提供了宝贵的素材与借鉴。

(三) 对比阅读

道教虽然是我国土生土长的宗教,但随着文化辐射与文化交流的日益频繁,道教对东亚、东南亚乃至西欧都有着广泛的影响,同时也出现了相应的文学作品。日本便是受道教影响比较大的国家,在日本的很多文学典籍中都能看到道教的影子。

有着日本的《诗经》之称的《万叶集》与日本现存最早的汉诗集《怀风藻》中便有道教思想的体现。如《万叶集》中有一首署名为柿本人麻吕的和歌"勿论冬和夏,身着裘,扇不舍,居住山中者"(《献忍壁皇子歌一首》)[1]。道教思想强调人与自然的和谐关系,有隐居山林的修行理念,认为高山是与天庭更为接近,因此道教很多的道场都是在高山之上,很多祭祀也是在山巅。历史上秦始皇、汉武帝封禅泰山,其中一个原因便是想要登顶求仙。此外在《怀风藻》中有一首署名为纪男人的五言古诗中这样一句"此地仙灵宅,何须姑射伦"(《扈从吉野宫》)[2],这里就是神仙的居所,何须再去姑射山。姑射山是庄子《逍遥游》中所提及的仙女的居处,"藐姑射之山有神人居焉,肌肤若冰雪,绰约若处子;不食五谷,吸风饮露;乘云气,御飞龙,而游乎

---

[1] 佚名著,赵乐甡译《万叶集》,译林出版社,2002年,第362页
[2] 中西进著,刘雨珍、勾艳军译《〈万叶集〉与中国文化》,中华书局,2007年,第157页。

四海之外"[1]。吉野这个地方在日本文化中被认为是仙境,且有仙女居住。因此在纪男人的这首和歌中引用庄子《逍遥游》中描写仙女居住的地方来类比吉野宫,认为吉野宫就是仙境,也有美丽绰约的仙女,这种神仙思想很明显是道教思想的体现。

三、伊 斯 兰 教

(一) 文本节选

第一个巴格达女人的故事

我的故事离奇古怪得很。这两条黑狗原来是我的姐姐,我们一共是三个同胞姊妹。至于其余的这两位姑娘,一位叫胡实卡谢,另一位就是身上有鳞伤的,都是异母所生的姊妹。先父死后,我们每人继承一份遗产。后来母亲也世了,遗下三千金币,我们三姊妹,各得一千金。当时,两位姐姐比我年长,因此她俩准备一番,和两个男人结了婚,分别有了家庭,各自料理家务去了。

过了一些时候,两位姐夫预备货物,带着妻室和钱财,撇下我旅行去了。他们去了五年,花完钱财,把两位姐姐抛在异乡不管。五年后,大姐一路乞食归来,穿着肮脏褴褛的衣履,落魄得狼狈不堪,完全不像人样,连我自己都认不出她了。

"你怎么到了这步田地呢?"我认出她以后,问她。

"命运如此,说也无益。"她说。

我让她去澡堂沐浴,给她衣服穿,对她说:"姐姐,你是父亲、母亲的继承人;父母亲遗留给我的那份财产,蒙真主的恩顾,获得了一些利润,因此我的境遇较为优越;你我不是外人,今后你和我在一块儿共同享受好了。"于是我无微不至地照顾她、款待她,姊妹俩在一起快快活活地过了一年。当时我们的生活很舒适,只是对二姐的下落不

---

[1] 庄周著,方勇、刘涛译注《庄子译注》,上海古籍出版社,2019年,第11页。

明，时常惦念她，替她担忧。幸而过了不久，二姐终于也像大姐那样落魄狼狈地归来了。我照顾她，款待她，比对大姐还周到；从此三姊妹团圆聚首，在一块儿过生活。可是过了一些日子，两位姐姐对我说："妹妹，我们还是要结婚；没有丈夫，我们生活不了。"

"我眼珠般的姐姐呀！结婚到底有什么好处呢？"我说，"如今的世道，好人实在不多，因此我认为你们的想法不太恰当；用不着多说，你们是亲身经历过的了。"

她们不听我的劝告，终于违反我的意思，坚持己见，决心去嫁人。我拿自己的钱给她们每人预备一份妆奁。婚后，两个姐夫跟她们过了不久，玩弄、享受一番，就掳着财物，撇下她俩，不辞而走。她俩穷途末路，没有办法，只好回来找我，向我赔礼，说道："别责备我们吧，妹妹，你虽然年纪比我们轻，但是你的看法却比我们周到；从今以后，我们再也不提结婚的事了。现在请你把我们当使女一样收留下来，给我们衣食过活吧。"

"欢迎你们，亲爱的姐姐。你们两位是我最敬爱不过的人儿呢。"

我接受她们的要求，格外尊重她们；于是姊妹三人重新聚首，在一起过团圆生活，安安静静地过了一年。后来我打算去巴士拉经营生意，预备一只大船，装上货物和旅途中需要的物品，准备航行。当时我对姐姐们说："姐姐，你们愿意留在家中等候我呢，还是愿意跟我一块儿出去旅行？"

"我们愿意跟你一块儿去；我们不能够离开你。"

我把现款分为两份，一份藏在家中，一份带在身边，心里想道："这次旅行，万一途中遇险而能够留得一条生命归来，我就可以拿留在家中的钱维持生活呢。"于是我带着姐姐们上船，开始航海旅行。我们在海中行了几昼夜，船走错了航线，连船长也辨不清楚方向，任船向与目的地相反的方向航行。真实的情况，我们一点也不清楚，不过当时倒也一帆风顺地行了十天。后来探海的爬到桅杆上去观察，喊道："给诸位报喜讯了！"他欢天喜地地溜了下来，说道："我隐约看见一座城市的影子，像一只鸽子一样。"听了消息，大家非常快乐。船继续航行了一小时后，在遥远的地方出现了一座城市。我们问船长："这城市叫什么名字？"

"我不知道，"船长说，"这座城市我还是第一次看见，因为我生平不曾到这里航行过。不过我们既然平平安安地来到这个地方，也只好靠岸登陆，进城去做一趟买卖。如果行情好，大家卖掉货物，城中有什么货色，不管好坏，收它一些。要是不上算，这就不必交易，我们在城中休息两天，预备些粮食，再启程航行好了。"

船靠岸后，船长登陆进城去了。一点钟后，他回到船上，对我们说："去吧，你们进城去看看人类的遭遇，大家虔诚地祈求真主别叫我们遭受这种灾难吧。"

听了船长的吩咐，我们登陆往城中去。走到城门口，看见人们挂着拐杖站在门前。我们走了过去，这才发现他们都变了原质，化为黑石。我们进得城去，见里面的一切，全都化为黑石，任何房屋里都不见一个人影，也没有一缕炊烟。看到这种情景，我们感到惊愕、感叹。我们穿过大街，见铺中的货物和金银财帛，都原封原样地摆在里面。大家觉得快慰，说道："也许我们能从这里找到门路呢。"于是大家分散开来，各走一方，寻找交易的主顾。

我自己一直向前走，慢慢去到一座堡垒中，仔细打量一番，知道那是一所法院。继而我去到王宫里，见里面的陈设全是金的、银的。国王身穿光彩夺目的华丽宫服坐在宝座上，左右有朝臣和宰相陪随。他的宝座镶满珍珠宝贝，星球似的闪着灿烂的光芒，周围站着五十名侍卫，穿着丝绸衣服，手中握着明晃晃的宝剑。那种森严的威风，令人感到恐惧。

我继续向前，来到内宫，见室内门窗上挂着绣花的丝帘，王后睡在床上,身着绣花衣服,头戴珠冠,脖上系着珍珠项链,一切装饰和陈设都保存原状,只是王后本人却化为黑石。

通过寝宫,经过七级石阶,我来到一间镶花砖、铺绒毯的寝室中。里面摆着一张镶珠宝和翡翠的杜松床,床上挂着绣花绸帐,光芒从帐中射了出来。我走过去仔细观看,看见一颗鹅卵大的钻石,陈列在一张小椅上,蜡烛似地闪出光芒;床上的被褥和装饰,全是鲜艳的丝绸制作的。看了这种奢华的场面,我感到无限的惊奇。随后我发现室中燃剩的一支残烛,便想道:"这儿一定有人点了这支蜡烛照明。"于是我继续往里走,一路走一路仔细观看,被种种稀奇古怪的景象吸引着,把自身的事忘得一干二净。

我沉在思索中,越想越渺茫,不知不觉天就黑了。我要离宫回船去,却分辨不清门路,徘徊观望一阵,仍然回到那间有蜡烛的房里,朗诵几节《古兰经》,然后倒在床上,拉被盖着睡觉。我希望好好地安息,可是心神却惴惴不安,始终睡不着。到了半夜,突然听见朗诵《古兰经》的悠扬之声,我欣喜若狂,赶忙向着声音发出的地方寻去,找到一间密室。密室里面挂着灯,燃着烛,铺着礼拜毯,一个眉清目秀的青年人正襟坐在里面,面前摆着一个书台,聚精会神地朗诵《古兰经》。当时我奇怪他怎么一个人安然活着而不曾和城中人一起遭殃。我走进去,问候他。他抬头看我一眼,然后回问我。我对他说:"指你朗诵的这部《古兰经》起誓,我要向你打听这里的情况,请你千万回答我的问题。"

我对他叙述自己的情况,他感到惊奇。我问他关于城市变化的经过,他便对我说:"姊妹,请你稍微等一等。"随即合上《古兰经》,把它装在一一个丝袋里,然后让我坐在他身旁。我仔细打量,见他笑容可掬,像满圆的月亮,身材端正标致,性情温和,人品高尚。一见他的形象,我就一千遍地赞叹,对他产生爱慕心情。我催促他:"我的主人呀!快回答我吧。"

"听明白了,遵命就是。"他说,"你要知道:这座城市是先父的京城。他是国王,你曾见他坐在宝座之上,已经化成黑石了。至于睡在帐中那个王后,她是我的母亲。城中的居民原来全都是袄教徒,他们膜拜火、光、影、热和行星绕日的轨道。先父原来没有子嗣,到晚年才生我。在他认真的教育下,一直把我抚养成人。幸而我的命运好,当时宫中有个年迈的保姆,她信的虽然是伊斯兰教,可不敢明目张胆地表示,外观总是跟袄教徒完全一样。由于她忠厚、廉洁,因而先父尊敬而信任她,认为她是一个虔诚的袄教徒。待我长大时,先父把我托付给她,并嘱咐她:'你带他去,好生教育他,把我们袄教的知识灌输给他。你必须好生管教他,不得疏忽大意。'"

"那位老保姆,灌输我伊斯兰教的道理,教我沐浴、礼拜,并给我解释《古兰经》的意义。她嘱咐我:'除了真主,你什么都不要崇拜。'待我学会伊斯兰教的道理,她便嘱咐我:'我的孩子,你须保守秘密,别让你父亲知道,免得他杀害你。'"

"我听从老保姆的嘱咐,一直保守秘密,坚持下去。过了些日子,老保姆死了,袄教徒的异端邪说越来越嚣张。有一天,忽然有一阵迅雷似的吼声,远近人们都听到了。那声音说道:'城里的人们!回头是岸,撇掉火,膜拜仁慈的真主吧。'人们听了警告,惊惶失措,奔到宫中,聚集在先父面前,问道:'这股令人听了感到万分恐怖的声音,到底是怎么一回事?主上,告诉我们吧。'国王回道:'别叫那种声音吓坏你们;你们不可轻信谣传而作践自己的宗教。'

人们遵从先父的嘱咐,依然继续拜火,而且变本加厉地宣传异端邪说。整整过了一年之后,他们第二次听到那股警告的呼声;第三年开始的时候,他们第三次又听到那股声音。三年以来,他们每年听到一次警告,可是他们听而不闻,结果触怒上苍,因此在一天黎明时候,天灾从空中降下来,城中的人畜全部变质,一概化为黑石,满城生灵,只是我一个人免于灾难。自从那天起,我获得信仰自由,就从事礼拜、斋戒,朗诵《古兰经》;至今已习以为常。虽然孤独寂寞,无人作伴,但自己却能乐天安命。"

——佚名著,纳训译《天方夜谭》,人民文学出版社,2015 年

(二)导读与赏析

《一千零一夜》是一部著名的民间故事集,是阿拉伯文学的代表作品,曾被高尔基称为世界民间文学创作中"最壮丽的一座纪念碑",在世界文学史上享有极高的声誉。《一千零一夜》这个译名最开始是由法国人伽兰在 1704 年翻译时使用,后来又有《阿拉伯之夜》的译名,在中国《一千零一夜》又常常被翻译为具有中国文化色彩的《天方夜谭》。

《一千零一夜》采用了框架式的结构即大故事套小故事,阿拉伯地区的一个国王因被爱所伤而憎恨女性,每天都会迎娶一位少女作为新娘,但是在凌晨时就会将少女杀掉。为了避免城里的少女不再被杀,宰相之女山鲁佐德主动成为国王的新娘,并在新婚的当天晚上给国王讲故事,但是在讲到故事高潮的时候戛然而止,为了听到故事的结局,国王允许山鲁佐德第二天晚上继续讲,就这样山鲁佐德讲了一千零一夜,最后国王也被山鲁佐德感动,两人幸福地生活在了一起。后来这种结构被薄伽丘的《十日谈》、乔叟的《坎特伯雷故事集》借鉴并发扬。

《一千零一夜》作为阿拉伯地区的民间故事集,其中有很多故事都真实地表现了《古兰经》在阿拉伯社会生活中所起的重要作用,作品中的主人公往往都保持着对真主阿拉的虔诚信仰并且在行为处事的过程中自觉遵守伊斯兰教的教义。如在《裁缝的故事》中裁缝被人捉弄在磨坊磨了一晚上的面,当一个老人去祝祷他长命百岁、婚姻美满的时候,裁缝说:"安拉不教说谎者平安无事!你这个坏种!这个有什么美满幸福的?"[1]而在《古兰经》就有关于禁止说谎的相关教义。

---

[1] 佚名著,纳训译《一千零一夜》,人民文学出版社,2015 年,第 347 页。

另外在《一千零一夜》中主人公常常都会以安拉起誓,听凭真主安拉的安排。在遇到困难时也总是期待安拉的救援,如在名篇《辛伯达航海的旅行故事》中,每当主人公辛伯达在遇到困难之时,高喊"安拉",最后都会化险为夷。

选段中的内容也在很多地方体现出了伊斯兰教的信仰,如"我"迷路之后背诵《古兰经》,而独自居住的王子也在大声背诵《古兰经》。除此之外,选段还从一定程度上反映了伊斯兰教征服拜火教的过程。整个王国的人都变成了黑石是因为他们信奉拜火教,而王子作为唯一的幸存者是因为他掌握了伊斯兰教的教义,接受了伊斯兰教的信仰。

(三)对比阅读

霍达的《穆斯林的葬礼》是中国文学中表现伊斯兰教思想比较明显的一部作品。《穆斯林的葬礼》被认为是我国第一部反映回族人民历史和现实生活的长篇小说,在1991年获得了中国长篇小说的最高奖项——茅盾文学奖。

韩子奇原本是玉器行奇珍斋老板梁亦清的徒弟,两人都是回族人。在一次赶制"郑和航海船"的订单时,师父梁亦清意外去世,尚未完工的宝船也遭到损坏。这次意外导致奇珍斋被迫倒闭,韩子奇到汇远斋去做学徒。三年后韩子奇重回奇珍斋,与师妹梁君璧结婚,并将奇珍斋重新经营成了名满京华的玉器行。后来战争爆发,韩子奇怕玉器被损,与英商亨特移居伦敦,君璧的妹妹梁冰玉也一同去了英国。在英国,韩子奇与梁冰玉结合生下了女儿韩新月,战后回国,冰玉留下新月独自离开。后来新月考入北大,与班主任楚雁潮相爱,但因楚雁潮是汉族,没有穆斯林信仰而遭到父亲韩子奇的反对。后来,新月因心脏病死亡,韩子奇、梁君璧也相继去世。1979年,梁冰玉重回阔别已久的家,看见一切物是人非,感慨良多。

《穆斯林的葬礼》中细致地描写了回族的风俗习惯和宗教信仰,如小说通过描写韩子奇与梁君璧两人的婚礼,展示了穆斯林婚礼的大致流程。当然小说中关于葬礼的描写尤为细致:穆斯林在弥留之际,家人们会诵念"清真言"为亡者向真主安拉请求宽恕。接着去清真寺取来"水溜子"(木板做的尸床),为亡者洗礼。在下葬时没有精美的棺木、寿衣、纸车、纸钱等身外之物,而是一路念诵《古兰经》,直接将遗体掩埋于地下。穆斯林的葬礼实行"薄葬""速葬""土葬",体现了"人缘于土,还与土"的伊斯兰教教义。

作品不仅表现回族文化与其他异质文化之间所产生的碰撞,如新月与楚雁潮的爱情遭到反对,主要是因为穆斯林不能与非穆斯林通婚的传统;同时也着力描写回族文化与汉族文化在相互交流过程中所产生的融合。通过描写一个穆斯林家族60年的兴衰,三代人的命运沉浮,宏观地回顾了中国穆斯林在文化撞击与融合中漫长而艰难的历程。

四、基 督 教

(一) 文本节选

人违背命令

耶和华神所造的,惟有蛇比田野一切的活物更狡猾。

蛇对女人说:"神岂是真说不许你们吃园中所有树上的果子吗?"

女人对蛇说:"园中树上的果子,我们可以吃,惟有园当中那棵树上的果子,神曾说:'你们不可吃,也不可摸,免得你们死。'"

蛇对女人说:"你们不一定死;因为神知道,你们吃的日子眼睛就明亮了,你们便如神能知道善恶。"

于是女人见那棵树的果子好作食物,也悦人的眼目,且是可喜爱的,能使人有智慧,就摘下果子来吃了,又给她丈夫,她丈夫也吃了。他们二人的眼睛就明亮了,才知道自己是赤身露体,便拿无花果树的叶子为自己编做裙子。

天起了凉风,耶和华神在园中行走。那人和他妻子听见神的声音,就藏在园里的树木中,躲避耶和华神的面。耶和华神呼唤那人,对他说:"你在哪里?"他说:"我在园中听见你的声音,我就害怕;因为我赤身露体,我便藏了。"耶和华说:"谁告诉你赤身露体呢?莫非你吃了我吩咐你不可吃的那树上的果子吗?"那人说:"你所赐给我、与我同居的女人,她把那树上的果子给我,我就吃了。"耶和华神对女人说:"你做的是什么事呢?"女人说:"那蛇引诱我,我就吃了。"

神 的 宣 判

耶和华神对蛇说:"你既做了这事,就必受咒诅,比一切的牲畜野兽更甚;你必用肚子行走,终身吃土。我又要叫你和女人彼此为仇;你的后裔和女人的后裔也彼此为仇。女人的后裔要伤你的头;你要伤他的脚跟。"

又对女人说:"我必多多加增你怀胎的苦楚;你生产儿女必多受苦楚。你必恋慕你丈夫;你丈夫必管辖你。"

又对亚当说:"你既听从妻子的话,吃了我所吩咐你不可吃的那树上的果子,地必为你的缘故受咒诅;你必终身劳苦才能从地里得吃的。地必给你长出荆棘和蒺藜来;你也要吃田间的菜蔬。你必汗流满面才得糊口,直到你归了土,因为你是从土而出的。你本是尘土,仍要归于尘土。"

亚当给他妻子起名叫夏娃,因为她是众生之母。耶和华神为亚当和他妻子用皮子做衣服给他们穿。亚当和夏娃被赶出伊甸园。

耶和华神说:那人已经与我们相似,能知道善恶;现在恐怕他伸手又摘生命树的果子吃,就永远活着。耶和华神便打发他出伊甸园去,耕种他所自出之土。于是把他赶出去了;又在伊甸园的东边安设基路伯和四面转动发火焰的剑,要把守生命树的道路。

——《圣经》和合本,中国基督教协会出版发行,2009 年

(二)导读与赏析

《圣经》是犹太教与基督教的宗教经典,犹太教的《圣经》(又名《希伯来圣经》)只包括基督教所称的《旧约》部分,基督教的《圣经》则包括《旧约》和《新约》两个部分。《旧约》的作者是古希伯来人,大致分为律法书、历史书、先知书和诗文杂著四个部分,内容也包罗万象,除了记载了希伯来人的历史发展、律法规则以外,还有专门描写爱情的篇章——《雅歌》。《新约》的作者是初期基督徒,主要记录的是耶稣的言行与神迹,包括《马可福音》《路加福音》《约翰福音》《马太福音》四大福音书。

基督教是在犹太教的基础上发展而来,它继承了希伯来文化中的原罪思想、苦难意识、平民意识、一神信仰以及弥赛亚救世主等观念,并扩展了犹太教的选民论,提出"因信得救"的普世论,这是基督教能够最终成为世界性宗教的基本前提。基督教对西方的社会、文化、政治、生活等方面都有广泛的影响。

选段的内容是有关人类祖先亚当、夏娃犯下原罪并被逐出伊甸园的故事。这个故事是《圣经》中传播最广、最有影响的故事之一。由这个故事所延伸出的"原罪"思想构成了基督教信仰中有关于救赎、谦卑、忏悔等一系列核心思想。亚当和夏娃之所以犯下原罪是因为他们不听从上帝的禁令,偷吃了象征着智慧与善恶的果子。吃下果子之后,亚当和夏娃首先拥有了自我意识,意识到自己赤身裸体,因此当上帝来的时候,他们因为羞耻而躲藏。

基督教中所强调的原罪思想实际上可以帮助人类避免自大,时刻保持着谦卑的精神。因为人生而有罪,这种罪感让人时刻警醒着自己在人世间是来赎罪的,在面临成功的时候不骄傲自大,这种谦卑的思想对西方文化价值观念有着深刻的影响。这种原罪的思想也使得基督教十分强调忏悔意识,人犯错无可厚非,因为我们生来就有错,人类祖先亚当和夏娃的犯错具有普遍性的意义,象征着人无完人,人在成长过程中都会遭遇诱惑,做出错误的选择。犯错并不可怕,只要怀有忏悔意识,积极改正,便能够再次得到上帝的喜爱,回归到正确的人生道路上来。

(三)对比阅读

基督教思想在中国的现当代文学中是一个重要但却经常被忽略的因素。其实中国现当代作家中有许多作家或多或少都了解基督教思想或者在作品中体现出了基督教思想,如鲁迅、曹禺、许地山、冰心、史铁生等。而冰心则是曾公开表明自己的基督教信仰,承认自己是基督徒的作家。冰心的很多作品都包含着基督教的教义与思想,除此之外,冰心还在基督教思想的基础上发展出了属于自己的文学思想——"爱的哲学"。

1921年4月10日《小说月报》发表了冰心的小说《超人》。一经发表,作品中表现出的明显的基督教精神就在当时引起了强烈的反响。

小说的主人公何彬,因为坚信尼采的个人主义观点,认为人与人之间与其互相牵连不如互相遗弃,因此何彬平时不喜与他人交往,待人十分冷漠,唯一的爱好便是读书。

但是何彬的这种处世原则因为一个12岁的孩子禄儿而改变。禄儿摔断了腿,夜晚痛苦地呻吟,何彬被禄儿的声音吵醒。第二天何彬给邻居程姥姥一笔钱,让她帮忙带禄儿去医治。治好腿的禄儿给何彬送来花篮,并且写了一张纸条:"我想先生一定是不要的。然而我有一个母亲,她因为爱我的缘故,也很感谢先生。先生有母亲么?她一定是爱先生的。这样我的母亲和先生的母亲是好朋友了。所以先生必须要收母亲的朋友的儿子的东西。"[1]

---

[1] 冰心《冰心精选集·小说卷·超人·去国》,长江文艺出版社,2018年。

禄儿的信让何彬感到无比的愧疚与忏悔,因为他当时给钱帮禄儿治病是因为不想再听到禄儿的呻吟声,而如今禄儿的童心与真挚的情感打动了他,让他认识到自己之前认为世界是虚空的、人生是无意识的、爱和怜悯都是恶德的观点都是错误的,实际上世界不仅是真实的,而且还存在着爱与怜悯。

在《超人》中冰心强调了人与人之间的怜悯与仁爱,并且塑造了一个仁爱慈祥的"母亲"形象。当时社会上十分流行尼采的"超人"学说,信奉极端个人主义,冰心这部《超人》却想要告诉人们,真正的"超人"是充满仁爱与怜悯的。冰心想要以基督教的仁爱思想来与当时的极端个人主义相对抗。

(第三篇) 哲学信仰

一、文本节选

永恒轮回是一种神秘的想法,尼采曾用它让不少哲学家陷入窘境:想想吧,有朝一日,一切都将以我们经历过的方式再现,而且这种反复还会无限重复下去!这一谵妄之说到底意味着什么?

永恒轮回之说从反面肯定了生命一旦永远消逝,便不再回复,似影子一般,了无分量,未灭先亡,即使它是残酷,美丽,或是绚烂的,这份残酷、美丽和绚烂也都没有任何意义。我们对它不必太在意,它就像是十四世纪非洲部落之间的一次战争,尽管这期间有三十万黑人在难以描绘的凄惨中死去,也丝毫改变不了世界的面目。

如十四世纪这两个非洲部落的战争永恒轮回,无数次的重复,那么战争本身是否会有所有改变?

会的,因为它将成为一个突出的硬疣,永远存在,此举之愚蠢将不可饶恕。

若法国大革命永远地重演,法国的史书就不会那么以罗伯斯庇尔为荣了。正因为史书上涉及的是一桩不会重现的往事,血腥的岁月于是化成了文字、理论和研讨,变得比一片鸿毛还轻,不再让人惧怕。一个在历史上只出现一次的罗伯斯庇尔和一位反复轮回、不断来砍法国人头颅的罗伯斯庇尔之间,有着无限的差别。

且说永恒轮回的想法表达了这样一种视角,事物并不像是我们所认知的一样,因为事情在我们看来并不因为转瞬即逝就具有减罪之情状。的确,减罪之情状往往阻止我们对事情妄下断论。那些转瞬即逝的事物,我们能去谴责吗?橘黄色的落日余晖给一切都带上一丝怀旧的温情,哪怕是断头台。

不久前,我被自己体会到的一种难以置信的感觉所震惊:在翻阅一本关于希特勒的书时,我被其中几幅他的照片所触动。它们让我回想起我的童年,我的童年是在战争中度过的,好几位亲人都死在纳粹集中营里。但与这张令我追忆起生命的往昔,追忆起不复返的往昔的希特勒的照片相比,他们的死又算得了什么?

与希特勒的这种和解,暴露了一个建立在轮回不存在之上的世界所固有的深刻的道德沉沦,因为在这个世界上,一切都预先被谅解了,一切也就被卑鄙地许可了。

如果我们生命的每一秒钟得无限重复,我们就会像耶稣被钉死在十字架上一样被钉死在永恒上。这一想法是残酷的。在永恒轮回的世界里,一举一动都承受着不能承受的责任重负。这就是尼采说永恒轮回的想法是最沉重的负担的缘故吧。

如果永恒轮回是最沉重的负担,那么我们的生活,在这一背景下,却可在其整个的灿烂轻盈之中得以展现。

但是,重便真的残酷,而轻便真的美丽?

最沉重的负担压迫着我们,让我们屈服于它,把我们压到地上。但在历代的爱情诗中,女人总渴望承受一个男性身体的重量。于是,最沉重的负担同时也成了最强盛的生命力的影像。负担越重,我们的生命越贴近大地,它就越真切实在。相反,当负担完全缺失,人就会变得比空气还轻,就会飘起来,就会远离大地和地上的生命,人也就只是一个半真的存在,其运动也会变得自由而没有意义。

那么,到底选择什么?是重还是轻?

巴门尼德[1]早在公元前六世纪就给自己提出过这个问题。在他看来,宇宙是被分割成一个个对立的二元:明与暗,厚与薄,热与冷,在与非在。他把对立的一极视为正极(明、热、薄、在),另一极视为负极。这种正负之极的区分在我们看来可能显得幼稚简单。除了在这个问题上:何为正,是重还是轻?

巴门尼德答道:轻者为正,重者为负。他到底是对是错?这是个问题。只有一样是确定的:重与轻的对立是所有对立中最神秘、最模糊的。

——米兰·昆德拉著,徐均译《不能承受的生命之轻》,上海译文出版社,2017年

二、导读与赏析

1. 作者简介

米兰·昆德拉(Milan Kundera,1929—),当代著名作家,原是捷克裔法国作家,在2019年重新获得捷克共和国政府公民的身份。昆德拉创作类型丰富,长篇小说的代表有《笑忘录》《不能承受的生命之轻》《生活在别处》等,理论作品的代表有《帷幕》《小说的艺术》等,除此之外还有剧本与诗歌的创作。昆德拉善用反讽与幽默的手法来描绘人类的境况,在他的作品中更是充满了存在主义的哲思。昆德拉曾多次获得国际的文学奖,多次被提名为诺贝尔文学奖候选人。

---

[1] 巴门尼德(约前515—?),希腊哲学家,公认的埃利亚学派的最杰出者。

2. 作品导读

1984年《不能承受的生命之轻》首次出版,次年韩少功与其姐姐韩刚就将这部作品从英译本转译了过来。最开始的中文译名是《生命中不能承受之轻》,此后该书的英文版本被多次重译,直到2003年,许均直接从法文直译了这部作品,并根据作品的思想内容将书名译为《不能承受的生命之轻》。

《不能承受的生命之轻》的主人公托马斯是一位著名的脑外科医生,他天性自由,有过一段失败的婚姻,对性持开放的态度,有着众多的情人。一个偶然的机会,托马斯结识了餐厅女招待特蕾莎,随之与其发生了关系,之后两人产生了感情并结婚。但婚后托马斯依然保持着与情人之间的关系,并且还让自己的画家情人萨宾娜给特蕾莎介绍了一份记者的工作。后来应苏黎世一位医生的邀请,托马斯夫妻俩一起到了苏黎世生活。但到了苏黎世的托马斯不断与其他女人有纠葛,这让特蕾莎无法接受,于是毅然离开托马斯回到祖国。托马斯在特蕾莎走后才恍然醒悟,随即回到祖国寻找特蕾莎,并与特蕾莎一起搬到了乡下生活,最后夫妇俩在一次车祸中丧生。

这部小说表面上是一部爱情小说,但实际上昆德拉在作品中深度地讨论了"人的存在究竟是什么,其意义何在"等哲学问题,蕴含了深刻的哲思与对生命存在的思考。

选段的内容便是作品的开篇,叙述者"我"对尼采的"永劫轮回"的哲学命题进行讨论,同时提出了贯穿整部作品的主题——"轻"与"重"的问题。如果人类历史可以永恒轮回,那么,战争会不断重复,罗伯斯庇尔会不断砍下上万颗头颅,那将是一幅多么可怕的画面!如果人存在的每一秒都可以重复,那么可能性与偶然性便不复存在,人生的选择也就失去了意义,这无疑是生命不能承受之重!而实际上我们不能做到"永劫轮回",那么人生就只有一次,我们只能做一个选择,不可能再次重复修正,这无疑是生命不能承受之轻!但就是这生命不能承受之轻,让我们明白了生命存在的意义与价值。人的生命固然只有一次,但是当我们在面临选择的时候却具有多重可能性,这种悬而未决的时刻正是人生中最有价值的时刻。因为如果没有可能性,只有一个选择,那么每个人只能按部就班地生活,整个人生能够一眼望到头,也就失去了多样性与可能性。正如托马斯一直无法确定特蕾莎就是自己爱情中的另一半,是因为他总是在面临的可能性面前不断犹豫和踟蹰。昆德拉在小说中深刻地讨论了"轻"与"重"这一对哲学范畴,并通过小说中的人物群像展开对本体存在的思辨。

三、对比阅读

史铁生的作品中同样充满了对生命的意义与价值的哲学思考,残疾的身体使得他无法拥有丰富的社交生活与广阔的社会活动空间。但这种内向化的生活让他能够更好地与自我对话,对生命价值做更深层次的探索。在史铁生的作品中,生存、痛苦、死亡、灵魂等问题是常常出现的主题,作者用真诚、睿智的语言表达着自己对这些问题的思考,对人生的乐观与向往,对理想的追求与努力,对不圆满的包容与接纳。

《务虚笔记》是史铁生的第一部长篇小说,最先发表于 1996 年,由王安忆作序。《务虚笔记》是史铁生一部半自传式的作品,整部小说由 22 个段落构成,讲述了残疾人 C、画家 Z、女教师 O、诗人 L、医生 F、女导演 N 等人物在面临着深刻的社会变革时所产生的回响。

从 20 世纪 90 年代开始史铁生的创作整体呈现出虚幻化的特征,这部《务虚笔记》便是其中非常有代表性的一部作品。整部作品"务虚"而不写实,主要描写对生命的一种印象。小说中所塑造的人物都是如残疾人 C、女教师 O 这一类带有符号性特征的角色,符号消解了人物身上的典型性与差异,使得人物与人物之间的差别消失,具有强烈的普遍性与形而上的特征。另外作为一部长篇小说,整部小说却没有连贯的情节线索,更多地是在行文之间表现作者思考和思辩的过程,作品主要讨论了虚无、灵魂、精神、生命本质、形而上等方面的问题。

《务虚笔记》中的语言具有思辩性与文学审美性,这是小说家探讨哲学问题时的突出表现。比如作者笔下就经常会出现一些充满哲思且奇妙的句子,"但那不再是我。无论那个夜晚在他的记忆里怎样保存,那都只是他自己的历史。说不定有一天他会设想那个人的孤单,设想那个人的来路和去处,他也可能把那个人写进一本书中。但那已与我无关,那仅仅是他自己的印象和设想,是他自己的生命之一部分了"[1],"但是一切被意识到的生活一旦被意识到就已成为过去,意义一旦成为意义便已走向未来。现在是趋于零的,现在若不与过去和未来连接便是死灭,便是虚空"[2],等等。

(第四篇) 政治信仰

一、文本节选

在一条偏僻的小胡同,她找到了要找的门牌号数。这是一个破旧的小门楼,她照着江华所说的,留神看看门扇上果真用粉笔写了两个歪扭的十字,她放心地笑了。可是,心却突然地跳起来。她拍了两下门环,轻轻喊道:

"王太太在家吗?"

一个穿着花布旗袍的年轻瘦小的姑娘跑出来开门,并且一把拉着她的手轻轻说:

---

[1] 史铁生《务虚笔记》,春风文艺出版社,2006年,第1页。
[2] 同上书,第7页。

"你来了！好！"

道静一霎间愣住了。这年轻姑娘是谁？这不是那精明干练、她寻觅已久的徐辉吗？怎么她忽然在这儿出现了呢？……

"小林，进去呀！刘大姐在等你。"徐辉机警地朝胡同左右望望，看见没有行人，她关上街门就和道静一块儿走了进来。

这是一所北京式的古老的小平房，院子的各个角落，全堆满了破旧的杂物。徐辉把道静领到南房里，开开门，江华和瘦削而安详的刘大姐正坐在屋里，似乎在等她。道静一见刘大姐，抢上去握着她的手，讷讷地说道：

"刘大姐……我见过您——李大嫂对吧？……"

"林道静同志，组织上看了你的自传，审查了你的全部历史，今天正式批准你入党了。"大姐握着道静的手，细眯着眼睛，郑重而热烈地低声说。

道静的心跳得厉害。她看着大姐——看着她那慈祥温和的笑容，紧张得不知说什么好。而其他同志也都默默无言。有点发暗的小屋里，自道静一进来，反倒沉寂无声了。

"姨妈，来了客人，咱们今晚上包饺子吃吧？"徐辉站在屋门口外，听见屋里没声音，她就娇声嫩气地喊了一句，并且开开门，从门缝里探进头来向屋里的三个人一努嘴。江华立刻把放在方桌上的一副牌九一抖撒，哗啦啦几声牌响打破了屋里的沉寂。道静抬头一看，江华正站在桌旁望着她。她第一次看见他那深沉温厚的眼睛里，流露着多么热烈的欢乐和多么殷切的期望呵！一见这眼睛她就更加激动了。她扬起头来，南面灰黯的墙壁上挂着几幅山水画，她望着这些画，神色庄严，呼吸急迫。一霎间，那些迷蒙的山水画变了，它变成一面巨大的红色旗帜——上面有着镰刀铁锤的红色旗帜。这旗帜那么鲜艳，那么火热地出现在她的眼前……

"从今天起，我将把我整个的生命无条件地交给党，交给世界上最伟大崇高的事业……"她的低低的刚刚可以听到的声音说到这儿再也不能继续下去,眼泪终于掉了下来……世界上还有比这更高贵、更幸福的眼泪吗?每个共产党员,当他回忆他入党宣誓的那一霎间,当他深深地意识到,从这一刻起,他再不是一个普通的人了;当他深深地意识到,他已经高高地举起了共产主义的大旗,他已经在解放人民、解放祖国的战场上成了最英勇最前列的战士时,这是何等的幸福啊;当他深深地意识到,他的命运将和千百万人民的命运紧密地联结在一起,他的生命将贡献给千百万人民的解放和欢乐,这又是何等的幸福呵!

黄昏近了,南屋昏暗而又寂静。

道静终于冷静下来。当她看清站在她身旁的两个同志也和她一样闪着喜悦的泪光时,她微微地笑了。刚要说什么,刘大姐却抢先握住她的手,小声说:

"我祝贺我党从今天起又多了一个好同志。一个倒下了,另一个站起来,我们党是永远不可摧毁的!"她的话刚完,一直沉默不语的江华也走上前来握着道静的手:"我也祝贺林道静同志。我们的事业是艰苦的,道路更是漫长的,我以介绍人的资格,希望林道静同志永远记着共产党员这个光荣称号。"他用力摇摇道静的手就放下了。这时正在院里做饭警戒的徐辉也走了进来,她沾着两手白面粉,紧紧拉住道静的手快乐地笑道:"祝贺你!"许辉聪明锐利的眼睛,这时变得多么温柔和善呵!

道静闪动着大眼睛,用力握住每个同志伸出的手。她依然面孔绯红、心头乱跳,但她的神情却出现了从未有过的谨慎、宁静和严肃。

——杨沫《青春之歌》,江苏凤凰文艺出版社,2018年

二、导读与赏析

1. 作者简介

杨沫(1914—1995),中国当代女作家,湖南湘阴人,原名杨成业,

笔名杨君默、杨墨、小慧等。1934年发表处女作《热南山地居民生活素描》,自此走上文学创作的道路。抗战期间担任《黎明报》《晋察冀日报》等报纸的编辑,中华人民共和国成立后,任北京市作协副主席、中国作家协会理事等职务。1958年,杨沫发表《青春之歌》,《青春之歌》与之后创作的《芳菲之歌》《英华之歌》合称为"青春三部曲",共计一百三十余万字。

2. 作品导读

杨沫从1950年开始创作《青春之歌》,1958年发表。《青春之歌》是一部带有自传性质的作品,主人公林道静的很多生平经历与作家本人有许多相似之处。小说主要以1931年"九一八"事变到1935年"一二·九"运动的这段历史时期作为时代背景,讲述主人公林道静从一个懵懂的少女成长为一位具有坚定革命信仰的共产党员的发展历程。林道静虽出生于地主家庭,但身世可怜,亲生母亲被害致死,自己在继母的虐待中长大。长大之后,她因不满封建家庭的包办婚姻而离家出走。出走后的林道静结识了北大学生余永泽,并与之相恋同居。奈何余永泽是一个迂腐的守旧派,认为女人应该在家里相夫教子,而不是积极参与社会政治活动,最终林道静在革命者卢嘉川的启蒙之下与余永泽决裂,积极投身到了革命活动之中。林道静后被捕入狱,认识革命者林红,又在林红的帮助与影响之下对革命有了更深刻的认识,革命信念也变得更加坚定。出狱后的林道静前往定县教书,在定县认识了革命者江华,并追随江华参加了农村革命运动。最后在江华等人的引荐下,林道静加入了中国共产党,成为了一名光荣的共产党员。

整部小说语言优美,情节曲折且充满了革命的激情。杨沫以女性作家特有的笔触真实地再现了革命者林道静的成长过程,从革命前的软弱无知,到后来刚接触革命时的天真与幻想,再到最后历经磨难之后的坚定与沉稳。作者常常将主人公放置于尖锐的矛盾冲突之中,通过描写主人公在冲突之中的选择来凸显其思想与性格的成长与变化,如林道静选择与封建家庭决裂离家出走;选择与余永泽分手毅然加入社会革命等,每一次选择都是林道静的一次经历与成长。另外作者还善于通过细腻的心理刻画、细节描写与对比手法来塑造人物。

《青春之歌》产生的年代是一个理想主义和英雄主义高扬的时代,作品中表现出了明显与突出的政治信仰,即共产主义是当时中国的唯一出路,是世界上最崇高与伟大的事业。选段内容便是表现了林道静被批准入党之后的感受,她感到幸福,热泪盈眶,认为这是世界上最高贵、最幸福的眼泪,体现出了当时一代青年知识分子的人生选择与政治信仰。

三、对比阅读

前苏联作家尼古拉·奥斯特洛夫斯基在1933年完成的长篇小说《钢铁是怎样炼成的》中同样塑造了一个具有坚定政治信仰的人物形象——保尔·柯察金。这部作品是根据奥特斯特洛夫斯基本人的生平经历写成,带有自传性质。1919年,奥特斯特洛夫斯基加入苏联红军,第二年在战场上受伤右眼失明,之后回到基辅铁路工厂负责该厂的肃反工作。1921年为了修建运送燃料的铁路而患上严重的肠伤寒,险些丧命。1924年,20岁的奥斯特洛夫斯基加入了共产党,23岁时过度劳累与脊椎受伤导致他全身瘫痪,24岁时病情恶化,双目失明,脊椎硬化。但就是在这样恶劣的情况下,1930年26岁的奥斯特洛夫斯基开始创作《钢铁是怎样炼成的》。最终凭借着对革命的信仰与惊人的毅力,他口述完成了这部作品。

主人公保尔·柯察金出生在一个贫苦的工人家庭,在苏联国内战争时期,保尔结识了一个布尔什维克——朱赫来,在朱赫来的启蒙与影响之下,保尔开始了解到布尔什维克主义,并加入了苏联红军,成为了一名骑兵战士。在一次战斗中保尔失去了右眼,被迫回到家乡,在家乡保尔与初恋冬妮娅重逢,却发现冬妮娅的小资产阶级思想与自己的共产主义思想格格不入,保尔认为自己应该首先属于党,其次才能属于爱人与亲人,最终两人因政见不合而分手。

一次保尔因在极寒环境下工作患上了肠伤寒并发大叶性肺炎,差点死去。后来又在一次车祸中右腿残废,不久又双目失明,一度产生轻生的念头,最后靠着顽强的意志坚强地活了下来。后来他与邻居达雅结婚,在婚后创作战争小说《暴风雨所诞生的》,以文字为武器开始了新的战斗。

在《钢铁是怎样炼成的》中奥斯特洛夫斯基塑造的保尔·柯察金是一个具有坚定革命信仰与政治目标的人物形象。他始终把党与伟大的共产主义事业放在第一位,正如他在书中所说:"人最宝贵的是生命。生命每人只有一次。一个人的一生应当这样度过:当他回首往事时,不因虚度年华而悔恨,也不会因卑鄙庸俗而羞愧。这样,在临死的时候他就可以说:'我的整个生命和全部精力都已献给了世界上最壮丽的事业——为人类的解放而斗争。"[1]。

本章实训小课题

以"信仰"为主题开展一次辩论活动,主要集中于宗教信仰领域。参照佛教中"辩经"、基督教中"辩论"的形式与传统,对几大宗教教义做大致了解之后进行。

要求:分组进行,有自己的思考与感受,语言表达准确流畅,逻辑清楚,讨论期间要有三次会议记录。

---

[1] 尼古拉·奥斯特洛夫斯基著,袁崇章译《钢铁是怎样炼成的》,文化发展出版社,2016年,第284页。

第七章
审美——各美其美

题记

若要把感性的人变为理性的人，唯一的路径是先使他成为具有审美能力的人。

——[德]席勒

导语

从审美发生学看,审美的对象是可以多种多样的,可以是美的,也可以是丑的,还可以是崇高的、滑稽的,等等。审美的类型也是多种多样的,可以如"楚塞三湘接,荆门九派通"之崇高,如"池塘生春草,园柳变鸣禽"的优美,等等。作为文学创作主体的人,很难在脱离对美的感受与体悟的情况下创作出好的作品。人的审美直觉的提高,不仅可以提高自身对文学艺术作品的欣赏层次,还能感受到文学艺术作品对于自身的净化与取悦。本章选取或优美或丑陋或诙谐或崇高等不同审美类型的文学艺术作品,由此进入一个五光十色的审美世界。

(第一篇) 优 美

一、文本阅读

采 桑 子

轻舟短棹西湖好,绿水逶迤。芳草长堤,隐隐笙歌处处随。
无风水面琉璃滑,不觉船移。微动涟漪,惊起沙禽掠岸飞。

——欧阳砥柱编著《欧阳修诗文赏析》,武汉大学出版社,2018年

二、导读与赏析

1. 作者简介

欧阳修(1007—1072),北宋文学家、政治家、史学家,庐陵(今江西吉安)人,"唐宋八大家"之一。欧阳修的散文精炼流畅,寓情于理,

代表作品有《醉翁亭记》《丰乐亭记》等;他的诗词委婉动人,情意缠绵,代表作品有《蝶恋花·庭院深深深几许》《戏答元珍》等。除此之外,欧阳修在史学方面也颇有贡献,修有《新唐书》(与宋祁合修)、《新五代史》(独撰)。另,欧阳修还编有《集古录》,对宋代金石学颇有影响。

2. 作品导读

优美又称"秀美""阴柔美",是基本的审美范畴,美的重要形态之一。在李泽厚先生编著的《美学百科全书》中认为优美是一种静态式的美,如"炊烟袅袅,杨柳依依,晚霞余晖,悠扬哀婉的小夜曲,清丽淡雅的一帧风景画等,体现的都是一种真与善相和谐统一的自由的形式"[1]。优美的审美对象一般具有"小巧、柔和、淡雅、细腻、光滑、圆润、精致、轻盈、舒缓、嫩弱、绚丽、微妙、渐次地流动变化"[2]等感性形式方面的特征。因此优美的文学作品往往给人一种赏心悦目、静谧和谐的审美感受。

选文《采桑子·轻舟短棹西湖好》主要描写词人春日泛舟游湖时的所见所感。上片首句用"轻舟短棹西湖好"点题,"短棹"使得轻舟缓缓地在湖上滑行,表明词人的悠然与闲适,"西湖好"则直抒胸臆表达作者对西湖的喜爱之情。紧接着词人用"绿水逶迤。芳草长堤,隐隐笙歌处处随"一句从视觉、听觉两方面描绘出了当时泛舟时的情景:轻舟缓缓地在碧绿的蜿蜒水道上漂流,两岸的长堤长满芳草,翠绿透迤,隐隐地还传来欢乐的歌声,整个画面给一种恬静、清远的感受。下片"无风水面琉璃滑,不觉船移"描写平静无风的水面如同琉璃一般顺滑,不知不觉中船已移动了很长的距离。"微动涟漪,惊起沙禽掠岸飞",轻舟微微移动,水面便泛起阵阵涟漪,惊得沙滩边的禽鸟掠过湖岸飞翔。前一句用"无风""不觉船移"凸显出整个湖面的静

---

[1] 李泽厚、茹信主编《美学百科全书》,社会科学文献出版社,1990年,第648页。
[2] 同上。

态,而下一句用"微动涟漪"惊起沙滩边的水鸟展翅飞翔,显示出极静之中的动态。前后两句动静结合,以动衬静,可见词人写景的高超技艺。整首词营造了一种静谧和谐、柔和舒缓的审美意境,堪称一首典型的优美词作。

三、对比赏析

优美这一审美类型不仅在文学领域中体现,在其他艺术领域中也有非常多的表现,如文艺复兴时期的著名画家达·芬奇的画作《蒙娜丽莎》就给人一种和谐优美的审美感受。《蒙娜丽莎》于1503年开始创作,1506年完成,共耗时三年。《蒙娜丽莎》是达·芬奇最具代表性的作品之一,现藏于法国巴黎的卢浮宫博物馆,与《断臂维纳斯》《胜利女神像》一起被称为"卢浮宫三宝"。

据说达·芬奇所画的蒙娜丽莎是佛罗伦萨一位名叫吉奥孔达的银行家的第二任妻子,吉奥孔达想要留下妻子最美好的瞬间,给妻子绘制一幅最好的肖像,于是找到了画家达·芬奇。

达·芬奇为了画好这幅肖像,付出了无数的精力,他甚至在绘画时请来了音乐家弹琴唱歌,喜剧家扮丑取乐,希望音乐与表演能够使美丽的女子在欢乐的情景之中展颜一笑;作家本人有时也会跟他的模特讲一些故事和笑话,回答她因好奇而提出的各种问题,希望美丽的女子能够在轻松的氛围中展颜一笑。现在也正如我们能够在绘画中所看到的一样,"蒙娜丽莎"露出了她那"神秘的微笑"。

画中的"蒙娜丽莎"圣洁美丽,她的上半身形体占据了画面的大部分画幅,且居于中央位置。她的双眼凝视着前方,好像在观看着向她投以目光的人,她的嘴角轻轻地抿着,给人一个神秘而又意味深长的微笑。她的头发中分,头顶露出微微发白的发缝,两边的卷发自然地散垂在肩颈处,她的头上隐约还戴着黑色的头纱。她的肌肤莹润而有光泽,身前圆润的双手自然交叉,优雅随意地放在扶手之上,给人一种优雅娴静之感。身后墙面的背景在没有被"蒙娜丽莎"身体遮挡的地方显露了出来,在轻烟笼罩之下,曲折蜿蜒的小径,重重叠叠的山峦与端庄的"蒙娜丽莎"相映成趣。整个画面构建了一种静谧的女性美,呈现出一幅和谐美好的优美画面。

（第二篇）崇　高

一、文本节选

十　第四合唱歌

歌　队　（第一曲首节）凡人的子孙啊,我把你们的生命当作一场空!谁的幸福不是表面现象,一会儿就消灭了?不幸的俄狄浦斯,你的命运,你的命运警告我不要说凡人是幸福的。

（第一曲次节）宙斯啊,他比别人射得远,获得了莫大的幸福,他弄死了那个出谜语的、长弯爪的女妖,挺身作了我邦抵御死亡的堡垒。从那时候起,俄狄浦斯,我们称你为王,你统治着强大的忒拜,享受着最高的荣誉。

（第二曲首节）但如今,有谁的身世听起来比你的可怜?有谁在凶恶的灾祸中,在苦难中遭遇着人生的变迁,比你可怜?哎呀,闻名的俄狄浦斯!那同一个宽阔的港口够你使用了,你进那里做儿子,又扮新郎做父亲。不幸的人呀,你父亲耕种的土地怎能够,怎能够一声不响,容许你耕种了这么久?

（第二曲次节）那无所不见的时光终于出乎你意料之外发现了你,它审判了这不清洁的婚姻,这婚姻使儿子成为了丈夫。哎呀,拉伊俄斯的儿子啊,愿我,愿我从没有见过你!我为你痛哭,像一个哭丧的人!说老实话,你先前使我重新呼吸,现在使我闭上眼睛。

十一 退　场

传报人自宫中上。

传报人　我邦最受尊敬的长老们啊,你们将听见多么惨的事情,将看见多么惨的景象,你们将是多么忧愁,如果你们效忠你们的种族,依然关心拉布达科斯的家室。我认为即使是伊斯忒耳和法息斯河也洗不干净这个家,它既隐藏着一些灾祸,又要把另一些暴露在光天化日之下,这些都不是无心,而是有意做出来的。自己招来的苦难总是最使人痛心啊!

歌队长　我们先前知道的苦难也并不是不可悲啊!此外,你还有什么苦难要说?

传报人　我的话可以一下子说完,一下子听完:高贵的伊俄卡斯忒已经死了。

歌队长　不幸的人呀!她是怎么死的?

传报人　她自杀了。这件事最惨痛的地方你们感觉不到,因为你们没有亲眼看见。我记得多少,告诉你多少。她发了疯,穿过门廊,双手抓着头发,直向她的新床跑去;她进了卧房,砰地关上门,呼唤那早已死了的拉伊俄斯的名字,想念她早年所生的儿子,说拉伊俄斯死在他手中,留下做母亲的给他的儿子生一些不幸的儿女。她为她的床榻而悲叹,她多么不幸,在那上面生了两种人,给丈夫生丈夫,给儿子生儿女。她后来是怎样死的,我就不知道了;因为俄狄浦斯大喊大叫冲进宫去,我们没法看完她的悲剧,而转眼望着他横冲直闯。他跑来跑去,叫我们给他一把剑,还问哪里去找他的妻子,又说不是妻子,是母亲,他和他儿女共有的母亲。他在疯狂中得到了一位天神的指点:因为我们这些靠近他的人都没有给他指路。好像有谁在引导,他大叫一声,朝着那双扇门冲去,把弄弯了的门杠从承孔里一下推开,冲进了卧房。

我们随即看见王后在里面吊着,脖子缠在那摆动的绳子上。国王看见了,发出可怕的喊声,多么可怜!他随即解开那活套。等那不幸的人躺在地上时,我们就看见那可怕的景象:国王从她袍子上摘下两只她佩带着的金别针,举起来朝着自己的眼珠刺去,并且这样嚷道:"你们再也看不见我所受的灾难,我所造的罪恶了!你们看够了你们不应当看的人,不认识我想认识的人,你们从此黑暗无光!"

他这样悲叹的时候,屡次举起金别针朝着眼睛狠狠地刺去:每刺一下,那血红的眼珠里流出的血便打湿了他的胡须,那血不是一滴滴地滴,而是许多黑的血点,雹子般一齐下降。这场祸事是两个人惹出来的,不只一人受难,而是夫妻共同受难。他们旧时代的幸福在从前倒是真正的幸福;但如今,悲哀、毁灭、死亡、耻辱和一切有名称的灾难都落到他们身上了。

——索福克勒斯著,罗念生译《俄狄浦斯王》,人民文学出版社,1983年

二、导读与赏析

1. 作者简介

索福克勒斯(Sophocles,约前496—约前406),古希腊三大悲剧家之一,被誉为"戏剧艺术的荷马"。他生活在雅典奴隶制民主城邦制的鼎盛时期,受过良好的教育,除戏剧创作外,还擅长音乐、体育、诗歌等。索福克勒斯反对专政,拥护民主,肯定人的自由意志,认为人可以与命运抗争。索福克勒斯一生创作过130多部戏剧,但流传下来的只有7部完整的作品,其中最有代表性的有《安提戈涅》《俄狄

浦斯王》等作品。

2. 作品导读

崇高,同样也是基本的审美范畴,是美的重要形态之一。《美学百科全书》中认为在外在感性形式上崇高具有"巨大、雄壮、险峻、恐怖、瘦硬、辽阔、粗壮、凸凹、厚重、笨拙、浩瀚、阴森、冷酷、凶残、腐朽、粗犷尖刻、阴暗、朦胧冷涩、奔放不羁、喧躁"[1]等特征。人们在最初面临崇高的审美对象时会因自身的渺小而产生恐惧、痛苦、悲伤等消极感受,但最后当内心深处的情感被高大伟岸的审美客体所刺激鼓舞之后,便会产生一种昂扬、激动奋发的积极感受。当然崇高产生的前提是人们在审美对象面前不能有切实的危险与威胁,如果让一个人站在悬崖边上,他只会感到恐惧与危险而不是崇高。

选本《俄狄浦斯王》便是一出具有崇高审美感受的古希腊命运悲剧。俄狄浦斯是忒拜城国王拉伊俄斯和王后伊俄卡斯忒的儿子,他在出生之前便有一个神谕:他将会杀父娶母。因此在他出生之后,父亲拉伊俄斯便刺穿他的脚踝,让人将他弃之荒野。然而在机缘巧合之下,俄狄浦斯被邻国国王扶养长大。长大后的俄狄浦斯偶然得知了自己的命运,为了不让可怕的命运实现,俄狄浦斯离开了科林斯。结果在一个三岔路口,俄狄浦斯失手杀死了一群陌生人,其中就有他的亲生父亲拉伊俄斯。后来俄狄浦斯又破解了斯芬克斯之谜,拯救忒拜城于危难之中,忒拜人便奉其为国王,并将王后嫁给了他。后来,忒拜城不断有灾祸与瘟疫发生,俄狄浦斯在调查时发现原来他早就在无知无识之中应验了命运,犯下了杀父娶母的可怕罪行! 知道真相的伊俄卡斯忒上吊自杀,而俄狄浦斯则刺瞎自己的双眼,放逐了自己。

《俄狄浦斯王》取材于古希腊神话,观众是知道故事情节的,也知

---

[1] 李泽厚、茹信主编《美学百科全书》,社会科学文献出版社,1990年,第67页。

道自己决不会犯下"杀父娶母"这样骇人的罪行,因此观众在观看这出悲剧时是一种旁观者的姿态,可以将这出悲剧作为一个审美对象来进行观照。俄狄浦斯在强大的命运面前,选择了勇敢的抗争,尽管这种抗争在命运面前显示出了人类的有限性与渺小,但是这种抗争体现出了人类的尊严与无限的力量。这种伟大的精神力量赋予我们勇气与来自自然界的全能威力相较量,哪怕在这种较量中人类弱小得不堪一击。这种伟大的精神力量同时也在观众的心中激荡起强烈的反响,产生出一种崇高的审美感受。

三、对比赏析

论给人以崇高的审美感受,音乐是最好的表现方式之一。由光未然作词,冼星海作曲的《黄河大合唱》便是其中典型的代表。

1938年10月,武汉沦陷,诗人光未然带领抗敌演剧队第三队,从陕西宜川县的壶口附近东渡黄河,转入吕梁山抗日根据地。在赶路的途中光未然亲眼见到黄河上的船夫们唱着高亢、激昂的船工号子与狂风巨浪斗争的场景,这一场景在诗人的脑中久久挥之不去。1939年1月,回到延安后的光未然便根据在黄河所见到的情景创作出了朗诵诗《黄河吟》,并在当年的除夕联欢会上进行了朗诵。作曲家冼星海听到这首诗朗诵后深受触动,决定根据这首诗创作一首合唱曲目。经过紧张的创作,1939年3月31日,还在病中的冼星海完成了《黄河大合唱》的作曲。1939年4月13日,《黄河大合唱》在延安陕北公学大礼堂首演,引起了巨大的反响。整首歌曲以中华民族的母亲河"黄河"为歌颂对象,赞颂在抗日战争中中华儿女们的英勇抵抗,同时表达了中国人民为保卫祖国不怕牺牲,勇往直前的坚定信心!

《黄河大合唱》共分为七个乐章,整个乐曲曲调高昂,气势雄浑。第一乐章以劳动号子为音乐素材,混声合唱,气势磅礴。歌词中不断出现"咳！划哟！咳！划哟！"这样的劳动号子来展现船夫们与风浪搏击的惊险场面；第二乐章由男高音独唱《黄河颂》，用浑厚的歌声赞颂黄河的博大与豪迈。第三乐章是由三弦伴奏的诗朗诵《黄河之水天上来》，用饱含情感的语言讲述了当时中华民族所遭遇的灾难，同时歌颂了那些热爱祖国、为国牺牲的民族英雄，并率先唱起了抗战胜利的凯歌，对未来充满了希望。第四乐章《黄水谣》由女声二部混声合唱，是一个民谣体的三段体歌曲。优美动听的声线先是用平缓的曲调讲述了战争开始之前人们宁静的生活，接着开始情绪愤怒地表现在日本侵略者暴行下老百姓的悲惨遭遇，最后在压抑和痛苦之中结束。第五乐章《河边对口曲》是男声二重唱与混声合唱，通过对话的形式，讲述了日本侵略、人民流离失所的悲惨遭遇。第六乐章《黄河怨》是女声独唱，用悲惨哀婉的音调唱出沦陷区妇女的痛苦。第七乐章《保卫黄河》是轮唱、合唱，整个乐章采用"卡农"的复调手法，形成一种气吞山河、万马奔腾、群情激愤的艺术效果。最后一章《怒吼吧，黄河》是全曲的高潮，齐声大合唱表达着对敌人的憎恨、对保卫祖国的坚定决心，排山倒海般的宏伟音乐在听众的心中不断撞击，产生崇高的审美感受。

第三篇 诙 谐

一、文本节选

第六章
卡冈都亚的出世方式离奇

众位宾客正在闹酒，说着这类疯话的时候，嘉格美尔忽觉下身不甚舒适。大肚量料着是分娩前的腹痛，连忙从草地上站起来，亲切地安慰她,说她在杨树底下青草地里躺得过久,怕是动了胎气,劝她鼓起勇气,迎接小宝宝的来临;并且说,肚痛虽然难受,但一会儿就会过去,继之而来的快乐会使她忘却暂时的苦痛,至多不过留下一点回忆。

"鼓起绵羊的勇气,"他说,"赶快把这一个生下来,让我们再搞第二个。"

"嗨,"她说"看你们男子说话多轻松!天主在上,只要你喜欢,我把肚子胀裂了也不要紧。但是,你若肯把那东西割掉,我却要谢天谢地。"

"割什么?"大肚量问。

"嗨,"她说,"你真老实!割什么你还不明白?"

"我的那家伙么?羊的血[1],你要割,就拿刀子来!"

"使不得,"她说,"天主宽恕我,我心里并没想说这话,你不要当真,无论如何,你不要动它分毫。但是,如果天主不照顾,今天的苦头是够我吃的,都是你那件东西害人,祝天主保佑它平安。"

"别怕,别怕!"大肚量说,"你不必担心,四条牛儿前头拉,你只消跟着走,自然万事顺吉。我现在再去喝几杯,如果你觉得不舒服,我就在旁边:你把两只手拢在嘴上叫一声,我立刻就会过来的。"

过了不久,嘉格美尔开始叹气,呻吟,叫喊。突然间从四面八方来了许多收生婆。她们摸一摸嘉格美尔的下身,摸到一手怪不好闻的黏膜似的东西,以为是孩子下来了,其实是她屁股开花,前面已经表过。那是她肥牛脏吃多了,大肠发滑,收不住的缘故。

收生婆里有一个邋遢老太婆,出名的医道高强,六十年前就从圣热努的勃里斯帕伊来此行医到现在。她给嘉格美尔敷上一种收敛性的药膏,不料药性太猛,敷了之后,她的产门突然收缩,紧紧闭住,你如要它再开,就是用牙齿咬,也得咬半天,你想这够多吓人。那情况

---

[1] 羊的血,加斯科涅人表示惊叹的口头禅。

就好比戏里演的魔鬼。有一次魔鬼趁圣马丁做弥撒的当儿,用一张羊皮笺,把两个少女的闲谈偷偷记下来,当他用牙齿咬住羊皮笺,想把它拉拉长的时候,却不济事……[1]

这一不适当的措施把子宫的胞皮弄裂了,孩子就从这里窜出去,闯进了空虚的腹腔,爬过胃隔膜,一径,上了肩膀,腹腔向肩膀分作二道,孩子就取道左腔,从左耳朵里钻了出来。他一落地,不像旁的婴孩,呱呱啼哭,而是高声叫喊:"喝呀!喝呀!喝呀!"仿佛邀请大家饮酒似的,而且喊声之大,连褒士和庇巴洛[2]全境都听得清清楚楚。

我早料到,这样离奇的出世方法,你未必肯信,你如真不信,我也不在乎;但是一个明智的正人君子,对于别人告诉他的,特别是写在书上的东西,应该深信不疑,才是正理。

你说这是违反自然法则,违反信仰,违反情理,违反圣书遗教的么?我个人在圣经里面,却绝对没有找出和此说相抵触的地方;如果天主要那么做,你敢说他做不到么?嗨,千万不要让这类无谓的思想空劳你的神思,因为,我告诉你,天主是无所不能的,如果他高兴,从今以后,女人从耳朵里生孩子,是完全可能的。

巴科斯不就是从朱庇特的大腿里生出来的么?

卢克塔雅特不是从他母亲脚踵里生出来的么?

克洛克姆士不是从他保姆鞋子里生出来的么?

密涅瓦[3]不也是通过朱庇特的耳朵,从他脑袋里生出来的么?

阿多尼斯[4]不是从没药树皮里生出来的么?

---

[1] 魔鬼咬羊皮笺,中世纪戏中常演的一幕。图尔主教圣马丁做弥撒时,魔鬼在旁偷听两个妇女闲聊,将她们说的话记在羊皮笺上,话很长,羊皮笺记满后,魔鬼咬笺,欲使之拉长,不觉一头撞在柱上。
[2] 此处提到的两处地名,拉丁文都有"健饮""海量"之意。
[3] 密涅瓦,希腊神话中智慧女神雅典娜的罗马名字。
[4] 阿多尼斯,希腊神话中的美少年,其母因受到维纳斯报复,变成了没药树。

卡斯托耳和波卢克斯不是从勒达生的蛋里孵育出来的么[1]？

我如果把普林尼关于奇异产子法那一章全部搬出来，你更该诧怪了，我可还远不是像他那样大胆的撒谎分子。请你自己去读一读他的《博物志》卷七第三章，不要再来我耳边絮聒。

——拉伯雷著，鲍文蔚译《巨人传》，人民文学出版社，2004年

二、导读与赏析

1. 作者简介

弗朗索瓦·拉伯雷(François Rabelais, 1493—1553)，文艺复兴时期法国人文主义作家，知识渊博，博学多才，据说拉伯雷精通13门语言，11门学科，可谓真正的"巨人"。拉伯雷还精通医术，获得过医学博士学位。代表作品是《巨人传》。

2. 作品导读

诙谐，是喜剧性的表现形态之一，能够体现出喜剧的审美性特征。在邱明正、朱立元编的《美学小辞典》中对诙谐的理解是："诙谐的基调是善意的戏谑、调侃，机智而含蓄的逗乐，轻松、风趣、简洁、一语破的地揭示对象的缺陷。表现了言者的机警、智慧和风格、个性，具有一定的审美价值，能给人以隽永的谐趣。"[2]诙谐是一种包含机智的、相对轻松惬意的审美体验，往往出现在口语化作品与喜剧性的作品之中。

《巨人传》语言通俗、诙谐幽默，具有极强的诙谐的文学审美特征。拉伯雷是平民写作的代表，他四处行医，广泛交游，对法国民间的文学及文化了解甚多。在作品中拉伯雷常常使用民间的方言口语，插科打诨、机智双关，读来使人忍俊不禁，形成一种独特的诙谐审

---

[1] 卡斯托耳和波卢克斯(即波吕丢刻斯)是孪生兄弟，其母为海仙勒达。宙斯化作天鹅与勒达结合，产下的天鹅蛋中孵化出卡斯托耳、波卢克斯、海伦和克吕泰涅斯特拉。
[2] 邱明正、朱立元《美学小辞典》，上海辞书出版社，2007年，第45页。

美效果和功用。如选段所述,嘉格美尔腹痛难忍,接生婆以为是孩子要出生了,结果用手一摸,发现原来是嘉格美尔肥牛肠吃多了导致大肠滑落。生孩子原本是一件严肃庄重的事情,却被拉伯雷夸张的语言、轻松机智的逗乐,描述得妙趣横生,充满了诙谐的审美意味。

小说的第一部主要讲述卡刚都亚的出生、学习与抵御外敌入侵的故事,在故事的最后,为了感谢约翰修士在战争中所提供的帮助,卡刚都亚专门为其建立了一座德廉美修道院,院规是"做你愿做的事"。

第二部讲述卡刚都亚的儿子庞大固埃,在巴黎读书时遇见一个会多门语言,足智多谋的流浪汉巴汝奇,随后两人成为至交。后来巴汝奇与庞大固埃一起抵御了邻国渴人国的入侵。

第三部讲述巴汝奇想要结婚,但又怕被戴绿帽子,于是就这个问题请教了很多人包括科学家、神学家、医生、疯子等等,最后在一个疯子的口中听说,需要找到一个神瓶,神瓶上刻着所有问题的答案,于是一行人出发去寻找神瓶。

第四部、第五部主要讲述巴汝奇、庞大固埃一行人寻找神瓶时的冒险旅程,一路上他们曾见识了许多奇珍异宝,但也曾遭遇海上的风暴,他们还见到了各种各样奇怪的岛屿,如无鼻岛、鬼祟岛、反教皇岛还有住着香肠人的荒野岛等。最后终于找了神瓶,但神瓶上只刻了两个字——"喝呀"。

《巨人传》是文艺复兴时期的代表作品,拉伯雷在《巨人传》中歌颂的巨人形象,实际上是在歌颂人的力量与智慧,反对中世纪宗教神学与禁欲主义,提倡人性的解放与对真理对知识的追求,具有浓厚的人文主义思想。如卡刚都亚刚出生时大叫着的"渴呀",与最后结尾处庞大固埃等人找到的神瓶上刻着的"喝呀"交相呼应,寓意着大胆地畅饮、畅饮知识、畅饮真理、畅饮爱情。

三、对比赏析

在中国现代文坛,丰子恺除了文学创作之外,他的画也是别具特色,充满谐趣。朱光潜曾评论丰子恺的漫画说:"他的画里有诗意,有谐趣,有悲天悯人的意味;它有时使你悠然物外,有时候使你置身市尘,也有时使你啼笑皆非,肃然起敬。"[1]丰子恺根据鲁迅的小说《阿Q正传》所创作的连环组画《漫画〈阿Q正传〉》便体现出明显的诙谐审美效果。

丰子恺与鲁迅素有往来,1936年鲁迅去世后,丰子恺悲痛万分。为了纪念鲁迅,丰子恺决定将《阿Q正传》绘制成连环组画。不过《漫画〈阿Q正传〉》的创作历经了曲折。1937年丰子恺初次创作出了54幅漫画,不料被同乡张逸心拿去上海付梓的时候,印刷厂在战火中被毁,手稿也被付之一炬。1938年丰子恺应学生钱君匋的邀约再次创作《漫画〈阿Q正传〉》,可惜刚在杂志连载2幅便因战争中断。1939年丰子恺受聘前往浙江大学任教,因舟车迟迟不至,丰子恺便在等待期间用很短的时间再次完成了《漫画〈阿Q正传〉》的全稿创作。该漫画创作的目的,正如丰子恺在《漫画〈阿Q正传〉》初版序言中所说:"最后,敬祝鲁迅先生的冥福。并敬告其在天之灵:全民抗战正在促吾民族之觉悟与深省。将来的中国,当不复有阿Q及产生阿Q的环境。"[2]

《漫画〈阿Q正传〉》开篇便是一幅"阿Q遗像",简单写意的线条将阿Q的形象跃然纸上,然后以节取一段原文,再根据原文配以漫画为体例,以阿Q的行为活动为主要线索,绘制出了54幅令人笑中带泪的诙谐画面。丰子恺在漫画中主要使用诙谐的画面来讽刺国民的劣根性。如第六节"阿Q用力的在自己脸上连打两个嘴巴"的漫画,阿Q在赌摊赢的钱被人偷了,虽然安慰自己总归是被"儿子"拿

---

[1] 朱光潜《万物有灵且美:朱光潜精选集》,凤凰文艺出版社,2019年,第203页。
[2] 郑彭年《漫画大师丰子恺》,新华出版社,2001年,第200页。

去了,但心里还是闷闷不乐。于是抬手用力在自己的脸上打了两个嘴巴,就当惩罚了别人,如此精神胜利法之后,阿Q心满意足的得胜地躺下了。画面中,阿Q坐在竹席上,空中还垂吊着一只蜘蛛,身边放着一个烟袋和一盒火柴,打在脸颊上的右手周围有一圈光晕,丰子恺用光晕来强调阿Q的用力,通过这样诙谐的画面来讽刺阿Q的精神胜利法。

又如第十三节,在"和尚动得,我动不得?"的漫画中,阿Q正在小酒馆门口捏着小尼姑的脸,说:"和尚动得,我动不得?"[1]围在四周的看客们哈哈大笑,酒馆门口的牌匾上写着"群贤毕至"。这群看客们到底是"群贤"还是"群闲"?看客的嬉笑嘴脸与匾额上充满反讽的语言,形成了强烈的诙谐讽刺的艺术效果。

(第四篇) 荒　诞

一、文本节选

爱斯特拉冈:咱们到哪儿去?

弗拉季米尔:离这儿不远。

爱斯特拉冈:哦不,让咱们离这儿远一点吧。

弗拉季米尔:咱们不能。

爱斯特拉冈:干吗不能?

弗拉季米尔:咱们明天还得回来。

爱斯特拉冈:回来干吗?

弗拉季米尔:等待戈多。

爱斯特拉冈:啊!(略停)他没来?

---

[1] 丰子恺《丰子恺漫画小说》,浙江文艺出版社,1992年,第29页。

弗拉季米尔：没来。

爱斯特拉冈：现在已经太晚啦。

弗拉季米尔：不错，现在已经是夜里啦。

爱斯特拉冈：咱们要是不理会他呢？（略停）咱们要是不理会他呢？

弗拉季米尔：他会惩罚咱们的。（沉默。他望着那棵树）一切的一切全都死啦，除了这棵树。

爱斯特拉冈：（望着那棵树）这是什么？

弗拉季米尔：是树。

爱斯特拉冈：不错，可是什么树？

弗拉季米尔：我不知道。一棵柳树。

（爱斯特拉冈拖着弗拉季米尔向那棵树走去。他们一动不动地站在树前。沉默。）

爱斯特拉冈：咱们干吗不上吊呢？

弗拉季米尔：用什么？

爱斯特拉冈：你身上没带绳子？

弗拉季米尔：没有。

爱斯特拉冈：那么咱们没法上吊了。

弗拉季米尔：咱们走吧。

爱斯特拉冈：等一等，我这儿有裤带。

弗拉季米尔：太短啦。

爱斯特拉冈：你可以拉住我的腿。

弗拉季米尔：可是谁来拉住我的腿呢？

爱斯特拉冈：不错。

弗拉季米尔：拿出来我看看。（爱斯特拉冈解下那根系住他裤子的绳索，可是那条裤子过于肥大，一下子掉到了齐膝盖的地方。他们望着那根绳索）拿它应急倒也可以。可是它够不够结实？

爱斯特拉冈：咱们马上就会知道了。攥住。

(他们每人攥住绳子的一头使劲拉。绳子断了。他们差点儿摔了一跤。)

弗拉季米尔：连个屁都不值。

(沉默。)

爱斯特拉冈：你说咱们明天还得回到这儿来？

弗拉季米尔：不错。

爱斯特拉冈：那么咱们可以带一条好一点的绳子来。

弗拉季米尔：不错。

(沉默。)

爱斯特拉冈：狄狄。

弗拉季米尔：嗯。

爱斯特拉冈：我不能再这样下去啦。

弗拉季米尔：这是你的想法。

爱斯特拉冈：咱俩要是分手呢？也许对咱俩都要好一些。

弗拉季米尔：咱们明天上吊吧。(略停)除非戈多来了。

爱斯特拉冈：他要是来了呢？

弗拉季米尔：咱们就得救啦。

[弗拉季米尔脱下帽子(幸运儿的)，往帽内窥视，往里面摸了摸，抖了抖帽子，拍了拍帽顶，重新把帽子戴上。]

爱斯特拉冈：嗯？咱们走不走？

弗拉季米尔：把你的裤子拉上来。

爱斯特拉冈：什么？

弗拉季米尔：把你的裤子拉上来。

爱斯特拉冈：你要我把裤子脱下来？

弗拉季米尔：把你的裤子拉上来。

爱斯特拉冈：(觉察到他的裤子已经掉下)不错。

(他拉上裤子。沉默。)

弗拉季米尔:嗯？咱们走不走？

爱斯特拉冈:好的,咱们走吧。

(他们站着不动。)

——剧终

——萨缪尔·贝克特著,施咸荣译《等待戈多》,人民文学出版社,2002年

二、导读与赏析

1. 作者简介

萨缪尔·贝克特(Samuel Beckett,1906—1989),20世纪法国荒诞派戏剧代表作家,新小说的代表作家。贝克特的小说具有新小说的风格,忽视故事情节与思想内容,更多表现人物的内心独白。他的戏剧具有荒诞派戏剧的特征——淡化戏剧冲突,以轻松怪诞的方式呈现人类的生存境遇,《等待戈多》是他的戏剧代表作。1969年,贝克特获得了诺贝尔文学奖。

2. 作品导读

"荒诞"一词也有人译作"怪诞",是事物在奇特异常中所显示的美,属于美学范畴之一。《美学小辞典》中认为荒诞是"或以现实中的怪诞为表现对象,或大胆地运用出其不意的艺术手法改变事物的原貌,故意违背均衡、宾主等形式美规律,夸大对象的某一因素,用畸形来代替沿袭的典型,或运用打破常规的修辞手法、破格的韵脚、驰骋超现实的离奇想象和虚构荒诞的情节,为揭示特定的内容服务"[1]。具有荒诞色彩的作品将作家对现实社会的思考通过荒诞的形式表现出来,在嬉笑怒骂中折射甚至超越现实的本质。《等待戈多》便是荒诞审美类型中的一个最显著的代表。

---

[1] 邱明正、朱立元《美学小辞典》,上海辞书出版社,2007年,第44页。

《等待戈多》是一个两幕剧,全剧打破了传统戏剧的模式,没有引人入胜的情节与激烈的戏剧冲突。第一幕两个流浪汉在舞台上焦灼地等待着戈多的到来,两人一边随意地聊着天,一面做着一些毫无意义的动作,最后一个男孩告诉他们,戈多今晚不来了,第一幕结束。第二幕的内容基本上是第一幕的重复,只是在当知道戈多又不来了之后,两人感到绝望,想要用裤带上吊自杀,结果裤带一拉就断了。两人只好待在原地,毫无希望地等待下去。整部剧有两个关键词,一个是"等待",爱斯特拉冈和弗拉季米尔一直在等待,在原文中法语的"等待"用的是现在进行时,表示一种正在进行的状态,这里象征着人类一直处于一种等待的生存状态之中。马丁·艾斯林在《荒诞派戏剧》中认为"等待"的意义是:"剧作的主题不是戈多而是等待,是作为人的状况的基本和特有方面的等待行动。在我们的全部一生中,我们总是在等待着什么东西,戈多只是代表了我们等待的对象——它可以是一个事件,一件事物,一个人或者死亡。此外,正是在等待行动中,我们体验了最纯净、最明显的时间流逝。如果我们活动,我们很容易忘却时间的流逝,我们度过了时间,但是如果我们仅仅消极等待,我们就将面对时间本身的行动。"[1]

　　另一个关键词是"戈多",在剧中"戈多"至始至终没有出现,"戈多"究竟象征的是什么?是某个事件,一件东西,一个人抑或是死亡?最常见的一种解读是认为戈多(Godot)象征着上帝(God),两者在读音上也有相似之处。两个流浪汉一直在等待着上帝来拯救他们,但上帝却一直没有出现。也许贝克特想要在这部剧中表达人类在上帝没有到来时的迷惘与困惑;又或者上帝其实一直都在,他只是在冷眼旁观人类等待救赎的荒诞演出;又或者上帝根本就不存在,上帝只是人类幻想出来的一个虚幻的精神安慰与精神寄托,那么两个流浪汉

---

[1] 马丁·艾斯林著,华明译《荒诞派戏剧》,河北教育出版社,2003年,第27页。

的等待就更显荒谬与悲惨。

不管"戈多"与"等待"象征着什么,我们能够看到的是《等待戈多》呈现出了人类的荒诞处境,表达了人类对更好或美好的生活终不可得的绝望。

三、对比赏析

在荒诞派戏剧与超现实主义、抽象派油画等流派的思想影响之下出现了具有荒诞特质的荒诞电影。荒诞电影的表演风格神秘夸张,在人物性格和情节设计方面呈现出幻想跳跃断裂等特点,代表的导演有:路易斯·布努艾尔、玛尔科·费莱里、路易·马勒和夏布罗尔、弗朗西斯·吉罗等。

路易斯·布努艾尔是20世纪西班牙著名导演,1928年他指导的处女作《一条安达鲁狗》就借鉴了弗洛伊德的精神分析理论,全片充满了象征的影像。此后路易斯凭借着多部影片获得多项国际电影节的大奖,如1950年因《被遗忘的人们》获得第四届戛纳国际电影节最佳导演奖,1972年凭借着《布尔乔亚的审慎魅力》获得了第四十五届奥斯卡金像奖最佳外语片奖,1982年获得第三十九届威尼斯国际电影节终身成就金狮奖等。

路易斯·布努艾尔的《圣——雅克之路》是一部典型的荒诞电影。影片以一老一少两个朝圣者去朝圣途中的经历为主线,讲述了发生在不同时代的宗教故事。整部影片不断穿插着跳跃式的闪回,毫无连贯性与逻辑性。比如两位朝圣者在途中遇到了一位绅士模样的人,这人预言这两个朝圣者将会结婚生子,突然他们身边就多了一个孩子。之后两个朝圣者在餐厅听见有一群人正在热烈地讨论着宗教的意义,结果刚刚还慷慨陈词的神甫随后被证明是一位精神病患者。又比如最后两位朝圣者终于到达了圣地,结果一个浓妆艳抹的女人告诉他们圣骨是假的,根本不值得朝拜。可是后面画面中又出现了耶稣,来到现代的耶稣遇到了两个朝拜他的瞎子,耶稣施展神迹将二人的眼睛治好了,使他们重见了光明,等等。

除此之外,导演还让同一群演员饰演不同时代的角色,使观众在观看过程中更加晕头转向,摸不着方向。整部影片呈现出一种荒诞神秘的色彩,导演路易·布努艾尔年轻时曾反对基督教,不相信上帝对灵魂的拯救。在创作这部影片时他年事已高,也许这部作品表现的是在感受到死亡迫近时的布努艾尔想要接近自己一直所排斥的宗教,但是又无法确定宗教的救赎作用以及上帝是否真的存在等问题而感到的彷徨与无措。

又比如路易斯·布努艾尔的另一部电影《布尔乔亚的审慎魅力》,布尔乔亚即资产阶级,影片中六个资产阶级想要在一起聚餐,却一直没有达成愿望。一行人前往驻法大使拉斐尔家中聚餐,但因为记错了时间,主人并未准备。于是众人只好选择去外面餐馆就餐,结果餐馆老板突然死亡,尸体就安放在饭厅旁边,众人只好扫兴离去。众人开始在乡间的小路上漫步,其间不断穿插着上校、弗朗索瓦等人的梦境,梦境与梦境之间相互套叠,区分不出是现实还是超现实。整部影片情节跳跃断裂,且又充满了梦境的虚幻与无序性表达,使得这部《布尔乔亚审慎的魅力》具有浓郁的荒诞气质。

第五篇 丑 陋

一、文本节选

腐 尸

心上人,曾记否,我们见到的景象,
在夏日明媚的早晨:
在小路拐角,铺着石子的床上,

一具腐尸臭不可闻。
　双腿往上翘,好像一个荡妇,
　　　火辣辣的,冒着毒气,
　那种姿态厚颜无耻,满不在乎,
　　　敞开她恶臭的肚皮。
　太阳照射着这具腐烂的尸体,
　　　仿佛要把它来煮烂,
　把大自然所融汇的一切因子
　　　放大一百倍再归还;
　天穹凝望着这具壮美的尸首,
　　　仿佛一朵花在开放。
　恶浊臭气熏天,令你十分难受,
　　　快要昏倒在草地上。
　苍蝇在糜烂的肚子上嗡嗡叫,
　　　黑压压的无数蛆虫,
　从肚里爬出来,像稠脓一道道,
　　　沿着这臭皮囊流动。
　这些蛆虫如同潮水一样落涨,
　　　乱爬乱冲,闪光不止,
　好像这个躯体受到微风膨胀,
　　　还在生长,还在繁殖。
　这个世界奏出一种古怪音乐,
　　　像淙淙流水和微风,
　又像扬麦农夫,动作节奏和谐,
　　　用他的簸箕筛麦种。
　形象已经消失,只留下了幻梦,
　　　像面对忽略的画幅,

艺术家仅仅靠记忆在起作用,
　　　　慢慢勾出一幅草图。
　　一只不安的母狗在岩石后面,
　　　　愤怒地朝我们观看,
　　它在等待时机,要从尸体那边
　　　　叼回它丢下的肉块。

　　——但是,你也会像这堆烂肉一样,
　　　　发出恶臭,实在难闻,
　　我眼中的星星,我气质的太阳,
　　　　你,我的天使、心上人。

　　是的! 妩媚女王,你会变成这样,
　　　　你做过了临时圣事,
　　野草和繁花相覆盖,安然下葬,
　　　　长眠在那白骨堆里。

　　那时,我的美人哪! 请告诉虫豸,
　　　　它们吻你时吞噬你,
　　说是我的爱情虽已解体,可是,
　　　　保留了神髓和形式。

——波德莱尔著,郑克鲁译《恶之花》,湖南文艺出版社,2018年

二、导读与赏析

1. 作者简介

　　夏尔·波德莱尔(Charles Pierre Baudelaire, 1821—1867),法国诗人。他的美学观念对后世西方现代文学有着极其深刻的影响,是法国象征派诗歌的先驱,也是现代主义诗歌的创始人之一。可以说波德莱尔对法国诗歌乃至于西方诗歌的发展进程起到了举足轻重的作用。代表作有诗集《恶之花》、散文诗集《巴黎的忧郁》、美学评论集

《美学管窥》《浪漫派艺术》、散文作品《私人日记》《人造天堂》等。

2. 作品导读

丑是与美相对的审美范畴,丑陋可以有两种类型:一是外在丑,指人或事物因其外观的不协调与不和谐带给人的直观具象的感受;二是内在丑,指人的内部道德品质的败坏,使人感受到恶毒丑陋。在特定的条件下丑具有特殊的审美价值:第一,以丑衬美,可以更加突出美。当美与丑放置在一起时,美将更美,而丑则更丑。如《巴黎圣母院》中外貌与内心同样美丽的爱斯梅拉达与外表丑陋内心邪恶的克洛德之间所产生的鲜明对照便能体现这一点。第二,美丑之间能够互相转化。"审美意义上的丑是对现实自然丑的一种美的升华,变成艺术美具有审美价值,而不同于一般的生活丑。"[1]因此现实中的丑不会消失,而只是在经过艺术化的处理之后,丑的艺术形象也可以具有审美的价值。如"怪石""丑石"等事物给人的审美体验,又如《巴黎圣母院》中的人物卡西莫多,他外表丑陋无比但是内心却纯朴善良,最后形成了美的形象特征。

波德莱尔的《恶之花》便是最有代表性的以丑为美的作品。1857年《恶之花》首次出版,诗集运用大胆的语言、奇异的意象,勇敢地揭露了当时巴黎社会的黑暗与丑陋。但这也给波德莱尔招来了麻烦,有人宣称要将这本书烧掉,波德莱尔还被告上了法庭并败诉,最后以罚处300法郎并删除诗集中过于"淫秽"的6首诗歌而告终。1861年《恶之花》再次出版,波德莱尔在上一版的基础上又增加了32首诗,因此《恶之花》一共包括157首诗歌,由《忧郁和理想》《巴黎的忧郁》《酒》《恶之花》《叛逆》《死亡》六个部分组成。

《恶之花》中描写了许多丑陋不堪的意象,如巴黎早已腐烂恶浊熏天的腐尸、阴暗潮湿的监牢、瘦骨嶙峋的老妇等,达到了"以丑为

---

[1] 邱明正、朱立元《美学小辞典》,上海辞书出版社,2007年,第40页。

美"的美学效果。

如选段的诗歌《腐尸》,以往的文学对于美好事物的歌颂都是以美好的意象来进行比喻,比如将爱人比作娇艳的花朵、皎洁的月光等。谁能想象波德莱尔在诗中却认为"你也会像这堆烂肉一样,发出恶臭,实在难闻""是的!妩媚女王,你会变成这样""长眠在白骨堆里"。波德莱尔将自己眼前娇艳动人的恋人比作一具腐烂发臭的尸体!诗人将青春靓丽的女友与一具腐烂的女尸联系在一起,是因为他认为腐烂的尸体与娇艳的花朵本质都是一样的,它们都只是生命形态转化的一种形式而已。这也正说明丑与美之间也是可以互相转化的,丑也可以成为艺术的表现对象,能够具有打动人心的巨大力量,形成独特的审美效果。

三、对比赏析

在艺术上"以丑为美"的经典作品是雕塑《欧米哀尔》。《欧米哀尔》又译作《老妓》《丑之美》,是法国雕塑家罗丹的雕塑代表作之一。《欧米哀尔》是罗丹根据法国诗人维龙的诗歌作品《美丽的欧米哀尔》创作的。

《欧米哀尔》创作于1885年,青铜材质,现藏于法国巴黎罗丹美术馆。据说一般观众在看到这尊雕像时都会大叫:"好丑啊!太丑了!"一些女性观众甚至会用手遮面,不愿再看。其实欧米哀尔年轻时是一个美丽动人的妓女,也曾在风月场上风光无限。而如今呈现在观众眼前的她,是一个年老的裸妇,身上的筋骨因为衰老而微微突起,皮肤因为松弛而呈现出一条条皱纹,以前饱满挺拔的乳房现如今干瘪地耷拉在胸前。枯瘦的右手背在身后,腹部也布满了褶皱。她屈膝而坐,低垂着头,似乎沉浸在对往日风华追忆之中,又好似在独自垂怜伤心。

这样的形象可以说是极度丑陋的,但是罗丹本人认为:"在自然中一般人所谓'丑',在艺术中就能变成非常的美。"[1]一位伟大的艺术家或作家在面临着"丑"的对象的时候,"只要用魔杖触一下,'丑'便化成了美了——这是点金术,这是仙法!"[2]因此在艺术中丑的对象是可以达到审美的效果的。这尊雕塑与波德莱尔的《腐尸》有着相通之处,他们都在表达对死亡、对生命的思索。人永远无法逃脱一种痛苦,那就是在时光的刻刀下变得丑陋苍老。年轻的肉体、欲望与所追求的无限欢乐和终将到来的灭亡之间形成一个鲜明的对比,如同波德莱尔能够看出美丽女友与一具腐烂尸体之间的关系,罗丹也从这个丑陋苍老的肉体中看到了她年轻时的意气风发。从这个意义上说,无论是腐烂恶臭的尸体还是干瘪瘦弱的老妪,他们都具有一种特别的审美价值。罗丹与波德莱尔都是勇士,他们能够勇敢地面对人终会面临的丑陋与不堪,并且能够将其作为创作源泉,创造出文学与艺术的美丽花朵。

本章实训小课题

请结合教材的分析、评价和鉴赏的方式方法,理解把握各审美类型的概念和意义之后,以"审美"为主题,选择一种审美类型的作品,以报告讲演形式论述该作品的审美类型以审美特征等。

要求: 分组进行,每人讲演时间约 20 分钟,要求逻辑清楚、语言表达通顺,结束后小组内部评价并给出评价理由。

---

[1] 罗丹口述,葛塞尔记,沈琪译《罗丹艺术论》,人民美术出版社,1978年,第23页。
[2] 同上书,第24页。

第八章
艺术——生生不息

题记

艺术——艺术是至高无上之物！
它使生存变成可能伟大之物，
也是对生存的伟大诱惑者。

——［德］尼采

导语

  艺术既是一个宽泛而抽象的概念,也具备形象可感的存在方式。艺术通常会借助语言、文字、色彩、乐音、形体等方式进行表达,就现代艺术而言,艺术的范围可包含语言(含文学)、美术(含绘画、雕塑、建筑)、表演(含音乐、舞蹈)、综合艺术(含戏剧、电影),等等。总体来说,艺术是人对外部世界、内心世界的情感体验、审美认知的外在呈现。在灿若繁星的艺术作品中,许多不同类别的作品之间存在着前后的传承关系或共同的主题,彼此相映成趣,相互释义,共放异彩。本章旨在打破各艺术类别之间的隔阂,以文学为基点,寻找其间的人文关联,以此理解艺术作为人之审美追求、信仰追求而焕发出的生生不息的永恒魅力。

(第一篇) 建 筑

一、文本节选

圣 母 院

  巴黎圣母院这座教堂如今依旧是庄严宏伟的建筑。它虽然日渐老去,却依旧是非常美丽。但是人们仍然不免愤慨和感叹,看到时间和人使那可敬的纪念性建筑遭受了无数损伤和破坏,既不尊重给它放上第一块石头的查理曼大帝,也不把给它放上最后一块石头的菲利浦·奥古斯特皇帝放在眼里。

  在这位教堂皇后衰老的面部,我们经常在一条皱纹旁边发现一个伤疤。"Tempus edax, homo edacior."我们不妨把这句拉丁文译成"时间盲目,人类愚蠢"。

假若我们有工夫同读者去一一观察这座古代教堂身上的各种创伤,我们就可以看出,时间带给它的创伤,还不如人——尤其那些搞艺术的人——带给它的多呢。我说"搞艺术的人",这是最恰当不过的,因为最近两个世纪以来,有些家伙竟然号称建筑艺术家。先举几个比较显著的例子吧。确实很少有别的建筑比得上它的前墙那么漂亮。那三个挖成尖拱形的大门道,那一排有二十八位穿着旧的绣花长袍的君王的神龛,正中间有个巨大的玫瑰花饰圆窗洞,两旁各有一个小窗护卫着,就像祭师和助祭师陪伴着神甫一样。那高大而秀气的三叶形回廊,它的平顶被一些小柱子支撑着。最后还有那两座黝黑笨重的巨大钟塔,连同它们那石板的屋檐,在整体的宏伟中又各各协调,依次分为五大层展现在你的眼前,虽然拥挤却并不混乱,连同无数的雕刻、塑像以及雕镂装饰,很适合它整体的庄严伟大。可以说是一部规模宏大的石头交响乐。它是人类和民族的巨大工程,它也像它的姐妹《伊利亚特》和《罗曼赛罗》这两篇杰作一样,整个建筑既单一又复杂。它是整个时代各种力量的奇特的产物,从每块石头上可以看出,有水平的工匠在艺术家天才的启发下把神奇变成了现实。总之,它是人类的一种创造,像神的创造一样又有力又丰富,仿佛具备着两重性格:既永恒又多变。

我们所讲的关于这座教堂的前墙的这些情况,实际上应该说整座教堂都是这样。我们所说的关于这座巴黎大教堂的情况,实际上应该说中世纪所有的基督教教堂都是这样。这类艺术所保持的一切都存在于它本身,合乎逻辑而又自成比例。量一量巨人的脚趾,也就等于量巨人的全身了。

还是来说圣母院的前墙吧,就照它如今呈现在我们眼前的情况来说吧。当我们正要虔诚地瞻仰这座庄严宏伟的大教堂的时候,它却像某些编年史家所说的:"用它的庞大把观众吓住了。"

——维克多·雨果著,陈敬容译《巴黎圣母院》,人民文学出版社,2015年

二、导读与赏析

1. 作者简介

维克多·雨果(1802—1885),法国诗人、剧作家、小说家、政论家、散文家,19世纪前期法国浪漫主义文学运动领袖,法国文学史上最伟大的作家之一。代表作有《巴黎圣母院》《悲惨世界》《九三年》等。雨果倡导"丑在美的旁边,畸形靠近着优美,丑怪藏在崇高背后。美与恶并存,光明与黑暗相共"的美丑对照原则。这条原则在《巴黎圣母院》中有着明显地表现,《巴黎圣母院》也是雨果的第一部长篇浪漫主义小说。

2. 作品导读

《巴黎圣母院》以中世纪路易十一统治时期为背景,讲述了美丽善良的吉普赛女郎爱斯梅拉达惨遭迫害的故事,揭露了宗教禁欲主义对人性的异化与扭曲,表现了社会的黑暗、法律的荒谬、贵族的荒淫无耻和国王的自私贪婪。巴黎圣母院的副主教克洛德爱上了吉普赛女郎爱斯梅拉达,便让养子卡西莫多去绑架爱斯梅拉达,不巧被侍卫队长弗比斯救走。后卡西莫多在受鞭刑的过程中口渴难忍,爱斯梅拉达以德报怨给他水喝。克洛德出于嫉妒刺伤弗比斯,却将罪名嫁祸给爱斯梅拉达,爱斯梅拉达因此被判死刑。在行刑之前,卡西莫多救下爱斯梅拉达并带她到巴黎圣母院避难。克洛德又将爱斯梅拉达骗出巴黎圣母院,再次求爱被拒绝后将其交给了搜捕她的军队。最后爱斯梅拉达在巴黎圣母院的广场上被执行了绞刑,克洛德在巴黎圣母院城楼上发出狰狞的狂笑,卡西莫多从背后将其一把推下。

《巴黎圣母院》处处体现了雨果所倡导的"美丑对照"原则。小说中的人物和事件在作者强烈的艺术夸张与渲染之下,形成了鲜明的善与恶、美与丑之间的对比,达到一种奇特绚丽的艺术效果。

而让这部小说更具有震撼性与感染力的还在于这个故事所发生

的场所——巴黎圣母院。巴黎圣母院始建于12世纪,是中世纪著名的哥特式教堂。小说中也提到了巴黎圣母院在宗教中的地位——"教堂皇后",作为宗教场所,一个充满慈悲和怜悯的地方,却在这里发生了副主教因禁欲主义而残害他人的故事,充满了讽刺性意味。小说的第三卷和第五卷,雨果不惜损害整个故事的连贯性专门描述了巴黎圣母院、巴黎社会以及巴黎整个城市的情形,并且发表了自己对建筑的看法。正如选文中所说,雨果认为损害巴黎圣母院这座古代建筑的,与其说是时间不如说是人带来的损害更大,之后雨果细数了一些"艺术家"们对这座古老建筑的损害。2019年4月15日,巴黎圣母院由于人为原因发生火灾,在大火中巴黎圣母院的屋顶和尖塔被毁,可见雨果的正确判断。

雨果在小说的第五卷中提出了"这个要消灭那个"的观点,雨果认为建筑是写在石头上的史书,是承载文化历史信息的载体,而印刷术的出现会造成建筑在文化意义上的灭亡,所以说"这个要消灭那个"。但雨果的小说《巴黎圣母院》并没有杀死建筑巴黎圣母院,相反,《巴黎圣母院》与巴黎圣母院产生了促进关系,一个养育了另一个,一个繁荣了另一个,建筑巴黎圣母院因为这部作品而更具有文化意蕴和声誉,而《巴黎圣母院》则因为巴黎圣母院更加衬托出了主题,深化了小说的思想内涵,实现了建筑艺术与文学艺术之间的完美交融。

三、对比阅读

"庆历四年春,滕子京谪守巴陵郡。越明年,政通人和,百废具兴,乃重修岳阳楼"[1],当我们一提起岳阳楼,脑海中便会想起这篇《岳阳楼记》。《岳阳楼记》与岳阳楼本身也是一个建筑艺术与文学相

---

[1] 何宇明编著《岳阳楼正义》,四川文艺出版社,2019年,第1页。

得益彰、相辅相成的典范。岳阳楼最初是三国时期鲁肃操练水兵的阅兵台,后经过历代的重建与反复修葺,现与湖北武汉的黄鹤楼、江西南昌的滕王阁并称"江南三大名楼",具有"天下第一楼"的美誉,而岳阳楼的真正成名还是由于范仲淹的一篇名作《岳阳楼记》。

《岳阳楼记》写于庆历六年(1046),时值范仲淹"庆历新政"失败,被贬邓州。当时被贬岳州的滕子京想重修岳阳楼充当政绩,在岳阳楼修葺完成后,滕子京给邓州的好友范仲淹送去一幅《洞庭晚秋图》作为礼物并请求范仲淹为岳阳楼作记。于是范仲淹在邓州挥毫写就《岳阳楼记》。因此范仲淹是未登岳阳楼而写成了《岳阳楼记》。

"若夫淫雨霏霏,连月不开;阴风怒号,浊浪排空;日星隐曜,山岳潜行;商旅不行,樯倾楫摧;薄暮冥冥,虎啸猿啼。登斯楼也,则有去国怀乡,忧谗畏讥,满目萧然,感极而悲者矣。""至若春和景明,波澜不惊;上下天光,一碧万顷;沙鸥翔集,锦鳞游泳;岸芷汀兰,郁郁青青。而或长烟一空,皓月千里;浮光跃金,静影沉璧;渔歌互答,此乐何极! 登斯楼也,则有心旷神怡,宠辱皆忘,把酒临风,其喜洋洋者矣。"[1]范仲淹首先通过描写不同天气登岳阳楼所观景色的感受而延展出"不以物喜,不以己悲"的人生哲理。接着范仲淹由写景生发出了"予尝求古仁人之心,或异二者之为,何哉? 不以物喜,不以己悲,居庙堂之高则忧其民,处江湖之远则忧其君"[2]的个人政治理想,突破了当时山水楼观作记时单纯描物状景的传统。将自然界的晦明变化、风雨阴晴与"迁客骚人"的览物之情结合,表达自己"先天下之忧而忧,后天下之乐而乐"政治理想与忧国忧民情怀,使整个文章的境界更提升了一个层次。全文情景交融,写景时动静结合、明暗相衬,抒情时情感真挚、感染力强。通篇文章读来朗朗上口,音律和谐,句式规整,是杂记中的经典之作。

---

[1] 何宇明编著《岳阳楼正义》,四川文艺出版社,2019年,第1页。
[2] 同上书,第2页。

本身就带有悠久历史的岳阳楼,再加上经典文学作品的加持,成为建筑艺术与文学之间的融合与互通的佳话。

（第二篇）绘　画

一、文本节选

洛　神　赋
曹　植

黄初三年,余朝京师,还济洛川。古人有言,斯水之神,名曰宓妃。感宋玉对楚王神女之事,遂作斯赋。其辞曰:

余从京域,言归东藩。背伊阙,越轘辕,经通谷,陵景山。日既西倾,车殆马烦。尔乃税驾乎蘅皋,秣驷乎芝田,容与乎阳林,流眄乎洛川。于是精移神骇,忽焉思散。俯则未察,仰以殊观,睹一丽人,于岩之畔。乃援御者而告之曰:"尔有觌于彼者乎?彼何人斯?若此之艳也!"御者对曰:"臣闻河洛之神,名曰宓妃。然则君王之所见也,无乃是乎?其状若何?臣愿闻之。"

余告之曰:"其形也,翩若惊鸿,婉若游龙。荣曜秋菊,华茂春松。仿佛兮若轻云之蔽月,飘飖兮若流风之回雪。远而望之,皎若太阳升朝霞;迫而察之,灼若芙蕖出渌波。秾纤得衷,修短合度。肩若削成,腰如约素。延颈秀项,皓质呈露。芳泽无加,铅华弗御。云髻峨峨,修眉联娟。丹唇外朗,皓齿内鲜,明眸善睐,靥辅承权。瑰姿艳逸,仪静体闲。柔情绰态,媚于语言。奇服旷世,骨像应图。披罗衣之璀粲兮,珥瑶碧之华琚。戴金翠之首饰,缀明珠以耀躯。践远游之文履,曳雾绡之轻裾。微幽兰之芳蔼兮,步踟蹰于山隅。

于是忽焉纵体,以遨以嬉。左倚采旄,右荫桂旗。攘皓腕于神浒兮,采湍濑之玄芝。余情悦其淑美兮,心振荡而不怡。无良媒以接欢兮,托微波而通辞。愿诚素之先达兮,解玉佩以要之。嗟佳人之信修兮,羌习礼而明诗。抗琼珶以和予兮,指潜渊而为期。执眷眷之款实兮,惧斯灵之我欺。感交甫之弃言兮,怅犹豫而狐疑。收和颜而静志兮,申礼防以自持。

于是洛灵感焉,徙倚彷徨,神光离合,乍阴乍阳。竦轻躯以鹤立,若将飞而未翔。践椒涂之郁烈,步蘅薄而流芳。超长吟以永慕兮,声哀厉而弥长。

尔乃众灵杂沓,命俦啸侣,或戏清流,或翔神渚,或采明珠,或拾翠羽。从南湘之二妃,携汉滨之游女。叹匏瓜之无匹兮,咏牵牛之独处。扬轻袿之猗靡兮,翳修袖以延伫。体迅飞凫,飘忽若神,凌波微步,罗袜生尘。动无常则,若危若安。进止难期,若往若还。转眄流精,光润玉颜。含辞未吐,气若幽兰。华容婀娜,令我忘餐。

于是屏翳收风,川后静波。冯夷鸣鼓,女娲清歌。腾文鱼以警乘,鸣玉鸾以偕逝。六龙俨其齐首,载云车之容裔,鲸鲵踊而夹毂,水禽翔而为卫。

于是越北沚,过南冈,纡素领,回清阳。动朱唇以徐言,陈交接之大纲。恨人神之道殊兮,怨盛年之莫当。抗罗袂以掩涕兮,泪流襟之浪浪。悼良会之永绝兮,哀一逝而异乡。无微情以效爱兮,献江南之明珰。虽潜处于太阴,长寄心于君王。忽不悟其所舍,怅神宵而蔽光。

于是背下陵高,足往神留,遗情想像,顾望怀愁。冀灵体之复形,御轻舟而上溯。浮长川而忘返,思绵绵而增慕。夜耿耿而不寐,沾繁霜而至曙。命仆夫而就驾,吾将归乎东路。揽騑辔以抗策,怅盘桓而不能去。

——《三曹诗文鉴赏辞典》,上海辞书出版社,2013年

二、导读与赏析

1. 作者简介

曹植(192—232),字子建,三国魏文学家,是曹操的第三子,曹丕的弟弟,是建安时期的文坛领袖之一。早期曹植的作品风格豪放,主要以个人建功立业的理想为主题;后期风格沉郁悲凉,更多表现现实生活。代表作有《洛神赋》《七哀诗》《白马篇》等。

顾恺之(348—409),字长康,号虎头,晋陵无锡人,东晋杰出画家、绘画理论家、诗人。顾恺之博学多才,擅诗赋、书法,尤善绘画,善画人像、佛像、禽兽、山水等。顾恺之与曹不兴、陆探微、张僧繇合称"六朝四大家"。顾恺之绘画注重外在形象的刻画,强调以形写神,只有形似才能神似。代表作有《洛神赋图》《女史箴图》等。

2. 作品导读

关于《洛神赋》的创作缘由,现今有两种说法,一种说法认为《洛神赋》是曹植对一段爱而不得的爱情的追忆。曹植曾与甄逸的女儿甄氏相爱,但曹操却将甄氏赐婚给了曹丕。后甄氏早死,一次曹植入朝见曹丕,曹丕拿甄氏用过的枕头给曹植看,导致曹植大哭一场。后甄氏的儿子曹睿将枕头送给了曹植,曹植怀揣枕头返回自己的封地。在路过洛水时,梦见甄氏化作洛神来与之相见,因此写下此赋。《洛神赋》原名就叫《感甄赋》,后魏明帝改名为《洛神赋》。另一种说法则比较简单,如《洛神赋》开篇所说:在曹植经过洛水时,因感遇宋玉的《神女赋》,遂作《洛神赋》。传说伏羲的女儿在洛水溺亡后成了洛水之神,名曰洛神,又名宓妃。

这篇赋全篇以梦境为描摹的对象,梦境中虚虚实实、真真假假,给人一种飘缈朦胧之感。作者先是以浪漫的笔触描绘出了洛神的姣好圣洁的情态,"翩若惊鸿,婉若游龙","远而望之,皎若太阳升朝霞;迫而察之,灼若芙蕖出渌波";继而描写作者与美丽的洛神之间发生的一段人神之恋,最后可惜人神殊途,最后作者不得不在无限怅惘之中抱憾离去。作者将"洛神"作为一个可触可感的审美对象进行描绘,运用奇美的意象、充沛的想象、细腻的笔触刻画出了一个寄托了曹植所有希冀与情思的文学经典形象。

在曹植写下《洛神赋》的一百多年后,东晋画家顾恺之偶然间阅读了《洛神赋》,被字里行间的一往情深所感动。于是他在激情鼓舞下创作了这幅在中国绘画史上具有重要地位的《洛神赋图》。《洛神赋图》是现存中国画中第一幅改编自文学作品的绘画。

现今顾恺之的真迹已遗失,我们所能看到的是宋代的摹本,现存的几卷宋摹本分别藏于辽宁省博物馆、北京故宫博物院及美国华盛顿弗利尔美术馆。整幅《洛神赋图》大约6米长,以连环画的形式,按照洛水初遇、相互爱慕、最后人神殊途、黯然离别的时间顺序描绘了一个完整的故事。画中前后出现过两次烛光,说明整个故事经历了三天两夜。用连环画的形式来讲述一个完整的故事,常常出现在一些佛教题材的壁画中,而真正以连环画的形式来进行绘画,在中国绘画史上顾恺之起到了开创性的作用。

《洛神赋图》没有沿袭魏晋时期人物画多以说教为主题的传统,而是以爱情故事为主要呈现内容,通过绘画讲述曹植与洛神相遇、相慕最后别离的全过程。全图共61个人物,5个场景,在还原场景时顾恺之不仅画出了圣洁美丽的洛神,还根据曹植的《洛神赋》原文,画出了文中所出现的一些珍禽异兽,如鹿角、马面、蛇颈、羊身的海龙,豹头的飞鱼,将想象虚构的故事变成了一幅具体可感的画面,跨越了文学与绘画之间的界限,让《洛神赋》与《洛神赋图》相互释义,共放异彩。

三、对比赏析

以文学故事为题材的绘画在西方的绘画作品中比较常见,特别是在文艺复兴时期,很多画作都是根据希腊罗马神话故事传说绘制而成的。比如意大利著名画家桑德罗·波提切利的名画《维纳斯的诞生》便是如此。罗马神话中的维纳斯(希腊名字阿芙洛狄忒)是爱与美神。在希腊神话中,天神克诺诺斯为了争夺最高权力,与自己的父亲天空之神乌拉诺斯发生战争,最后克罗诺斯杀死了父亲乌拉诺斯,并将其尸体扔到了海上。尸体在海面上激起了层层泡沫,而就在这泡沫之中,诞生了爱与美神——阿芙洛狄忒。

这幅神话题材的画作还有着非常明显的文本来源,同时代的意大利诗人安诺罗·波利齐亚诺的寓言诗《吉奥斯特纳》中有着这样的描述:"一位有着超凡脱俗的面容的年轻女子,站在一只海螺壳上,在顽皮的齐菲尔的吹拂下飘向岸边;天空似乎也为她的降生而欣喜不已。你可以看到真实的泡沫,真实的海,真实的海螺壳以及真实飘动的风;你可以看到女神眼睛里闪亮的光辉,天空和一切都为她展开笑颜。"[1]波提切利的《维纳斯的诞生》便根据这首诗描绘了维纳斯从海上诞生的画面。

波光粼粼的海面上,裸体的维纳斯站在一个贝壳之上,右腿微曲,身体重心微微向左倾斜,一头金色的头发一直绵延到她的大腿处。她的皮肤晶莹白皙,美丽的面庞表现出些许迷惘的神态,她的头微微向右偏倒,脖子更显修长。风神正吹着风将维纳斯送至岸边,满天的花朵纷纷掉落在维纳斯的身边。岸上的春之女神正张开绣着桃金娘花形的斗篷,迎接维纳斯的到来。整幅画给人一种恬静优美的感觉,波提切利用细致的轮廓线条,将维纳斯的优雅恬静表现得淋漓尽致。

波提切利的这幅画具有一定的政治隐喻。当时正值洛伦佐·德·美第奇统治佛罗伦萨时期,洛伦佐是一位伟大的政治家、外交家与艺术家,在他统治时期佛罗伦萨的文艺复兴运动达到了高潮,洛伦

---

[1] 祖菲著,刘乐译《波提切利的〈维纳斯的诞生〉》,现代出版社,2014年,第39页。

佐也被称之为"豪华洛伦佐"。波提切利在这样的社会政治背景之下创作的这幅《维纳斯的诞生》实际上是想表达这样一个主题：女神降临在塞浦路斯岛或塞西拉岛，意味着和谐的秩序已经在人世间建立。通过描绘爱与美之神维纳斯的降生，赞颂了女神所代表的理智和美的精神，这种精神正是战胜以往中世纪封建神权所带来的野蛮与愚昧的重要武器。

（第三篇） 音　乐

一、文本节选

这里是一个江湾，分西北两路，可以走向前去。正前面树木丛密，不见人行路。顺着脚下路走去，只见树木分开，中间有个土堆完全新土。堆前树立一块碑，大书"梁山伯之墓"。不用提，这是梁山伯新坟了。

祝英台走到这里，赶快走了几步，坟面前有一方青石拜垫，急忙跪下，口里道："梁兄，从前相约，候妹于黄泉路上，今日人事逼迫，正是其时。"

说到这里，那吹过的大风，正加快风力，呜呜的从树顶上经过。树顶上的天空，露出一大片作金黄色。银心见祝英台正跪在拜石上，便紧紧的随着，相隔约莫有五尺远。

祝英台道："梁兄呀，昔日订约，议好在这坟上，安放两块碑，一块是梁山伯，一块是祝英台，而今只有梁山伯呀！"她说完，站将起来，两手按住梁山伯的碑，失声痛哭。

那变成黑云四布的天空，忽然云头推起，缝里头只见电光如几条银龙，闪上几闪，接着哗啦啦一个大雷。银心没有经过这大的大雷，身子一缩，两手蒙着脸。那大雨正像天陷去一块，雨下得像人身上盆倒下来。

就在这时,梁山伯坟边忽然裂一直缝,好像有人挽扶一般,由那直缝里,有一块石碑直立起来,碑上大书五个字"祝英台之墓"。这大雷雨向下直淋,祝英台身上丝毫没有雨点,一块石碑,正立在她身边。

祝英台猛一抬头,见碑上直列着自己姓名,不由心中大喜。便大叫道:"梁兄,请开门,小妹来了。"

这一声喊叫,只见地壳动摇,那新筑坟堆尤其厉害,忽然哗啦一声,那新坟的正面,现出两扇门大的地洞。人在洞门口,可以看到里面,灯烛辉煌。所有门外的土,都如刀削一样,齐齐的堆着洞的两边。祝英台看到,大叫一声道:"梁兄,小妹来了。"起身往地洞里一跃,两边洞门外的土,自己又埋盖起来。

银心站在祝英台身后。当时,雨点停止,她也觉得地动,睁开眼来一看,见梁山伯的坟,开了一个洞门,里面光线灿烂,正是十分奇怪。等到祝英台身子往里一钻,来不及说话,连忙伸手去牵拉。但进洞的人身子来得快,身子一跃已经进入洞口。银心没有来得及抓住衣服,人往前一伸,跌倒在地。但她那杏黄裙子临风飘荡,尚有一角飞扬在外。银心赶快两手同举,把杏黄裙子角抱住,死也不放,但那时快,那堆得齐齐的土门,就像有人指挥一样,登时两边一合。立刻门洞两边的土堆,犹如千百把锄头同起同落,真是风起云拥,已将洞门封塞。不到片刻工夫,洞门封得齐整如故,还是梁山伯的新冢,但银心抱住杏黄裙子——一只角,死也不放,等这浮土盖起,杏黄裙子像有人拉扯一样,齐手一割,已经断了。银心死力抱住裙子一只角,就只有杏黄裙子一只角而已。

银心这时说不出那种难过,又说不出那种灵异。放下裙子,随便搁在草堆上。赶快爬了起来,扑去身上的水渍。这时,风也停了,雨也不落了,天上慢慢的晴朗起来了。银心未曾经过这种景致,正要拿起杏黄裙子,回船报与员外安人知道,谁知又发现了一种不可猜到的事,那杏黄裙子角,现在不是杏黄裙子角了,它是五彩辉煌黄色底子的大蝴蝶,扑在一丛草上。心里好生奇怪,便要弯腰去拿起,刚刚一只手要去扑到,那蝴蝶就在她手下一展翅膀,飞了出去。银心看蝴蝶飞与自己肩膀那样高,就伸手轻轻一抱。那蝴蝶也不忙,将翅膀一折,飞过她的头。银心不肯罢休,只管对那蝴蝶起势扑去,那蝴蝶慢慢躲闪,慢慢的飞扬,飞到最后,飞入树枝,一会不见了。

……

银心忽然把手一指道:"蝴蝶又来了。"

大家随她手指所在看去,幕后有丛草,有一只五彩大蝴蝶慢慢的上升。这只蝴蝶刚爬到草头上,草丛里又来了一只。他们都是黄色的底子,周身印出五色团花,两只蝴蝶都在草头上,把翅膀一沉,就上上下下,飞了起来。飞到墓碑上逡巡了一下,然后到祝公远滕氏头上,又绕上一个圆圈。

在坟台上的人,齐齐地喊道:"好大的蝴蝶。"

那蝴蝶就一飞飞到坟台上,好像对人的称赞,颇能懂的意思,对人展展翅膀,两只蝴蝶越飞越高,飞到树巅的地方,迷失所在。

——张恨水《梁山伯与祝英台》,吉林文史出版社,2002年

二、导读与赏析

1. 作者简介

张恨水(1895—1967),原名张心远,安徽潜山人,章回小说家,鸳鸯蝴蝶派代表作家,1924年因章回小说《春明外史》一举成名。张恨水通过对传统小说的革新,使他的小说能够雅俗共赏,表达现代社会的人情世态。代表作品有《金粉世家》《啼笑姻缘》等。

陈刚,1935出生于上海,中国当代著名作曲家,上海音乐学院教授。他在上海音乐学院读书期间与何占豪合作创作了小提琴协奏曲《梁祝》,另著有散文集《黑色浪漫曲》《三只耳朵听音乐》等。

何占豪,1933年出生于浙江诸暨,中国当代著名作曲家,上海音乐学院教授。1958年与陈刚合作创作了中国第一部小提琴协奏曲《梁祝》。2019年,何占豪获得第七届上海文学艺术奖终身成就奖。

2. 作品导读

梁祝传说是我国四大民间传说之一,也是在世界范围内产生了广泛影响的中国传说之一,2006年被列入国家第一批非物质文化遗产名录。梁祝的故事于东晋时期开始流传,故事通过对美好爱情的歌颂,批判了封建社会强调门第的礼教思想。

梁祝传说在流传的过程中形成了诸多版本,选本选取的是由张恨水创作的《梁山伯与祝英台》,虽然是经过文学加工后的文本,但故事的核心走向与发展没有大的变化。民间梁祝传说的故事梗概如下:

东晋时,浙江上虞祝家有个聪明伶俐的女儿名唤祝英台。到了适学年龄的祝英台女扮男装到杭州游学,与来自会稽的同学梁山伯相识并相知。两人同窗三年,梁山伯却始终不知祝英台的真实身份。后来祝英台中断学业先返回家乡,两年后梁山伯前来拜访,才发现原来同窗三年的好友竟是女儿身并且还是一位美娇娘。知道真相的梁山伯想要让父母向祝家提亲,哪知祝英台早已许配给了马文才。后来梁山伯当上了鄞县的县令,但一直郁郁寡欢,最后因病去世。祝英台嫁去马家时,中途经过梁山伯的坟墓,突然间狂风大起,暴雨骤降,迎亲队伍无法再向前进。祝英台询问得知这里有梁山伯的坟墓,于是下轿祭拜,突然梁山伯的坟墓塌陷裂开,祝英台当即跳入坟中,最后坟中出现一对彩蝶,双双飞走。

文学故事的感染魅力自不用多说,而由这个文学故事衍生出的音乐作品同样具有动人的感染力,实现了文学与音乐叠加的双重效应,令人震撼。小提琴协奏曲《梁祝》全曲大概26分钟,采用奏鸣曲式的结构,根据故事情节发展分为三个部分,呈示部用小提琴与大提琴的悠扬乐调表现梁山伯与祝英台由初识、相知到最后十八相送、依依惜别的场景。展开部利用铜管烘托出严峻、悲伤的气氛,小提琴的散板独奏表现祝英台在面临逼婚时的无奈与彷徨,乐队的强烈快板衬托出祝英台坚决反抗封建礼教的主题。最后小提琴的散板独奏与乐队的快板齐奏交替出现,紧张地再现了祝英台"哭灵、控诉、投坟"的场景,将整章乐曲推向了高潮。再现部,长笛悠扬婉转的音律与清脆悦耳的竖琴相互配合展现梁山伯与祝英台"化蝶"之后的美好画面,最后小提琴的独奏再次升华至死不渝的爱情主题。

三、对比赏析

西方类似梁祝这样凄美动人的爱情故事,在文学领域有著名的悲剧《罗密欧与朱丽叶》,在音乐领域有著名的歌剧《奥菲欧与尤丽狄茜》。西方的歌剧往往以古希腊、罗马的神话故事为题材进行谱曲创作,《奥菲欧与尤丽狄茜》便是根据希腊神话中的音乐家奥菲欧(又译为俄耳甫斯)与妻子尤丽狄茜(又可译为欧律狄刻)的爱情故事改编而来。

在希腊神话中,奥菲欧是太阳神阿波罗与缪司女神卡利俄帕的儿子。奥菲欧一出生便具有非凡的音乐才能,拥有美妙的歌喉和卓越的琴技,为此父亲阿波罗特意将自己的七弦琴送给了他。当奥菲欧弹奏这把琴的时候,森林中的野兽在他身旁俯首帖耳,树木和岩石也能够随着乐律跳动。后来他与心爱的尤丽狄茜结婚,婚后两人幸福无比。然而好景不长,一次春游中尤丽狄茜不慎被毒蛇咬伤殒命。无法接受现实的奥菲欧独自闯入冥府想带回自己的妻子,他先是用美妙的琴声让艄公卡戎载他渡过冥河,接着又用琴声让地狱看门犬刻耳柏洛斯顺服,最后他见到了冥王哈德斯。冥王哈德斯与冥后珀尔塞福涅被奥菲欧用歌声讲述的爱情故事所感动,愿意让尤丽狄茜重回人间,但是有一个条件:奥菲欧在带领尤丽狄茜的灵魂走出冥界之前绝对不能回头看她,不然她将会永远消失。一路上奥菲欧一直强迫自己不要回头,但最终因无法克制自己对妻子的担忧和渴望,他回了一下头。结果就在他回头的瞬间,尤丽狄茜消失了。再次失去妻子的奥菲欧追悔莫及却无能为力,只好返回人间。回到人世的奥菲欧始终无法忘记尤丽狄茜,一直保持独身,却被一些不明真相的人误认为仇恨女性,不愿娶女子为妻。后来在森林中独自伤心的奥菲欧遇见了一群信奉酒神的狂热女信徒,不幸被她们杀死,尸体也被撕成了碎片。

德国音乐家格鲁克编曲的歌剧《奥菲欧与尤丽狄茜》将故事结局进行了理想化的改写:奥菲欧对妻子尤丽狄茜的款款深情打动了爱神,最后爱神复活了尤丽狄茜,夫妻二人终于团聚。

奥菲欧在回头再次失去妻子之后唱的《没有尤丽狄茜我怎能活》是歌剧中最为动人的一首咏叹调,这首咏叹调为 4/4 拍,C 大调,稍快的行板,回旋曲式结构。这首咏叹调以凄婉的旋律,感人的歌词,表达出奥菲欧在失去妻子尤丽狄茜之后的悲痛与后悔自责。

（第四篇） 雕　　塑

一、文本节选

日神与达佛涅的故事

日神初恋的少女是河神珀纽斯的女儿达佛涅。他爱上她并非出于偶然,而是由于触怒了小爱神丘比特。原来日神阿波罗战胜了蟒蛇,兴高采烈之余,看见小爱神在引弓挈弦,便道:"好个顽童,你玩弄大人的兵器做什么?你那张弓背在我的肩膀上还差不多;只有我才能用它射伤野兽,射伤敌人。方才我还放了无数支箭,射死了蟒蛇,它的尸首发了肿,占了好几亩地,散布着疫疠。你应该满足于用你的火把燃点爱情的秘密火焰,不应该夺走我应得的荣誉。"维纳斯的儿子回答道:"阿波罗,你的箭什么东西都能够射中,我的箭却能把你射中。众生不能和天神相比,同样你的荣耀也不能和我的相比。"说着,他抖动翅膀,飞上天空,不一会儿便落在帕耳那索斯蓊郁的山峰上。他取出两支箭,这两支箭的作用正好相反,一支驱散恋爱的火焰,一支燃着恋爱的火焰。燃着爱情的箭是黄金打的,箭头锋利而且闪闪有光;另一支是秃头的,而且箭头是铅铸的。小爱神把铅头箭射在达佛涅身上,用那另一支向阿波罗射去,一直射进了他的骨髓。阿波罗立刻感觉爱情在心里燃烧,而达佛涅一听到爱情这两个字,却早就逃之夭夭,逃到树林深处,径自捕猎野兽,和狄安娜竞争比美去了。达佛涅用一条带子束住散乱的头发,许多人追求过她,但是凡来求婚的人,她都厌恶;她不愿受拘束,不想男子,一味在人迹不到的树林中徘徊,也不想知道许门[1]、爱情、婚姻究竟是什么。她父亲常对她说:"女儿,你欠我一个女婿呢。"他又常说:"女儿,你欠我许多外孙呢。"但是她讨厌合婚的火炬,好像这是犯罪的事,使她美丽的脸臊得像玫瑰那么红,她用两只臂膊亲昵地搂着父亲的颈项说:"最亲爱的父亲,答应我,许我终身不嫁。狄安娜的父亲都答应她了。"他也就不得不让步了。但是达佛涅啊,你的美貌使你不能达到你自己的愿望,你的美貌妨碍了你的心愿。日神一见达佛涅就爱上了她,一心想和她结亲。他心里这样想,他就打算这样做。他虽有未卜先知的本领,这回却无济于事。就像收割后的田地上的干残梗一燃就着,又像夜行人无心中,或在破晓时,把火把抛到路边,把篱笆墙点着那样,日神也同样被火焰消损着,中心如焚,徒然用希望来添旺了爱情的火。他望着她披散在肩头的长发,说道:"把它梳起来,不知要怎样呢?"他望着她的眼睛,像闪烁的明星;他望着她的嘴唇,光看看是不能令人满足的。

---

[1] 许门,希腊神话中主管婚姻的神。

他赞叹着她的手指、手、腕和袒露到肩的臂膊。看不见的,他觉得更可爱。然而她看见他,却比风还跑得快,她在前面不停地跑,他在后面边追边喊:"姑娘,珀纽斯的女儿,停一停!我追你,可不是你的敌人。停下来吧!你这种跑法就像看见了狼的羔羊,见了狮子的小鹿,见了老鹰吓得直飞的鸽子,见了敌人的鸟兽。但是我追你是为了爱情。可怜的我!我真怕你跌倒了,让刺儿刺了你不该受伤的腿儿,我怕因为我而害你受苦。你跑的这个地方高低不平。我求你跑慢一点,不要跑了。我也慢点追赶。停下来吧,看看是谁在追你。我不是什么山里人,也不是什么头发蓬松得可怕的,看守羊群的牧羊人。鲁莽的姑娘,你不知道你躲避的是谁,因此你才逃跑。我统治着得尔福、克剌洛斯、忒涅多斯、帕塔拉等国土,它们都奉我为主。我的父亲是朱庇特。我能揭示未来、过去和现在;通过我,丝弦和歌声才能调协。我箭无虚发,但是啊,有一支箭比我的射得还准,射伤了我自由自在的心。医术是我所发明,全世界的人称我为'救星',我懂得百草的功效。不幸,什么药草都医不好爱情,能够医治万人的医道却治不好掌握医道的人。"

他还想说下去,但是姑娘继续慌张跑去,他的话没有说完,她已不见,就在逃跑的时候,她也是非常美丽。迎面吹来的风使她四肢袒露,她奔跑时,她的衣服在风中飘荡,轻风把她的头发吹起,飘在后面。愈跑,她愈显得美丽。但是这位青年日神不愿多浪费时间,尽说些甜言蜜语,爱情推动着他,他加紧追赶。就像一条高卢的猎犬在旷野中瞥见一只野兔,拔起腿来追赶,而野兔却急忙逃命;猎犬眼看像要咬着野兔,以为已经把它捉住,伸长了鼻子紧追着野兔的足迹;而野兔也不晓得自己究竟是否已被捉住,还是已从虎口里逃了生,张牙舞爪的猎犬已落在后面了。天神和姑娘正是如此,一个由于希望而奔跑,一个由于惊慌而奔跑。但是他跑得快些,好像爱情给了他一副翅膀,逼得她没有喘息的时候,眼看就追到她身后,他的气息已吹着了飘在她脑后的头发。她已经筋疲力尽,面色苍白,在这样一阵飞跑之后累得发晕,她望着附近珀纽斯的河水喊道:"父亲,你的河水有灵,救救我吧!我的美貌太招人喜爱,把它变了,把它毁了吧。"她的心愿还没说完,忽然她感觉两腿麻木而沉重,柔软的胸部箍上了一层薄薄的树皮。她的头发变成了树叶,两臂变成了枝干。她的脚不久以前还在飞跑,如今变成了不动弹的树根,牢牢钉在地里,她的头变成了茂密的树梢。剩下来的只有她的动人的风姿了。

即便如此,日神依旧爱她,他用右手抚摩着树干,觉到她的心还在新生的树皮下跳动。他抱住树枝,像抱着人体那样,用嘴吻着木头。但是虽然变成了木头,木头依然向后退缩不让他亲吻。日神便说道:"你既然不能做我的妻子,你至少得做我的树。月桂树啊,我的头发上,竖琴上,箭囊上永远要缠着你的枝叶。我要让罗马大将,在凯旋的欢呼声中,在庆祝的队伍走上朱庇特神庙之时,头上戴着你的环冠。我要让你站在奥古斯都宫门前,做一名忠诚的警卫,守卫着门当中悬挂的橡叶荣冠。我的头是常青不老的,我的头发也永不剪剃,同样,愿你的枝叶也永远享受光荣吧!"他结束了他的赞歌。月桂树的新生的枝干摆动着,树梢像是在点头默认。

——奥维德著,杨周翰译《变形记》,人民文学出版社,1984 年

二、导读与赏析

1. 作者简介

奥维德(Publius Ovidius Naso,前43—17),古罗马诗人,生活在罗马帝国的强盛时期——屋大维统治时期。公元1年,他发表了《爱的艺术》,因作品中有描写恋爱技巧,传授引诱和私通之术,引起屋大维的不满。公元8年,他完成名作《变形记》,在刚写作《岁时记》六个月的时候被屋大维下令流放。在流放期间著有书信集《哀怨集》与《黑海书简》。书信集中殷切地希望朋友们能帮助自己结束流放重返

罗马,最终未能如愿。公元18年,奥维德病死异乡。

乔凡尼·洛伦佐·贝尼尼(Gianlorenzo Bernini, 1598—1680),意大利著名的雕塑家和建筑家,也是巴洛克艺术最重要的代表人物之一。贝尼尼的作品气势宏伟,华丽辉煌,体现出了巴洛克艺术的美学特征。贝尼尼的代表作品有《大卫像》《神志昏迷失圣德里撒》《普路同和帕尔塞福涅》《阿波罗与达芙妮》等。

2. 作品导读

《变形记》一般公认是奥维德最好的作品,全书共15卷。奥维德根据古希腊哲学家鲁克莱提乌斯的朴素哲学思想"一切都在变易"与哲学家毕达哥拉斯的"灵魂转回"理论,相信万物有灵,人与万物之间可以互相转化,因此以"变形"为线索将古希腊罗马神话故事中有关人由于某种原因变成动物、植物、星星等物体的故事汇集在一起,形成了《变形记》。《变形记》包含大小故事约250个,全书按照时间顺序叙述,从宇宙初创、世界形成、人类出现开始,到最后奥古斯都统治罗马为止。

《变形记》出版之后便大受欢迎,其中的很多故事也成了后世作家、诗人和艺术家们的创作源泉。

正如我们接下来要赏析的这座由17世纪著名的意大利巴洛克艺术家贝尼尼所创作的雕塑作品《阿波罗与达芙妮》(大理石雕塑,高243厘米,现藏于意大利罗马波尔葛塞美术馆)便是取材于奥维德《变形记》中关于日神阿波罗与仙女达芙妮(也可译为达佛涅)的故事。

整座雕塑在阿波罗的手刚刚触碰到达芙妮,达芙妮化身成为月桂树的画面定格。只见达芙妮的身体微微向前倾斜,阿波罗紧靠在她的左后方,他的左手揽住达芙妮的腹部,似乎想要将达芙妮揽入怀中。但是达芙妮匀称晶莹的身体这时却开始发生变化,她的左腿几乎已经完全变成了树干,右脚也正在开始变化。她向后飘扬的头发与向上高举的双手正在变成树叶,胸前的双乳也覆盖上了一层薄薄的树皮。因为身体的突然变化,达芙妮的脸上显出惊慌失措的表情,身后的阿波罗看见爱人的变化,显得十分悲伤与无奈。

原本厚重的大理石在贝尼尼的巧手之下显得特别轻盈,阿波罗因惯性向后撤的右手与达芙妮向上扬起的右臂形成一条直线,将两人在极速奔跑中的追逐姿态,动感地表现了出来。

贝尼尼刻刀下的人体苗条纤细,身材匀称,肌肤温润柔嫩,并且使人在观看时产生一种真实的"肉感"。这种艺术风格大胆且充满了世俗性,表现出了贝尼尼的人文主义思想。对生命力的歌颂、对美好爱情的向往,使得贝尼尼在强调庄严与宁静的17世纪古典艺术中独树一帜。

三、对比赏析

中国雕塑艺术的历史悠久,与自成体系的西方雕塑艺术一起,堪称世界上历时久远、发展过程最为完整的两大雕塑艺术。不过因为发展境遇的不同,中国雕塑在艺术风格上与西方雕塑迥然不同。西方雕塑从古希腊、罗马时期开始就作为一门独立的艺术门类,在发展的过程中形成了功利色彩淡薄、强调艺术的纯粹审美性等特征。而中国雕塑在素来重史官文化、重文字、重历史的传统社会中,一直未取得相对独立的地位。中国的雕塑家从殷商时代开始便从属于百工之列,是为贵族服务的匠人或社会底层的手工艺人,社会地位低下,且缺乏艺术创作的独立性。因此中国的雕塑多数是服务于贵族的日常生活,如放置在案几上的玩赏雕塑、园林建筑上的装饰雕塑等;又或者是出现在陵墓与陪葬的器物中显示墓主人的权力与财富;又或者是出于宗教原因雕刻出各种偶像,作为人们精神信仰的寄托。

现存陕西省西安市斗门镇的《汉代牛郎织女石雕像》与《阿波罗与达芙妮》一样也是以神话传说为素材而创作的。在《诗经·小雅·

大东》中就有关于"牛郎""织女"星宿的记载,"维天有汉,监亦有光。跂彼织女,终日七襄。虽则七襄,不成报章。睆彼牵牛,不以服箱"[1],这是最早关于牛郎织女故事的记载。后来在不断的发展过程中,出现了以牛郎织女为人物的神话爱情故事。

在汉代,牛郎织女的故事已经比较普遍了。汉元狩二年(前120),汉武帝因沉迷修仙,想将自己的宫苑上林苑打造成天上宫苑的样子。于是工匠们在上林苑挖出昆明池,池中雕石鲸鱼,又在昆明池两边分别雕刻牛郎与织女像。依据牛郎织女的故事,将昆明池作为天然的"银河",分隔开牛郎与织女,营造一种天上宫苑的氛围与场景。

牛郎石雕像高258厘米,脸盘宽阔,神情朴实,身体跪坐在地上,左手贴在腹前,右手上举,好像拿着牵牛的缰绳。织女石雕像高228厘米,脸较圆,辫发垂在脑后,脸上眉目微蹙,似乎带着些许的哀愁。这两尊石雕像历经了千年的风霜,现如今依然能够保持完好。两尊石像分隔而立,似乎在诉说着无尽的相思与愁绪。

(第五篇) 戏 曲

一、文本节选

[夫人长老上云]今日送张生赴京,十里长亭,安排下筵席。我和长老先行,不见张生小姐来到。[旦、末、红同上][旦云]今日送张生上朝取应,早是离人伤感,况值那暮秋天气,好烦恼人也呵!悲欢聚散一杯酒,南北东西万里程。

[正宫][端正好]碧云天,黄花地,西风紧,北雁南飞。晓来谁染霜林

---

[1] 孙静主编《诗经》,百花文艺出版社,2016年,第264页。

醉?总是离人泪。

[滚绣球]恨相见得迟,怨归去得疾。柳丝长玉骢难系,恨不倩疏林挂住斜晖。马儿迍迍的行,车儿快快的随,却告了相思回避,破题儿又早别离。听得道一声去也,松了金钏;遥望见十里长亭,减了玉肌:此恨谁知?

[红云]姐姐今日怎么不打扮?[旦云]你那知我的心里呵?

[叨叨令]见安排着车儿、马儿,不由人熬熬煎煎的气;有甚么心情花儿、靥儿,打扮得娇娇滴滴的媚;准备着被儿、枕儿,则索昏昏沉沉的睡;从今后衫儿、袖儿,都揾做重重叠叠的泪。兀的不闷杀人也么哥!兀的不闷杀人也么哥!久已后书儿、信儿,索与我凄凄惶惶的寄。

[做到][见夫人科][夫人云]张生和长老坐,小姐这壁坐,红娘将酒来。张生,你向前来,是自家亲眷,不要回避。俺今日将莺莺与你,到京师休辱没了俺孩儿,挣揣一个状元回来者。[末云]小生托夫人余荫,凭着胸中之才,视官如拾芥耳。[洁云]夫人主见不差,张生不是落后的人。[把酒了,坐][旦长吁科]

[脱布衫]下西风黄叶纷飞,染寒烟衰草萋迷。酒席上斜签着坐的,蹙愁眉死临侵地。

[小梁州]我见他阁泪汪汪不敢垂,恐怕人知;猛然见了把头低,长吁气,推整素罗衣。

[幺篇]虽然久后成佳配,奈时间怎不悲啼。意似痴,心如醉,昨宵今日,清减了小腰围。

[夫人云]小姐把盏者![红递酒,旦把盏长吁科云]请吃酒!

[上小楼]合欢未已,离愁相继。想着俺前暮私情,昨夜成亲,今日别离。我谂知这几日相思滋味,却原来此别离情更增十倍。

[幺篇]年少呵轻远别,情薄呵易弃掷。全不想腿儿相挨,脸儿相偎,手儿相携。你与俺崔相国做女婿,妻荣夫贵,但得一个并头莲,煞强如状元及第。

[夫人云]红娘把盏者![红把酒科][旦唱]

[满庭芳]供食太急,须臾对面,顷刻别离。若不是酒席间子母每当回避,有心待与他举案齐眉。虽然是厮守得一时半刻,也合着俺夫妻每共桌而食。眼底空留意,寻思起就里,险化做望夫石。

[红云]姐姐不曾吃早饭,饮一口儿汤水。[旦云]红娘,甚么汤水咽得下!

[快活三]将来的酒共食,白泠泠似水,多半是相思泪。眼面前茶饭怕不待要吃,恨塞满愁肠胃。"蜗角虚名,蝇头微利",拆鸳鸯在两下里。一个这壁,一个那壁,一递一声长吁气。

[夫人云]辆起车儿,俺先回去,小姐随后和红娘来。[下][末辞洁科]

[洁云]此一行别无话儿,贫僧准备买登科录看,做亲的茶饭少不得贫僧的。先生在意,鞍马上保重者!从今经忏无心礼,专听春雷第一声。[下][旦唱]

[四边静]霎时间杯盘狼藉,车儿投东,马儿向西,两意徘徊,落日山横翠。知他今宵宿在那里?在梦也难寻觅。

张生,此一行得官不得官,疾便回来。[末云]小生这一去白夺一个状元,正是"青霄有路终须到,金榜无名誓不归"。[旦云]君行别无所谓,口占一绝,为君送行:"弃掷今何在,当时且自亲。还将旧来意,怜取眼前人。"[末云]小姐之意差矣,张珙更敢怜谁?谨赓一绝,以剖寸心:"人生长远别,孰与最关亲?不遇知音者,谁怜长叹人?"[旦唱]

[耍孩儿]淋漓襟袖啼红泪,比司马青衫更湿。伯劳东去燕西飞,未登程先问归期。虽然眼底人千里,且尽生前酒一杯。未饮心先醉,眼中流血,心内成灰。

[五煞]到京师服水土,趁程途节饮食,顺时自保揣身体。荒村雨露宜眠早,野店风霜要起迟!鞍马秋风里,最难调护,最要扶持。

[四煞]这忧愁诉与谁?相思只自知,老天不管人憔悴。泪添九曲黄河溢,恨压三峰华岳低。到晚来闷把西楼倚,见了些夕阳古道,衰柳长堤。

〔三煞〕笑吟吟一处来，哭啼啼独自归。归家若到罗帏里，昨宵个绣衾香暖留春住，今夜个翠被生寒有梦知。留恋你别无意，见据鞍上马，阁不住泪眼愁眉。

〔末云〕有甚言语嘱咐小生咱？〔旦唱〕

〔二煞〕你休忧"文齐福不齐"，我则怕你"停妻再娶妻"。休要"一春鱼雁无消息"！我这里青鸾有信频须寄，你却休"金榜无名誓不归"。此一节君须记，若见了那异乡花草，再休似此处栖迟。

〔末云〕再谁似小姐？小生又生此念？〔旦唱〕

〔一煞〕青山隔送行，疏林不做美，淡烟暮霭相遮蔽。夕阳古道无人语，禾黍秋风听马嘶。我为甚么懒上车儿内，来时甚急，去后何迟？

〔红云〕夫人去好一会，姐姐，咱家去！〔旦唱〕

〔收尾〕四围山色中，一鞭残照里。遍人间烦恼填胸臆，量这些大小车儿如何载得起？

〔旦红下〕〔末云〕仆童赶早行一程，早寻个宿处。泪随流水急，愁逐野云飞。〔下〕

——王实甫著，李梦生评注《西厢记》，上海书店出版社，2003年

二、导读与赏析

1. 作者简介

王实甫(约1260—1336)，一说名德信，元代杂剧家。大都(今北京)人，祖籍河北保定定兴。王实甫是与关汉卿齐名的剧作家，其作品具有贴近现实、语言生动活泼等特点。代表作品有杂剧《西厢记》《丽春堂》《破窑记》等，另外还有少量散曲流传于世。

2. 作品导读

唐代文人元稹曾写过一个传奇讲述崔莺莺与张生的故事，即《莺莺传》，金代董解元以此为蓝本创作了带有说唱性质的《西厢记诸宫调》，王实甫在《西厢记诸宫调》的基础上改编成了现在所看到的元杂

剧《西厢记》。《西厢记》共五本二十一折,首先在体例上突破了元杂剧每剧只有四折的传统,其次每折可多人主唱,也是对以往每折只能一人主唱的革新。如此一来,《西厢记》在戏剧发展史上具有极其重要的地位,并有"新杂剧,旧传奇,《西厢记》天下夺魁"之称。

剧本以崔莺莺与张生的爱情故事为主要内容。张生在普救寺遇见了相国小姐崔莺莺,二人一见钟情,但奈何封建礼教的束缚,无法大胆表达爱意。后叛将孙飞虎围困普救寺,想要强抢崔莺莺为妻。危急时刻崔母许愿说如有能有帮助退兵者便将崔莺莺许配给他,于是张生修书让好友带兵解了普救寺之围。事后崔母却因嫌弃张生的门第出身,让张生与崔莺莺兄妹相称。崔莺莺在婢女红娘的帮助下与张生私定终生,崔母发现之后大怒却也无可奈何。最后崔母表示张生须考得功名之后才能与莺莺长相厮守。于是张生进京赶考,半年后高中状元,最后有情人终成眷属。

《西厢记》中蕴含着鲜明的反封建主题,表达了要求自由恋爱、自由婚姻的主张。崔莺莺作为相国小姐,敢于突破封建家庭对她的要求与束缚,与张生私定终生,这在当时是十分大胆与冒险的。崔莺莺与张生的结合是自由恋爱的结果,功名利禄等外在条件并不作为二人相爱的必要条件,表现了作者对纯真爱情的歌颂与赞美。作者王实甫也在中国文学史上第一次提出了"永老无别离,万古常完聚,愿普天下有情的都成了眷属"[1]的美好愿望。

选段选取的是这出戏剧的精彩篇章之一——"长亭送别"。张生准备进京赶考,崔莺莺等在长亭设宴为张生送别。"碧云天,黄花地,西风紧,北雁南飞。晓来谁染霜林醉?总是离人泪",在赶赴长亭的途中,莺莺眼中所见之景也带上了离别悲伤的色彩。"恨相见得迟,怨归去得疾",接着作者从正面描写了莺莺内心对于离别的悲苦,并

---

[1] 王实甫著,李梦生评注《西厢记》,上海书店出版社,2003年,第142页。

借"柳丝"这一意象表达想要"留"住张生的情思。"兀的不闷杀人也么哥!"这里莺莺直抒胸臆,表示相爱的人被迫分离简直就是"闷杀人也么哥",最后无奈地表示既然离别已成定局,那就要记得时常给自己写信,让自己知道对方的近况。

宴席上,在崔母面前,莺莺与张生不能互诉衷肠,只好一声接一声地叹气。席毕崔母先行离开,两人终得以单独相处,随着分别时刻越来越近,人物的情感在此时也得以完全释放与爆发:莺莺一方面对张生此行遥远路途表示担忧,希望他能好好将息自己;一方面又害怕张生此去就不再回来,不断嘱咐他休要"停妻再娶妻,一春鱼雁无消息"。作者通过配以宾白的七支曲子,表达了莺莺对张生的深情厚意,将整个长亭送别的场面推向了高潮。

三、对比阅读

在西方戏剧发展史上以反抗包办婚姻、争取婚姻自由为主题的戏剧有很多,比如莫里哀的《太太学堂》便是其中的代表之一。

莫里哀是 17 世纪法国古典主义文学时期成就最高的喜剧家。莫里哀是他的艺名,他的原名叫若望·巴狄斯特·波克兰。莫里哀十分喜爱戏剧创作与戏剧表演,既是剧作家,又是演员。莫里哀年轻时曾走遍法国的大街小巷,深入了解法国的民间文化,见识了世态人情,这使得他之后的创作中具有很强的民间色彩与民主意识。莫里哀是一个十分多产的作家,但后来长期的脑力劳动使他积劳成疾,在演完《无病呻吟》之后他咳血而死。在他死后,太阳王路易十四曾问布瓦洛,谁在文学上为他带来最大的光荣? 布瓦洛回答:陛下,是莫里哀。

《太太学堂》(又译作《妇人学堂》)创作于 1662 年,是一出五幕诗体喜剧。《太太学堂》的发表标志着法国古典主义喜剧的形成,同时又开了欧洲近代社会问题剧的先河,具有划时代的意义。

故事的主人公阿尔诺耳弗常常取笑那些被背叛的丈夫们,为了让自己在婚姻中不被戴绿帽子,他决心娶一个天真到了极点的姑娘为妻,他曾说:"娶一个傻瓜,就为自己不当傻瓜。"[1]于是他从一个贫苦人家买来一个四岁的女孩阿涅丝并将她养在修道院中,给她灌输贤妻良母的道德观念和顺从的宗教思想,并时常让阿涅丝诵读"婚姻格言"(又名"妇道须知"),有格言十条,其中第二条这样说道:"妻为丈夫所有,装扮自应尽如其意,冶容仅为丈夫,他人如以为丑,一笑置之可矣。"[2]目的就是把阿涅丝变成一个"傻女人",对他言听计从,永远不给他戴绿帽子。在修道院待了十三年的阿涅丝长大了,心地确实非常简单,比如她曾问阿尔诺耳弗"小孩子是不是从耳朵眼里生出来"[3]。然而就在阿尔诺耳弗洋洋得意地外出旅游的十天时间里,阿涅丝认识了一个年轻帅气的贵族青年奥拉斯,爱情使阿涅丝开了心智,阿涅丝与奥拉斯很快便坠入了爱河。一次偶然中奥拉斯当着阿尔诺耳弗的面说出了对阿涅丝的爱恋,于是两人的私情被发现。知晓情况的阿尔诺耳弗勃然大怒,并设法切断两人的来往,结果导致阿涅丝与奥拉斯一起私奔。逃出的二人准备结婚,在婚礼之前竟意外发现原来阿涅丝也是贵族,并且跟奥拉斯早有婚约。于是最后有情人终成眷属。

《太太学堂》是莫里哀早期最重要的作品之一,它以讽刺幽默的方式讨论了当时的妇女地位问题、女子教育问题、家庭关系问题和宗教问题等,辛辣地讽刺与抨击了当时强调男性夫权的封建伦理道德。

---

[1] 莫里哀著,李健吾译《莫里哀喜剧》,湖南人民出版社,1982年,第8页。
[2] 同上书,第38页。
[3] 同上书,第10页。

（第六篇）书　法

一、文本节选

祭 侄 文 稿

维乾元元年，岁次戊戌，九月庚午朔三日壬申，第十三（"从父"涂去），银青光禄夫[1]使持节蒲州诸军，蒲州刺史，上轻车都尉，丹杨县开国侯真卿，以清酌庶羞祭于亡侄赠赞善大夫季明之灵曰：

惟尔挺生，凤标幼德，宗庙瑚琏，阶庭兰玉，（"方凭积善"涂去）每慰人心，方期戬縠，何图逆贼闲衅，称兵犯顺。尔父竭诚[2]，常山作郡，余时受命，亦在平原。仁兄爱我（"恐"涂去），俾尔传言。尔既归止，爰开土门，土门既开，凶威大蹙。（"贼臣拥众不救"涂去）贼臣不（"拥"涂去）救，孤城围逼，父陷[3]子死，巢倾卵覆。天不悔祸，谁为荼毒？念尔遘残，百身何赎！呜呼哀哉！

吾承天泽，移牧（"河东近"涂去）河关。泉明（"尔之"涂去）比者，再陷常山。（"提"涂去）携尔首榇，及兹同还。（"亦自常山"涂去）抚念摧切，震悼心颜。方俟远日[4]，卜[5]尔幽宅，魂[6]而有知，无嗟久客。呜呼哀哉，尚飨！

——据颜真卿书法作品《祭侄文稿》

---

[1]　此处应有脱文，脱"大"字。
[2]　此处有两次涂改痕迹，能依稀看出，第二次写"被胁"后被涂改为"竭诚"。
[3]　"陷"前有一字被涂去。
[4]　"远日"为涂改后字，前有两字被涂。
[5]　"卜"字为涂改后字，前有一字被涂。
[6]　"魂"字前有一字被涂。

二、导读与赏析

1. 作者简介

颜真卿(709—784),字清臣,京兆(今陕西省西安市)人,唐代名臣、书法家。颜真卿书法精妙,擅长楷书、行书等。后世以其楷书书写为范式,称"颜体"。颜真卿与赵孟頫、柳公权、欧阳询并称为"楷书四大家",又与柳公权并称"颜柳",被称为"颜筋柳骨"。

2. 作品导读

天宝十四载(755)"安史之乱"爆发,安禄山叛军迅速占领了河北24个郡,只有颜真卿所在平原城抵御住了叛军的进攻。后来颜真卿与哥哥颜杲卿秘密策划土门起义并大获成功,不仅光复了土门等17个郡县,还重创了叛军。安禄山大怒,命史思明围困了颜杲卿所在的常山。颜杲卿派长子颜泉明到长安求救,却遭到太原节度使王承业的无故扣留。颜杲卿与儿子颜季明在孤立无援的境地之下鏖战了六天六夜,最后弹尽粮绝,城破被俘。颜季明被砍头,父亲颜杲卿被押解至洛阳。在洛阳颜杲卿见到安禄山,痛骂乱臣贼子,最后惨遭"节解"[1]的酷刑。在安史之乱中,颜氏一门有30余口惨遭杀害。三年后,颜真卿派人去收寻兄长与侄子的尸骨,只找到了颜季明的头骨与颜杲卿的部分尸骨。

乾元元年(758)九月,颜真卿与光禄大夫等人带着清酒与美食一起祭奠颜季明的亡灵,期间颜真卿回忆起侄子的悲惨遭遇,悲恸交加,于是挥笔写下了这篇追祭侄子颜季明的千古祭文——《祭侄文稿》。

《祭侄文稿》实际上是一篇颜真卿祭奠自己侄子颜季明的行书草稿,颜真卿在写作的时候是怀着极度悲愤的情绪的,因此作者根本无暇顾及字体是否工整,结构是否得当。整篇祭文有30多处涂改痕

---

[1] 古代断裂四肢、分解骨节的酷刑。

迹,行文间也时常有字符脱落。整篇文稿情如潮涌,言辞哀恸具有极高的文学价值,同时笔力遒劲,气势磅礴,大开大合,具有极高的书法价值与艺术价值,这样的作品这在整个书法史上都是不多见的。

《祭侄文稿》大致分三段,第一段作者叙述写作时间、写作缘由时字体笔墨饱满,井然有序,说明这时作者心情还相对平和。

待到第二段颜真卿开始回忆起侄儿颜季明的生平时,作者的心情开始出现起伏,"贼臣不救,孤城围逼,父陷子死,巢倾卵覆"。一想到侄子与兄长的惨死,巨大的悲苦迸发自他的心灵深处,于是字形开始大小不一,行距时宽时窄。最后质问苍天:"天不悔祸,谁为荼毒?念尔遘残,百身何赎!"谁导致了这场灾祸,让你遇上了这样的灾难,如今身首异处,就是再多的躯体也不能赎回你的完整的身体啊!情到此处已不能自已,后面的"呜呼哀哉"有明显草书连写的痕迹。

最后一段,颜真卿写道:"方俟远日,卜尔幽宅,魂而有知,无嗟久客。呜呼哀哉,尚飨!"等后面选一个好日子,将你安葬在好的墓地里,你的灵魂如果知道的话,不要埋怨现在让你在这里长久地做客。希望你能好好享受这些祭品,早日魂归故里!

虽然《祭侄文稿》是一篇行书草稿,但是却在字里行间真实地表现出了作者对亡者的悲悼之情与情绪变化。颜真卿本人的情真意切,再加之书法这一形式的完美呈现,使得《祭侄文稿》于文于书,都堪称千古绝唱。

三、对比思考

与西方相比,书法在中国一直都是作为一门独立的艺术门类存在并发展的。中国书法形成了一套完整的艺术审美体系,强调"韵""气韵"或"意""意境",这是书法在中国传统价值观念影响之下所生发出来的。因此中国书法不仅强调书写技巧,更强调整个书法作品所体现出来的整体意蕴与格调。除此之外,中国书法与文学、哲学之间都具有十分亲近的亲缘关系,有许多书法家本身也是文学家、思想家,比如书圣王羲之、草圣张旭、苏轼、黄庭坚等人的文学造诣与思想境界都是值得称道的。

而西方书法在发展过程中更多强调书写方面的艺术,比如强调字母之间组织的和谐、单词与单词之间位置的适当等,在理论方面并不像中国书法有一套完备的艺术审美体系,在发展过程中也较少与其他艺术门类之间产生紧密联系。

本章实训小课题

以"艺术"为主题,选择与文学相关的艺术作品,参照教材的分析、评价与鉴赏的方法,对艺术作品做艺术评鉴。

要求:梳理艺术作品与文学作品之间的关系,比较不同艺术对同一主题表达效果的异同。语言表达准确流畅,中心突出,逻辑清楚。

图书在版编目(CIP)数据

"悦"读经典：中外文学名作名篇导览 / 曹佳丽，谢荣萍主编. —上海：复旦大学出版社，2021.12(2024.9 重印)
ISBN 978-7-309-16024-6

Ⅰ.①悦… Ⅱ.①曹… ②谢… Ⅲ.①世界文学-文学欣赏-高等学校-教材 Ⅳ.①I106

中国版本图书馆 CIP 数据核字(2021)第 246208 号

"悦"读经典：中外文学名作名篇导览
曹佳丽　谢荣萍　主编
责任编辑/王汝娟

复旦大学出版社有限公司出版发行
上海市国权路 579 号　邮编：200433
网址：fupnet@fudanpress.com　http://www.fudanpress.com
门市零售：86-21-65102580　团体订购：86-21-65104505
出版部电话：86-21-65642845
上海崇明裕安印刷厂

开本 890 毫米×1240 毫米　1/32　印张 9.625　字数 277 千字
2024 年 9 月第 1 版第 5 次印刷

ISBN 978-7-309-16024-6/I·1302
定价：50.00 元

如有印装质量问题，请向复旦大学出版社有限公司出版部调换。
版权所有　侵权必究